로크미디어가
유혹하는
재미있는 세상

ROK
MEDIA
로크미디어

더 파이널 2

2021년 10월 19일 초판 1쇄 인쇄
2021년 10월 22일 초판 1쇄 발행

지은이 유성
발행인 김정수 강준규

기획 이기헌 왕소현 박경무 강민구
책임편집 백승미
마케팅지원 배진경 임혜솔 송지유 이영선

발행처 (주)로크미디어
출판등록 2003년 3월 24일
주소 서울시 마포구 성암로 330 DMC첨단산업센터 318호
Tel (02)3273-5135 **편집** 070-7863-8595 **Fax** (02)3273-5134
홈페이지 rokmedia.com **E-mail** rokmedia@empas.com

ⓒ 유성, 2021

값 8,000원

ISBN 979-11-354-6922-0 (2권)
ISBN 979-11-354-6920-6 04810 (세트)

유성 퓨전 판타지 장편소설 ②

The Final

더 파이널

CONTENTS

남양주의 밤 (2)

"네놈들? 똥? 머저리?"

앞서 들어오던 사내가 어이없는 얼굴로 되물었다.

"그거, 지금 우리에게 하는 말이냐?"

"아니겠지. 어디서 뭘 하다 굴러들어 온 놈인지는 모르겠지만, 일단 눈알 두 개는 정상으로 박혀 있잖아. 그런데 미치지 않고서야 그딴 말을 하겠어?"

그때 뒤에서 거구의 대머리 남자가 끼어들었다.

등에는 양손으로 휘두르는 커다란 해머에 대못 따위를 용접해 철퇴처럼 만들어 놓은 무기를 둘러매고 있었다.

촤라락.

"이런 걸 보고도 말이야."

그가 몬스터의 사체가 굴비처럼 엮인 쇠사슬을 흔들어 대며 히죽 웃었다.

– 꽤나 자랑스러운 얼굴이로군.

그래 보이기는 한다. 왜 그런지도 대강 알겠고.

멧돼지 형상의 머리는 제쳐 두고 그 아래, 잿가루를 바른 것 같은 회색의 몸은 인간과 비슷한 신체 구조를 하고 있었는데, 보통 인간의 두 배는 되어 보일 정도로 두꺼웠다.

당연히 평범한 인간이 당해 낼 수 있는 몬스터가 아니었다.

물론 어디까지나 평범한 인간일 때의 얘기지만.

– 뭔가 좀 말해 주지그래?

그럴 생각은 없다.

방금 한 말도 딱히 시비 걸 생각으로 한 말은 아니다.

사실 그대로의 말을 했을 뿐이다.

"조금은 경의를 표하는 게 어떤가? 내가 보기에는 네가 흔들어 대는 그 머리가 적어도 너보다는 훨씬 나아 보이는데 말이야."

물론 말투에 문제가 있는 건 태영도 모르는 바는 아니다.

그러나 마음에 안 드는 놈들의 기분까지 생각하며 말을 고르고 싶은 생각은 없다.

특히 기분이 나쁠 때는 더.

"뭐야? 너 이 새끼, 지금 뭐라고······."

"물러나 있어."

그때 앞 열에 있던 가죽 갑옷을 입은 남자가 대머리를 제지하며 한 걸음 다가왔다.

그리고 천천히 태영을 훑어보다가 툭 던지듯 물었다.

"넌 대체 뭐냐?"

"그러는 너는?"

"보다시피 이 녀석들의 리더다. 더 설명이 필요한가?"

"아니, 됐다. 딱히 관심이 있어서 물어본 것도 아니니까. 그보다 먼저 좀 묻지. 그놈들, 아니 이곳에 있는 오크는 언제 사냥한 거지?"

"오크?"

"네 옆의 대머리가 흔들어 대던 몬스터 말이다."

"저 자식이······."

"물러나 있으라고 했을 텐데?"

가죽 갑옷의 사내, 리더가 인상을 찌푸리자 울컥하던 대머리가 움찔하며 입을 다물었다.

그 손에 들린 몬스터를 슬쩍 훑어본 리더가 다시 태영을 돌아보며 물었다.

"저놈들을 오크라 부르나? 뭐 게임이나 영화에서 종종 그런 이름을 들어 보기는 했지만, 저놈들이 그런 이름으로 불리는지는 몰랐군. 그런데 그건 왜 묻지?"

"그냥 묻는 말에나 대답하지?"

이어지는 말에 리더의 미간이 찌푸려졌다.

굳었던 얼굴은 곧 풀렸지만, 좀 전보다 딱딱해진 목소리가 흘러나왔다.

"어제 오후에 북쪽 산을 넘어가서 잡은 놈들이다."

"어제 오후……."

태영의 입에서 한숨이 흘러나왔다.

"젠장, 아무래도 좋지 않을 때에 와 버린 모양이군."

"뭐?"

"아니, 됐다. 어차피 말해 봐야 제대로 이해하지도 못할 거고, 그럴 시간도 없으니까. 그냥 하나만 더 묻지. 사체를 왜 그대로 가지고 돌아온 거지? 너희들이라면 그 자리에서 소재만 채취해서 가지고 올 수도 있었을 텐데?"

"그건 되레 내가 묻고 싶군. 우리가 왜 그렇게까지 해야 하지?"

리더가 피식 웃으며 대답했다.

"우리는 이 도시를 위해 몬스터를 사냥해 주고 있다. 매번 목숨을 걸고 말이야. 그런데 우리가 그런 귀찮은 일까지 떠맡아야 하는 건가? 게다가 그냥 가죽만 가지고 돌아오면 이곳 사람들이 알 수 없잖아. 우리가 얼마나 무시무시한 놈들과 싸우고 있는지 말이야."

"그렇군."

태영이 고개를 끄덕였다.

머릿속에서 이런저런 생각이 떠오르고, 그건 대체로 기분이 좋지 않은 쪽이었지만, 따질 생각은 들지 않았다.

그런 것도 어느 정도 관심이라는 게 있을 때나 하고 싶어지는 것이다.

태영은 그런 관심조차 생기지 않았다.

이유는 여러 가지가 있지만, 결정적으로 그런다고 땡전 한 푼 생길 것 같지도 않으니까.

'그럴 시간에 먼저 상황부터 확인하고, 어떻게 대응할지를 생각하는 편이 낫지. 그럼 지금 만나야 할 사람은……'

"김 일병님, 지금 바로 사단장님에게 안내해 주십시오."

"사, 사단장님께요? 제가요?"

"직접 요청하시기 힘들면 박일우 중사님을 통해서라도……"

"어이, 그건 예의가 아니지."

그때 리더가 태영의 앞을 막아서며 말했다.

"네가 묻는 말에 다 대답해 줬잖아. 그럼 너도 우리 질문에 대답해 줘야 하지 않겠어?"

"뭐가 궁금하지?"

"묻고 싶은 건 많지만 당장은 이거지. 너, 우리 앞에서 그렇게 제 하고 싶은 말 다 떠들어 놓고 멀쩡한 몸으로 나갈 수 있다고 생각하는 거냐?"

"크하하하!"

그러나 이렇게 나오면 얘기가 달라진다.

―핫, 또 이 패턴인가? 정말 인간들이란 어딜 가나 똑같군. 어이, 주인. 저런 말을 듣고도 그냥 넘어갈 생각은 아니겠지?

지금, 그럴 생각이 사라졌으니까.

이에 태영이 히죽대는 리더를 바라보며 말해 주었다.

"하나만 충고하지."

"뭐? 충고?"

"그래, 네 말대로 하고 싶은 말을 다 떠든 것도 아니다만, 만약 누군가 너희 앞에서 나처럼 말하고, 또 네가 지금처럼 그런 사람의 앞을 막아서고 싶어진다면……."

펑―!

"크헉―!"

"먼저 어금니부터 깨무는 게 좋을 거다."

―……그런 말은 때리기 전에 해야 하는 거 아닌가?

폭음과 함께 리더가 피를 토하며 날아가자 그리모어가 날카롭게 지적해 주었다.

그러나 알 바 아니다.

폭력이란 게 원래 남의 사정을 봐주면서 휘둘러 대는 게 아니니까.

게다가 저 멀리 날아가 철문을 들이받고 굴러떨어지는 리더라는 놈에게는 확실히 늦은 감이 있었지만, 다른 놈들은 알아들었을 것이다.

"뭐, 뭐야?"

"리더가 한 방에 저렇게……."

"빌어먹을! 리더와 같은 가죽 갑옷을 입고 있었을 때부터 알아봤어야 했는데! 모두 긴장해라! 평범한 놈이 아니야!"

"그래 봤자 한 놈이야! 모두 달려들어 작살을 내 버려!"

뭐 그다지 새겨들은 것 같지는 않지만.

그 역시 알 바 아니다.

콰직—!

태영의 무릎에 피를 뿌리며 퉁겨져 올라가는 대머리!

그때 다른 놈이 주먹을 휘두르며 달려왔고, 태영은 목을 틀어 가볍게 흘리며 옆으로 이동.

놈의 뒷덜미를 잡아 뒤로 당기며 바닥에 내팽개쳤다.

"큭! 이런 개……."

태영은 바닥에 뒤통수를 박으며 넘어진 놈의 입에서 나오는 말을 듣고 싶은 생각은 없었다.

그럼 정말 죽여 버리고 싶어질지도 모르니까.

콰직—!

뭐 이런 거로 죽어 버리면 어쩔 수 없고.

태영은 몸을 일으키며 떠들어 대는 놈의 면상을 과격하게 밟아 주며 도약!

허둥대는 놈들의 면상에 연이어 무릎을 꽂아 주었다.

그리고 팽이처럼 몸을 회전시키며 좌우에서 달려드는 놈들의 옆구리에 바디블로!

"크헉─!"

두 놈이 숨 막히는 비명을 터뜨리며 옆구리를 움켜쥐고 쓰러졌다.

그래도 그들은 그나마 나은 편이다.

나머지 놈들은 하나같이 피떡이 된 얼굴을 부여잡고 뒹굴고 있으니까.

불과 1분 만의 일이었다.

그럼에도 가장 먼저 날아갔던 리더는 그새 조금은 회복됐는지 몸을 일으키고 있었다.

그리고 황망한 눈으로 동료들을 둘러보다가 와락 검 자루를 움켜쥐었다.

그러나 바로 헛바람을 들이켜며 굳었다.

"하지 마라."

그 앞에서 흘러나온 태영의 말 때문이다.

그의 목에 언제 뽑았는지도 모를 검을 들이댄 채, 바보라도 알 수 있는 살기를 띤 목소리로.

"죽는다."

한 번 더 말해 주자 리더가 공포에 물든 얼굴로 헐떡대며 천천히 손을 내렸다.

[一]

근력 : 97
순발력 : 73
지구력 : 65
마력 : 34
종합 평가 레벨 : 25

그 앞으로 떠오르는 정보창.

그리모어가 멋대로 띄운 리더의 정보창이었고.

─ 정말 웃음밖에 안 나오는군. 대체 이 자식은 뭘 믿고 그렇게 같잖게 굴어 댄 거지?

그게 꽤 궁금했던 모양이다.

그러나 원래 사람은 다들 자기만의 계획이 있는 법이다.

한 대 처맞기 전까지는.

뭐 그래도 딴에는 무리에서 가장 강하니 리더를 하는 것이겠지만, 어차피 전직 없이 올릴 수 있는 레벨은 20~30.

태영에게는 10이나 30이나 딱히 다를 게 없었다.

뭐 레벨의 문제만도 아니지만.

"브라보!"

그때 뒤에서 환호성을 터져 나왔다.

뜬금없이 뭔가 해서 시선을 돌리자 당황한 얼굴로 바라보는 중위 옆에, 용접용 헬멧을 쓴 여자가 팔짝팔짝 뛰어오르고 있었다.

"굉장해! 이런 건 처음 봤어요! 일병님 말대로 엄청나게 크고 날아다니는 몬스터를 순식간에 때려잡았다는 말도 허풍은 아닌 모양이에요!"

"저, 저기 한 박사님, 아무리 그래도 이런 상황에서 그런 말은 좀……."

"뭐 어때서요? 사실이기도 하지만, 중위님도 특활대가 너무 설치는 게 보기 싫다고 했잖아요."

"어? 아, 아니, 그건……."

특활대의 평소 행실을 알 수 있는 대목이었다.

그러나 태영과는 상관없는 일이다.

태영이 놈들을 때려눕힌 건 말로 해결하는 것보다 그편이 훨씬 효과적이고, 빨라서였을 뿐이다.

딱히 신날 것도 없고, 새삼 화를 낼 것도 없다.

"비켜라."

이에 검을 집어넣은 태영이 거치적대는 물건을 치우듯 발로 리더를 밀어냈다.

"김 일병님, 가시죠."

그리고 문을 열며 김 일병을 돌아봤을 때였다.

쭈뼛거리며 따라 나오던 김 일병이 갑자기 화들짝 놀라며 얼른 팔을 들어 올렸다.

"추, 충성!"

왜 그러나 돌아보니 바로 앞에 2명의 남자가 보였다.

"아, 태영 씨, 볼일은…… 응? 뭡니까?"

태영과 그 옆에 주저앉아 있는 리더, 그리고 그 너머에서 피를 질질 흘리며 뻗어 있는 사내들을 둘러보며 묻는 사람은 박일우였다.

그리고 또 한 사람, 옆의 중년 남자는 처음 보는 사람이었지만, 누군지는 바로 알 수 있었다.

그도 힐끗 문 안쪽을 훑어보고 시선을 돌렸다.

"당신이 박 중사가 말했던 분이군요. 어째 분위기가 꽤 어수선해 보이는데 무슨 일인지 설명해 주시겠습니까?"

"사단장님입니까?"

태영의 질문에 중년인이 군모에 나란히 붙어 있는 별 두 개를 가리키며 끄덕였다.

"네, 뭐. 어쩌다 보니."

"그럼 지금은 그런 질문을 할 때가 아닙니다."

"네?"

"아마도…… 아니, 이미 늦었군요."

"무슨 말입니까?"

삐빅-!

사단장의 허리에 채워진 무전기에서 날카로운 신호음이 울린 건 그때였다.

뒤이어 다급한 목소리가 터져 나왔다.

-사단장님, 지금 바로 12번 초소로 와 주셔야겠습니다!

"무슨 일인데?"

　-몬스터 떼가 이쪽을 향해 몰려오고 있습니다!

"몬스터? 그런 거야……."

　-이전과는 규모가 다릅니다! 정확한 상황을 파악하시려면 아무래도 직접 와서 보셔야 할 것 같습니다!

"서둘러서 가 보시는 게 좋을 겁니다."

이어지는 태영의 말에 움찔하며 고개를 돌린 사단장이 몸을 돌리며 소리쳤다.

"알았다! 바로 가겠다! 박 중사!"

"네, 사단장님!"

박일우가 황급히 지프에 오르며 태영을 돌아보았다.

그를 따라 뒷좌석에 오른 사단장 역시 같은 얼굴로 돌아보았고, 태영도 고개를 끄덕이며 옆자리에 탑승했을 때였다.

갑자기 그 사이로 헬멧이 불쑥 끼어 들어왔다.

"저도 같이 가요!"

"네? 아니, 한 박사님은……."

"됐어. 그냥 가."

사단장은 익숙하다는 듯이 별다른 반응 없이 지시했다.

이에 바로 지프가 엔진음을 일으키며 출발.

"큭! 대체 언제까지 자빠져 있을 거야, 이 자식들아! 얼른 일어나서 따라와!"

곧 뒤에서 이런 리더의 고함과 함께 오토바이도 따라붙었지만, 그런 건 아무래도 상관없는 일이었다.

태영은 물론 사단장에게도.

"이, 이런……."

잠시 후 도착한 외곽 초소에서 야시경을 통해 목격했기 때문이다.

저 멀리 보이는 산 능선을 가득 채우며 다가오는 엄청난 숫자의 몬스터, 오크 군단을.

그러나 태영에게는 새삼 놀랄 일도 아니다.

리더라는 놈이 북쪽 산 운운할 때 이미 청영을 보냈고, 그 눈을 통해 봐서 알고 있었다.

"산 너머에는 그 이상의 숫자가 있습니다."

그건 빙산의 일각이라는 것을.

"대체 왜……."

사단장이 혼란스러운 얼굴로 떠듬거렸다.

이런 일은 상상조차 해 본 적이 없는 얼굴이었다. 그리고 실제로, 이계에서도 이런 일은 좀처럼 일어나지 않는다.

즉, 이건 우연히 일어난 일이 아니라는 말이다.

일어날 만한 이유가 있었고 태영은 그게 뭔지도 알고 있었다. 그러나 지금 생각해야 할 건 그게 아니다.

—그래서? 이제 어쩔 거냐?

바로 이거다.

태영이 먼저 상황부터 파악해야 한다고 한 이유가 그 때문이다.

무슨 일이 일어날지 몰라서도 아니고, 이 도시의 군인들이 어떻게 대응할지도 아니다.

바로 태영이 어떻게 대응해야 할지다.

그리고 방금 답을 찾았다.

"당연히 못 본 척할 수는 없지."

-호오, 돕겠다는 건가?

"뭐 결과적으로는 그렇게 되겠지."

-결과적으로…… 뭔가 다른 이유가 있다는 말이로군.

물론 있다.

태영은 세상이 자신을 중심으로 돌아간다고 생각하는 과대망상 따위는 없다.

즉, 뭐든 제 뜻대로 되는 게 아니라는 걸 알고 있다는 말이다. 그건 크든 작든 전투에 임할 때는 태영도 목숨을 걸어야 한다는 의미.

그런 일을 자원봉사 하듯이 할 수는 없다.

당연히 이해득실을 따져 봐야 하고, 그 결과가 좀 전의 대답이다.

떠올랐기 때문이다.

'내 기억대로라면 여기서 북쪽 산 너머에서 이만한 규모의 오크 집단은 하나밖에 없어. 그리고 그 많은 오크를 움직일

수 있는 존재도. 그렇다면……'

이번 사태로 뭘 챙길 수 있는지.

"그럼 지금 해야 할 일은 하나밖에 없지."

-물론, 전투준비지.

"뭐래? 말했잖아. 이런 일을 자원봉사 하듯이 할 수는 없다고. 보수도 약속받지 않고 내 일도 아닌 전쟁에 참전한다는 게 말이 되냐?"

-웅? 아니, 하지만 좀 전에는 참전해야 할 다른 이유가 있다고 하지 않았나?

"그건 그거고 이건 이거지."

이미 결정했다고 두뇌 활동을 정지해 버리는 사람은 발전이 없는 법이다.

발전이란 항상 그 이상의 것을 추구해야 얻어지는 것.

따라서 지금 태영이 해야 할 일은…….

"사단장님, 제안할 게 있습니다!"

교섭이다.

🌀

상황은 급박하게 진행되었다.

"모든 부대에 알린다! 지금 즉시 전투태세를 갖추고 북부 방벽으로 집결하라! 기갑 부대는 각 주둔지 방어에 필요한

최소 전력을 제외한 나머지는 모두 북부 방벽의 방어선에 합
류하라! 각 여단장은 10분 이내에 부대 이동과 배치를 완료
하고 보고하기 바란다! 통제실! 모든 지역에 최고 등급의 비
상사태를 선포한다!"

웨에에엥-!

각지로 퍼지는 무선과 함께 울리는 사이렌.

거리에 점점이 떠 있던 불빛이 사라지고, 대신 곳곳에서
플래시 빛이 떠올랐다.

아파트나 빌딩의 창에서 떠오른 그 빛은 계단으로 이어지
고, 이내 도로에서 하나로 모여 긴 행렬을 이루며 남쪽으로
이동하기 시작했다.

모두 좁은 길로.

쿠쿠쿠쿠!

텅 빈 도로는 이내 탱크와 장갑차의 행렬로 채워졌다.

그리고 속속 도착하는 차량과 병사들.

그저 건물의 잔해를 쌓은 바리케이드가 속속 도착하는 자
주포와 병사들이 더해지며 순식간에 요새화되었다.

'상당하군.'

태영도 현대는 물론, 이계에서도 군 생활을 해 봐서 안다.

이처럼 빠른 태세 전환은 말처럼 쉽게 되는 것이 아니다.

그만큼 평소 기강이 잘 잡혀 있어야 하기도 하지만, 이런
상황을 상정한 매뉴얼도 갖춰져 있다는 의미다.

그러나 준비해 두었다고 승리가 보장되는 건 아니다.

특히 지금 같은 상황에서는.

"전방 확인."

퍼퍼퍼펑! 화악—!

짧은 명령과 함께 연이어 발사되는 조명탄.

100여 미터 간격으로 하나씩, 범위를 넓혀 가는 빛에 개활지(開豁地) 너머의 숲이 떠올랐다.

저 멀리 보이는 산까지 이어진 방대한 넓이의 숲.

우워어어어—!

그 숲 전체가 들썩이고 있었다.

숫자를 헤아리기는 힘들어도 이쪽보다는 몇 배나 많다는 것쯤은 누구라도 알 수 있었다.

남양주의 전체 병력은 약 7,000.

그중 북부 방벽에 배치된 병력은 3,000밖에 되지 않았다.

상황을 가볍게 생각해서가 아니라, 다른 지역을 텅텅 비워 둘 수 없는 탓이다.

'기갑 부대가 있으니 화력은 부족하지 않겠지만……'

"바로 공격해 오지는 않는군요."

"기다리는 겁니다."

사단장의 말에 태영이 고개를 끄덕이며 대답했다.

"아직 놈들의 병력이 모두 집결한 게 아닙니다. 오크라도 저만한 대군을 이끌고 험한 산을 넘는 건 쉬운 일이 아니니까요. 여러 부대로 나뉘어 이동해 오고 있습니다."

"제대로 통솔되고 있다는 말이군요."

"경험도 풍부하죠."

역시 가장 큰 차이는 이 부분이다.

남양주의 군인들은 대규모 전쟁을 치러 본 경험이 없다.

이계에서는 물론 현대에서도.

반면 왕성한 번식력으로 넘치는 머릿수를 주체 못 하는 오크에게 전투는 일상.

이 차이는 결코 무시할 수 없다.

"승산이 있겠습니까?"

그러니 태영도 거기까지는 모르겠지만.

"없으면 만들어야죠."

망설이며 대답할 일은 아니었다.

태영도 놈들이 무슨 생각을 하는지는 모른다.

그럼 이쪽은 이쪽대로 계획을 세워 밀어붙이는 수밖에 없고, 이미 관련 내용은 사단장에게 모두 설명해 두었다.

"그럼 이쪽은 맡기겠습니다."

"알겠습니다. 하지만…… 정말 괜찮으시겠습니까? 일단 허가는 해 드렸지만, 사실 제가 허가하고 말고 할 일도 아닙니다. 그들은 제 부하도 아닙니다. 군에 협조하는 관계일 뿐이죠. 더구나 조금 전 그런 소동이 벌어진 뒤인데……."

"그쪽은 맡기십시오."

태영이 피식 웃으며 몸을 돌렸다.

초소를 내려오자 자주포가 배치된 바리케이드 뒤, 멍한 얼굴로 숲을 바라보던 사내들이 태영을 발견하고 움찔하며 시선을 돌렸다.

몬스터 처리 공장에서 한바탕 벌였던 리더와 특활대원들이었다.

태영의 입술이 살짝 비틀어졌다.

"그래, 어떠냐? 네놈들이 싸질러 놓은 똥이 불러들인 결과를 보는 소감이?"

"뭐? 이, 이게 우리 때문이라고?"

"네놈들이 오크를 잡아 온 다음 날 저 많은 오크 떼가 나타났다. 그게 우연이라고 생각하나?"

"아니, 하지만……."

"오크는 부족 생활을 하는 몬스터다. 동료 의식이 있다는 말이지. 하물며 다른 오크도 아니고 부족장의 자식이 당했다면, 복수하러 오는 건 당연하지 않은가."

"부, 부족장의 자식?"

"그래, 네놈들이 잡아 온 오크 중 1마리의 어깨에 새겨져 있던 문양이 그 증표다."

"모, 몰랐어! 그런 걸 우리가 알 리가 없잖아!"

"네놈들의 잘못은 그걸 몰랐다는 게 아니다. 그런 것도 모르면서 오크의 사체를 여기까지 끌고 왔다는 거다. 그저 과시하기 위해서. 오크 떼를 자극한 것도 모자라 이곳까지 끌어들였다는 말이다."

"그런……."

리더와 특활대원의 얼굴이 시커멓게 죽었다.

싸늘한 눈으로 바라보던 태영의 얼굴에 웃음이 번진 건 그때였다.

"그런 표정을 짓는 걸 보니 그래도 양심은 있는 모양이군. 기뻐해도 좋다. 그 덕에 나도 네놈들에게 손을 빌려줘도 좋겠다는 생각이 들기 시작했으니까."

"손을 빌려준다니……."

"네놈들을 데리고 전장에 나갈 마음이 생겼다는 말이다."

"나, 나간다고? 밖으로? 저렇게 많은 몬스터가 곧 떼지어 몰려올 텐데?"

"귓구멍이 막힌 거냐?"

태영이 인상을 찌푸리며 한 걸음 내디뎠다.

그리고 그 순간, 태영은 이미 떠듬대는 리더 앞에 바짝 얼굴을 들이대고 있었다.

태영이 헛바람을 들이켜는 리더를 노려보며 말을 이었다.

"네놈들이 싸질러 놓은 똥을, 네놈들이 치울 수 있도록 도와주겠다는 거다, 아무런 관련도 없는 내가. 그런데도 뭔가 하고 싶은 말이 있는 건가?"

"아, 아니……."

"네놈의 그 잘난 부하들을 모아 바리케이드 앞에 집결시켜라. 3분 주지."

태영이 그리모어를 뽑아 들었다.

콰지지직—!

그 검날이 섬광에 휩싸이며 지면이 주욱 갈라졌다.

"네놈을 포함해 57명. 한 명이라도 부족하면 사냥당하는 건 너희들이 될 거다. 그건 스스로 복수를 위해 저 산을 넘어온 오크만도 못한 놈이라고 인정하는 것이나 다름없으니. 믿어도 좋다. 난 그런 쪽의 사냥 경험도 꽤 많으니까."

"그……."

"3분이다."

떠듬대던 리더가 움찔하며 입을 다물었다.

그리고 마른침을 꿀꺽 삼키며 태영과 그 손에 들린 검을 바라보다가 와락 몸을 돌리며 소리쳤다.

"어, 어이! 애들 다 불러 모아!"

─간단하군. 심지어 굉장히 자연스럽기까지 한데?

물론, 말했듯이 경험이 있으니까.

'다음은…….'

몸을 돌린 태영이 잰걸음으로 초소 옆의 막사로 향했다.

"누, 누구……?"

"태영 씨죠? 사단장님에게 연락받았습니다. 이쪽입니다."

당황한 얼굴로 고개를 돌리는 사병 뒤에서 소위가 뛰어와 한쪽을 가리켰다.

막사 앞에 쌓여 있는 탄약통이었다.

"이 정도면 됩니까?"

"네, 일단은."

짧게 대답한 태영은 탄약통을 일일이 점검해 보았다.

직접 사용할 탄약이 아니기 때문이다.

"태영 씨!"

그때 뒤에서 익숙한 목소리가 들려왔다.

고개를 돌리자 박일우와 포함해 10명의 소대원이 뛰어 왔다.

"사단장님께 태영 씨를 도우라고 명령받았습니다."

정확히는 태영이 지목한 것이다.

말했듯이 태영은 세상이 자신을 중심으로 돌아간다고 생각하지 않는다.

하기로 마음먹었다면 필요한 모든 준비를 해야 하고, 그런 이유로 지목한 게 특활대와 박일우 소대였다.

일단 이곳에서는 그나마 그들의 능력이 낮기도 하지만.

"어떤 내용인지도 들었습니까?"

"네."

"위험한 일입니다."

"물론 그것도 알고 있습니다. 하지만 태영 씨가 하겠다고 했다면 그만한 이유가 있겠죠. 그럼 따라야 하는 거고. 저희는 태영 씨의 제자들 아닙니까?"

믿고 따라 주는 사람이 필요해서다.

"그렇죠."

태영이 피식 웃으며 고개를 끄덕였다.

"그럼 자세한 설명은 생략하겠습니다. 일단 이쪽에 있는 탄약을 싣고 대기해 주십시오. 저도 바로 따라가겠습니다."

ㅡ흠, 꽤 적극적이군.

당연히 적극적으로 될 수밖에 없다.

태영이 이번 사태의 원인과 과정에 대해 그토록 자세히 알고 있는 이유는 과거 이계에서 똑같은 경험을 해 본 적이 있어서다.

물론 그때 장소는 남양주가 아니었지만.

'그때 내가 체류하던 영지를 습격해 온 건 회색 오크, 놈들이다!'

그 덕에 알고 있었다.

'내 기억대로라면, 또 내 계획대로 풀린다면…….'

뭘 얻을 수 있는지.

게다가 사단장과의 성공적인 교섭으로 이미 두둑한 보너스도 약속받았다.

물론 그런 약속을 받아 두지 않아도 결과가 좋다면 얻어낼 수 있을지도 모르겠지만, 그런 방식이 되어서는 안 된다.

'원하는 게 있다면 다른 사람의 인정에 기대서는 안 된다.

내가 원하는 건 내 손으로, 직접 얻어 내야 한다!'

홀로서기란 거기에서부터 시작하는 것이다.

당연히 의욕은 최고조!

'하지만 서둘러서는 안 돼. 승산은 거저 얻어지는 게 아니다. 모든 것은 철저한 계획에 따라!'

삐익―!

휘파람을 부는 것과 동시에 태영의 눈이 황금색으로 물들었다.

순간 태영의 시야가 밤하늘 위로 비상했고.

콰쾅! 콰콰콰쾅―!

폭음과 함께 그 아래에서 불기둥이 치솟았다.

북부 방벽 너머의, 엄청난 숫자의 오크 떼로 뒤덮여 가는 개활지에서.

이미 전투가 시작된 것이다.

그리고 불길과 함께 치솟아 오르는 오크들!

그때마다 개활지 곳곳이 구멍이 뚫리듯 빈 곳이 만들어졌지만, 잠깐이었다.

마치 삽으로 물을 떠낸 것처럼 그 자리는 순식간에 다시 오크로 채워졌다.

머뭇거리는 기색조차 없었다.

콰쾅! 우워어어어―!

바로 옆의 동료가 포탄에 직격당해 산산이 흩어져도. 심지어 제 몸의 일부가 떨어져 나가도.

광기에 젖은 괴성을 질러 대며 돌진해 왔다.

"노, 놈들이 옵니다!"

"미친 괴물들 같으니…… 쏴라! 대대, 일제사격!"

투투투투-!

포격을 넘어 총격의 사정거리까지!

"토, 통하지 않습니다!"

"헛소리하지 마! 그럼 쓰러지는 놈들은 뭐냐? 조금 더 버틸 수 있을 뿐, 놈들도 결국 조금 강한 짐승과 다를 게 없다는 말이다!"

"머리다! 저 빌어먹을 돼지 대가리를 날려 버려! 그럴 실력이 안 되면 다리를 노리든가! 어디든 일단 쏴! 놈들의 접근을 막으라고!"

"수가 너무 많습니다!"

"빌어먹을! 전열, 수류탄 투척!"

펑! 펑! 펑!

총격을 넘어 수류탄의 사정거리까지!

그리고 다시…….

"헉! 뚜, 뚫고 들어옵니다! 놈들입니다!"

크아아아-!

마침내 바리케이드를 뛰어 올라왔다.

탄창을 갈아 끼우던 병사가 황급히 총을 들어 올렸다.

그러나 채 방아쇠를 당기기도 전에 도끼에 맞아 날아갔고, 비명을 터뜨리는 사이 오크의 우악스러운 발길질에 차여 쓰러졌다.

크와아아아―!

이어 오크가 짐승 같은 포효를 터뜨리며 도끼를 들어 올렸을 때였다.

핑―!

짧은 파공음과 함께 오크의 머리가 사라졌다.

콰직!

동시에 그 위로 내리 찍히는 말발굽.

한 필의 말이 허우적대는 오크의 몸을 밟으며 바리케이드를 뛰어넘었다.

그리고 오크 떼 속에 내려서는 순간.

푸확! 푸확!

그 주위에서 연이어 핏줄기가 치솟아 올라왔다.

"뭐, 뭐야?"

"사람이다! 사람이 타고 있어!"

황망한 눈으로 바라보던 병사들이 고함을 터뜨렸다.

분수처럼 치솟았다 쏟아지는 피의 비를 가로지르는 짙은 갈색의 말을 타고 있는 사내는 바로 태영이었다.

"저 사람이…… 괴물을 쓰러뜨리고 있는 건가? 저 검으로?"

"모, 몰라. 하지만 상황을 보면……."

- 타이밍 한번 기가 막히는군. 일부러 노려도 이렇게 맞추기는 힘들 텐데 말이야.

일부러 노린 거다.

지금, 이때가 최적의 반격 타이밍이라고.

그래서 청영을 통해 전황을 살피고 있던 거고, 혼자 뛰어온 것도 아니었다.

"비켜!"

부앙! 부아아앙-!

태영의 뒤를 따라 굉음을 울리며 바리케이드 위로 솟아오르는 오토바이들!

그 아래로 검과 창, 투망처럼 펼쳐진 그물이 쏟아지자 바리케이드를 기어오르던 오크 떼가 와르르 굴러떨어졌다.

리더와 특활대원들이었고.

"방진을 펼치며 일단 주변의 놈들을 쓸어버린다!"

태영의 명령에 바로 요격 대형으로 전환!

거친 엔진음을 울리며 진격해 오크 떼를 몰아붙이기 시작했다.

"트, 특활대?"

"저 사람들이 저렇게 강했나?"

특활대의 활약에 병사들이 놀란 얼굴로 떠들었지만.

"말도 안 돼⋯⋯."

정작 가장 놀란 얼굴을 하는 건 바로 그 특활대였다.

알고 있기 때문이다.

자신들이 강해서가 아니라, 강하게 만들어지고 있다는 사실을 말이다.

두두두두! 푸확! 푸확!

바로 이 사내, 그들의 앞에서 말을 달리며 오크의 머리를 날리는 태영에 의해서.

50여 대의 오토바이가 흙먼지를 일으키며 오크와 뒤섞이는 난장판에서도 그 속도와 무위는 그야말로 압도적!

뭐 그래 봤자 정작 태영은 아직 준비 단계에 불과하지만 어쨌든.

"으아아아! 비켜! 비켜!"

부아아앙! 텅─!

그때 바리케이드 위로 장갑차가 날아올랐다.

그리고 육중한 차체로 두 마리의 오크를 깔아뭉개며 미끄러지며 난입!

"아욱! 사, 살았다!"

"살긴 뭘 살아, 인마? 네 눈은 장식이냐? 살고 싶으면 쏴!"

"뭐, 뭐야? 장갑차?"

"대체 누가…… 어? 저거 박 중사님 아니야? 어째서……."

박일우 일행이 탄 장갑차였다.

그리고 지금, 그들의 몸에는 방탄조끼와 몬스터 가죽이 둘둘 말려 있었다.

하드 스킬을 익혔다고 맨몸뚱이로 뛰어나오는 건 미친 짓이니까. 당연히 태영의 지시에 의한 대비였지만, 올린 건 방어력만이 아니었다.

투투투투!

오크 떼를 가로지르는 장갑차에서 난사하는 박일우 일행의 총격.

'일단 효과는 있는 모양이군.'

태영이 장갑차 쪽으로 방향을 틀었을 때였다.

해치가 열리며 헬멧이 불쑥 솟아 올라왔다.

"뭐, 뭐예요, 그게? 왜 중사님 소대원들이 쏘는 총에 맞은 괴물들은 픽픽 쓰러지는데요?"

"아, 좀! 방해하지 않겠다고 약속했지 않습니까!"

"방해가 아니라!"

"야, 닫아!"

"아, 아니, 잠깐……."

텅—!

그리고 이어지는 박일우의 고함에 다시 쑥 들어갔다.

"뭡니까? 방금 그건?"

"몬스터 처리소에 있던 한 박사님입니다. 북부 방벽으로 올 때와 같은 상황이죠. 경황이 없어서 신경 쓰지 못했는데다 듣고 있던 모양입니다. 우리보다 먼저 장갑차에 타고 있더라고요. 어떻게든 끄집어내려고 해 봤지만……."

텅! 텅! 텅!

"대체 총에 무슨 짓을 한 거냐고요!"

장갑차 속에서 울리는 소리를 들으니 어떤 상황이었는지는 대강 짐작이 되었다.

그러나 잘못 짚었다.

무슨 짓을 한 건 총이 아니라 탄창이다.

조금 전 박일우 일행이 옮겨 실은, 태영이 마력을 불어 넣은 탄약통에 담겨 있던 탄환.

'시간이 없어 많이 준비해 두지는 못했지만.'

사실 그럴 이유도 없었다.

제대로 된 마법 부여가 아니라 효과가 오래 가지 않기 때문이다.

잘해야 수십 분.

그게 이번 작전에 특활대도 필요한 이유다.

"이제 어떻게 하면 됩니까?"

그리고 뒤이어 리더가 물어 오는 말본새를 보니 굴려질 준비도 된 모양이다.

"그걸 물어야 아는 건가?"

태영이 피식 웃으며 말을 돌려세웠다.

그리고 물밀듯이 몰려오는 오크 떼를 바라보며 입 끝을 추어올렸다.

"당연히 저기지."

목표는 하나! 그리고……

우워어어어!

오크 떼가 몰려들었다.

태영은 허벅지로 안장을 꽉 조이며 옆으로 몸을 기울였다.

아래로 내려뜨린, 핼버드로 변환된 그리모어의 도끼날이 지면을 긁으며 따라붙었다.

이어 창대를 움켜쥔 팔 근육이 팽창되는 순간.

위잉! 콰콰콰콰-!

도끼날이 사선을 그리며 솟아 올라갔다.

그 궤적을 따라 피와 함께 팔이며 다리, 머리 따위가 따로따로 튀어 올라왔다.

활처럼 휘어졌던 태영의 몸이 반대쪽으로 기울어졌다.

위잉! 콰콰콰콰—!

다시 한번 솟구치는 핼버드!

우측에 이어 좌측의 오크들도 조각조각 찢어져 날아갔다.

펑—!

그때 앞에서도 폭음이 터져 나왔다.

동시에 태영이 쳐 날린 오크의 팔이며 다리 따위가 다시 되돌아 날아왔다.

태영은 핼버드를 사선으로 내리쳐 날아드는 사체 조각을 바닥에 처박으며 시선을 돌렸다.

쿠워어어어—!

거대한 몸집의 오크가 돌진해 오고 있었다.

방금 태영이 날린 동족의 잔해를 되돌려 날린 커다란 통나무를 짊어지고, 그 사이에 널린 동족의 시체를 거침없이 밟아 뭉개며.

─오크워리어군. 주인을 찍은 모양인데?

"내가 찍은 거다."

무시하고 가기에는 제법 덩어리가 큰 놈이니까.

그렇다고 시간을 들일 생각은 없었다.

태영은 바로 안장 위로 올라서며 고삐를 잡아챘고, 말이 앞발을 들어 올리는 타이밍에 맞춰 몸을 날렸다.

오크워리어가 움찔하며 걸음을 멈추고 통나무를 휘둘렀다.

그러나 일단 무기가 다르다.

"그리모어, 검으로!"

빛에 휩싸여 검으로 변하며 횡으로 그어지는 그리모어.

그 검날에는 이미 오러가 뿜어져 올라오고 있었고, 당연히 통나무 따위는 일도양단!

태영은 잘려 나간 통나무의 절단면을 밟고 미끄러지듯이 파고들어 갔다.

놈의 눈이 따라붙지도 못하는 속도로.

실력도 다르다는 말이다.

콰직-!

이에 놈의 목덜미로 파고들어 가는 검!

-아직이다.

굳이 말하지 않아도 느껴졌다.

체중을 실어 자루까지 박아 넣은 검으로 놈의 근육이 꿈틀대는 진동이 고스란히 전달되었다.

숨통을 끊기에는 부족하다는 말이지만, 문제 될 건 없었다.

푸확! 서겅-!

검날을 뽑으며 다시 목에 일격!

순간 태영을 향해 날아오던 오크워리어의 팔이 방향을 꺾어 자신의 목을 움켜쥐었다.

그러나 분출되는 피를 막기는 무리.

놈은 그 상태로 몇 번 거친 숨을 헐떡이다가 서서히 침몰하듯이 뒤로 넘어갔다.

"후─!"

─위기로군.

짧은 한숨에 섞여 그리모어의 목소리가 들려왔다.

그 말대로 위기였다.

히이이잉─!

뒤에 남겨진 말이.

이에 태영은 숨돌릴 틈도 없이 다시 돌진.

앞을 막는 오크를 베어 넘기고 말 주위로 몰려드는 놈들까지 속전속결로 해치웠다.

그리고 다시 말에 올라 그리모어를 핼버드로 변환!

위잉! 콰콰콰콰─!

다시 휩쓸듯이 오크 떼를 쳐 날렸다.

그야말로 압도적!

그 모습에 충격에 휩싸여 허둥대는 건 오크만이 아니었다.

"저 사람은 대체……."

"저게 정말 인간의 힘이란 말인가? 아니, 정말 인간이 맞긴 한 거야?"

뒤에서도 간간이 이런 말이 들려왔다.

그러나 사실 태영도 보기만큼 여유로운 상황은 아니었다.

일단 말을 타고 달리며 양손으로 핼버드를 휘둘러 대는 것 자체가 쉬운 일이 아니다.

　게다가 당연히 오크들도 그저 목을 대고 기다리고 있는 건 아닌지라 놈들의 공격을 피하며 휘둘러야 하니 몸에 가해지는 부담도 상당했다.

　물론 그래도 아직 헐떡댈 정도는 아니지만.

　-주인, 난 전투를 싫어하지 않는다. 상대가 썩은 들개든, 돼지 대가리든. 내 역할은 주인의 적을 베는 일이니까. 언제든 기꺼이 힘을 빌려줄 준비가 되어 있다.

　"하고 싶은 말이 뭔데?"

　-좀 더 쉬운 방법을 두고 왜 사용하지 않는지 이해가 되지 않는다는 말이다. 오올베어 때처럼 훈련 삼아 싸운다고 할 만한 상황이 아니지 않나?

　"아니지."

　-그런데?

　왜 오러 소드를 사용하지 않느냐는 질문이다.

　당연히 이유는 있었다.

　"너무 연비가 안 좋아."

　일단 첫 번째 이유는 이것.

　장기전에서 상시 발동 상태로 사용하기에는 마력 소모가 너무 크다는 것이고.

　"그리고 너무 밝아."

　-……첫 번째 이유는 그렇다 쳐도 두 번째 이유는 뭔 말인지 모

르겠다만? 뭐 확실히 오러 소드를 발동시키면 밝아지기는 하겠지만, 그게 무슨 문제가 된다는 거지?

문제가 된다.

태영이 참전한 건 그저 쏟아지는 오크나 베기 위해서가 아니다.

이 전투에 확실한 종지부를 찍기 위해서였고, 그래야만 원하는 것을 얻을 수 있다.

태영의 머릿속에는 이미 그 과정이 모두 설계되어 있었다.

당연히 그건 과거의 경험을 바탕으로 세운 설계였고, 따라서 그때까지 주의해야 할 게 뭔지도 알고 있었다.

"너무 눈에 띄면 안 돼."

─눈에 띄면 안 된다니? 적진 한복판을 가로지르면서 무슨…….

그건 그거고 이건 이거다.

그러나 그리모어가 그런 말을 할 정도로 힘든 상황인 것도 사실이다.

태영을 말하는 게 아니다.

그리모어는 어떻게 보이는지 모르겠지만, 태영은 아직 보기보다 꽤 여유가 있었다.

펑—!

문제는 이쪽이다.

뒤에서 폭음과 함께 튀어 오르는 오토바이.

그 아래로 30대 정도로 보이는 특활대원이 굴러떨어지고 있었다.

그리고 그 주위로 벌 떼처럼 몰려드는 오크 떼!

"중사님, 우측입니다!"

"RPG!"

쇄에에엑! 콰쾅-!

후미에서 따라오던 장갑차에서 로켓포가 날아가 폭발했다.

그러나 겹겹이 쌓인 오크는 그 자체가 방패!

쓰러지는 놈은 서너 마리에 불과했고, 그 수십 배에 달하는 오크가 밀고 들어왔다.

"놈들이 특활대원과 섞여 사격하기가 힘듭니다!"

"빌어먹을!"

K-2 소총을 들어 올리던 박일우가 인상을 찌푸리며 총구를 내렸다.

그때 그 앞으로 한 대의 오토바이가 스쳐 지나갔다.

"어금니 꽉 깨물고 버텨! 내가 간다!"

호기롭게 소리치며 돌진하는 사내는 특활대 리더였다.

그리고 리더답게 단숨에 두 마리를 베어 넘기며 오크 무리를 돌파!

"여기다! 다 덤벼라, 이 돼지 새끼들아!"

부앙! 부앙! 부다다다-!

리더는 칼날을 박아 넣은 철판을 두른 오토바이를 맹렬히 회전시키며 놈들을 피부를 찢었다.

그러나 치명상을 입히지는 못했고 막을 수도 없었다.

크아아아! 덜컹!

오토바이의 후미에 매달리는 오크.

뒤이어 바로 두어 마리의 오크가 더 달라붙자 오토바이가 중심을 잃고 쓰러졌다.

이에 리더는 바로 몸을 굴리며 탈출!

"큭, 젠장! 아직이다!"

벌떡 몸을 일으키며 좌우로 검을 휘둘렀다.

푸확! 푸확! 푸확!

그 앞에서 연이어 치솟아 올라오는 핏줄기!

순간 되레 검을 휘두르던 리더의 얼굴이 당혹감에 물들었고, 목을 잃고 쓰러지는 오크의 뒤로 떠오르는 남자를 보고 나서야 안도하는 얼굴로 바뀌었다.

"저, 저기……."

"머뭇거리지 마라! 특활대, 좌우로 산개해 놈들을 요격한다!"

그 남자, 태영이 고개를 돌리며 소리쳤다.

"장갑차를 측면으로 붙여 방벽으로 삼는다! 박 중사님, 위치로 이동하면 즉시 부상자를 장갑차에 탑승시켜 주십시오! 나머지는 후방에 연막탄 투척!"

"네! 3, 2, 1, 투척!"

평-! 펑-!

"교차 사격으로 놈들의 접근을 저지하라!"

투투투투-!

태영의 지시는 박일우를 거쳐 빠르게 실행되었다.

이에 빗발치는 탄환이 몰려드는 오크를 막아 내는 사이 부상자는 바로 장갑차 안으로 대피!

그래도 아직 1명이 남은 것처럼 보이지만.

"저, 전 괜찮습니다!"

태영의 시선을 받은 리더가 고개를 저으며 소리쳤다.

곳곳의 상처에서 피가 튀지만.

"이건 고혈압이라서 그럽니다! 헉헉헉, 이렇게 숨이 찬 것도! 피가 좀 많이 나는 것도!"

─이 녀석, 은근히 재미있는 구석도 있군.

태영도 살짝 그런 생각이 든다.

이번 같은 상황이 벌어진 건 처음이 아니다.

현재 태영은 일행은 오크로 뒤덮인, 또 끝도 없이 밀려드는 개활지를 가로지르는 중이다.

따라서 당연히 적은 태영이 뚫는 전방만이 아닌, 사방에서 몰려들었다.

그래도 박일우 일행은 사정이 좀 나았다.

장갑차를 타고 있고, 총을 사용하고 있으니까. 그러나 특활대는 직접 오토바이 따위를 몰고 무기도 검이나 창, 부딪

혀서 싸워야 하는 상황이다.

－이젠 안쓰럽게 보이기도 하고.

그 결과 리더와 특활대는 이런 말을 듣기에 부족함이 없는 몰골이 되어 있었다.

그럼에도 아직 전사자는 1명도 나오지 않았다.

지병인 고혈압 탓에 아직도 헐떡대는 리더가 후방에서 분주히 뛰어다닌 결과였다.

'폼으로 리더를 하는 건 아니라는 말이겠지.'

조금은 다시 보게 되었다.

뭐 일단 태도가 바뀌기도 했고, 애초에 기대치가 매우 낮았던 이유도 있지만.

"그럼 됐다."

태영은 고개를 끄덕여 주고 다시 전방으로 말을 달렸다.

그러자 리더가 황급히 오토바이를 세워 타고 그 뒤로 따라붙었다.

부웅! 콰콰콰콰－!

"뭐지? 아직 할 말이 있나?"

태영이 오크 떼를 썰어 날리며 묻자 멍한 얼굴로 바라보던 리더가 움찔하며 고개를 돌렸다.

"아, 아니, 대체 어디까지 돌격할 생각인지……."

"글쎄?"

그리고 이어지는 태영의 반응에 당황한 얼굴이 되었다.

그러나 달리 대답할 말이 없었다.

정확히 어디까지 돌진할지는 태영도 모르니까.

물론 그렇다고 이유도 없이 오크를 썰어 대며 달려왔다는 말은 아니다.

목적지를 정해 둔 건 아니지만, 목적은 있었다.

이에 잠시 주위를 둘러보던 태영이 고개를 끄덕이며 말을 이었다.

"그래, 대충 이쯤이면 되겠어."

"뭐가 말입니까?"

"네가 물은 목적지 말이다. 일단 여기로 하지."

"여, 여기라니요? 여긴 적지 한복판 아닙니까? 사방에 오크뿐이라고요! 이런 곳에서 대체 뭘 하겠다는 말입니까?"

"살아남는 거다. 가능한 한 오래. 그게 여기에 온 목적 이다."

"무, 무슨……."

"박 중사님, 일단 여기로 정했습니다! 이제부터 방어전에 돌입합니다!"

"알겠습니다! 박 병장, 조명탄!"

퉁! 화악―!

"지, 진담인 겁니까?"

리더가 상공에서 터지는 조명탄을 올려다보며 황당한 표정을 지었다.

그리고 그 빛 아래에서 우글대며 몰려오는 오크를 둘러보다가 와락 고개를 돌리며 소리쳤다.

"대, 대체 뭘 어쩌자는 겁니까? 정말 우리를 다 죽일 생각입니까?"

"달라지는 건 없다."

"네?"

"설사 네 말대로 모든 오크가 몰려온다 해도 직접 마주하는 건 어차피 우리 주변의 놈들뿐이다. 그리고 놈들을 뚫고 가야 할 이유가 없다면……."

푸확—!

말에서 내려 걸어가는 태영의 앞에서 오크 한 마리가 피를 뿜으며 쓰러졌다.

그리고 또 한 마리, 또 한 마리.

오크의 투박한 몸을 가르면서도 검의 속도는 조금도 줄어들지 않았다.

되레 가속을 붙이며 점점 빨라졌다.

그 궤적을 따라 튀어 오르는 피가 허공에 무수한 원을 그리며 퍼져 나갔다.

그리고 일시에 바닥으로 쏟아지는 순간!

쩌쩡—!

돌풍이 일며 오크 떼가 와르르 넘어졌다.

태영의 창안한 검술 제1식이다.

"이편이 훨씬 편하지."

ㅡ오러 소드까지 사용했다면 좀 더 재미있는 얼굴을 볼 수 있었을 텐데, 아쉽군.

그런 데 쓸 마력은 없다.

그리고 그것만으로도 이미 리더는 금붕어처럼 눈을 돌출시키고 입만 뻐끔대고 있었다.

물론 그러라고 보여 준 건 아니다.

"움직여라. 말했듯이 너희들이 지금 여기서 할 일은 살아남는 거다. 나도 여기선 너희들의 목숨을 다 챙겨 준다는 보장은 못 해."

"아니, 그……."

리더가 움찔하며 떠듬거렸다.

그러나 이내 입을 꾹 다물더니 몸을 돌리며 소리쳤다.

"특활대, 장갑차를 중심으로 집결하라! 오토바이로 바리케이드를 만들고 방어전을 시작한다!"

흩어져 있던 특활대가 모여들었다.

우워어어어ㅡ!

그 뒤를 따라 오크도.

바로 앞만이 아니다. 이미 태영 일행은 적진을 돌파하며 넘치도록 어그로를 끈 상태였다.

그런데 거기에 더해 적지 한복판에서 조명탄까지 쏘아 올리자 어그로 폭발!

일대의 오크가 모두 몰려들기 시작했다.

그리고…….

'됐어, 놈들이 예상대로 움직여 주고 있어.'

그게 태영의 목적이었다.

'놈들이 우리에게 모여드는 건 그저 어그로 때문이 아니야. 우리를 도시 측의 주력부대로 생각하고 있기 때문이다. 도시로 돌격하던 놈들까지 되돌아와 합류하는 게 그 증거다.'

그러나 그만큼 놈들도 발이 묶인다.

도시의 방어선을 유지하기가 쉬워진다는 말이다.

물론 그렇다고 태영 일행이 전투가 끝날 때까지 이곳에서 버틸 수는 없는 일이다.

이미 박일우 소대에 지급한 특제 탄창은 한참 전에 바닥을 드러냈고, 특활대에서도 부상자가 속출해 장갑차 내부에도 더는 빈자리가 없을 정도였다.

태영의 체력도 무한대는 아니다.

그럼에도 이곳에서 버티고 있는 이유는 알고 있기 때문이다. 아니, 이미 보고 있었다.

뿌아아앙-!

태영의 눈이 향한 숲에서 뿔피리 소리가 울려 나온 건 그때였다.

'……지금이다!'

태영이 기다리던 게 바로 그것이다.

아니, 만들어 놓은 것이다.

태영이 원하는 대로, 오늘 밤 안에 이 전쟁을 끝내기 위해서.

꩜

"박 중사님!"

태영이 고개를 돌리며 소리쳤다.

"여기서 2킬로미터 전방! 10시에서 11시까지의 300미터 범위! 그리고 3시에서 4시까지의 300미터 범위! 전방위 포격 요청입니다!"

"네!"

박일우가 황급히 무전기를 들어 올렸다.

그리고 다음 순간!

꽈콰콰쾅―!

숲에서 불기둥이 치솟았다.

한 번이 아니었다. 또 치솟아 오르는 건 나무 파편만이 아니었다.

그야말로 소나기처럼 쉬지 않고 내리꽂히는 포격에 오크의 육편과 함께 그보다 몇 배나 큰 늑대의 사체가 펑펑 치솟아 올라왔다.

북부 방벽에 배치된 기갑 부대의 포격이었다.

- 허! 이게 뭐야? 도시에 있던 그 마력포의 사정거리가 저 숲까지 닿는다는 건가?

당연히 닿는다.

그 포격을 뿜어내는 건 그리모어가 중얼대는 마력포가 아닌 K-9 자주포니까.

최대 사정거리 40킬로미터로 숲은커녕 그 뒤로 보이는 산 너머도 포격 범위 안이다.

- 무슨 전략 마법도 아니고 고작 마력포가…… 아니, 잠깐만. 그런데 저 숲에 오크 떼가 득실대는 걸 알면서도 왜 지금까지 한 번도…….

"놈들이 모르니까."

태영이 히죽 웃으며 말했다.

"하지만 나는 질리도록 경험해 봤지."

그 질리도록 경험해 본 오크의 수법은 언제나 같았다.

먼저 넘치는 물량을 들이부어 적의 전술을 파악하고 방어가 약한 부분을 찾는다.

그 뒤에 주력부대를 투입해 단숨에 제압하는 방식이다.

그래서 숨기고 있었다.

놈들의 주력부대, 오크라이더가 똘똘 뭉쳐 돌격 태세를 갖출 때까지. 그래야 지금처럼 한꺼번에 팝콘처럼 튀겨 줄 수 있을 테니까.

-크큭, 오크가 머리를 굴려 봤자 오크라는 건가? 아니, 뭐 이런 건 오크가 아니라도 당할 수밖에 없겠지. 그 마력포를 직접 본 나도 이 정도의 위력을 발휘하리라고는 상상하지 못했으니까. 하지만 살아남은 놈들도 꽤 돼 보이는군. 그대로 양쪽 숲으로 나오는 걸 보니 피해를 무시하고 그대로 전장을 우회해 도시를 습격할 생각인 것 같고 말이야.

"그렇겠지. 오크는 한번 명령을 받으면 스스로 바꾸지 못하는 놈들이니까."

-괜찮겠나?

"나야 모르지."

-뭐야, 갑자기? 알 바 아니라는 투로?

태영은 대답하지 않았다.

어차피 놈들을 막아도 전투는 끝나지 않는다.

숲에는 놈들을 대체할 오크가 끝도 없이 늘어서 있다.

태영이 이곳에서 버티던 이유도, 포격의 사정거리를 숨겨온 이유도, 그런 놈들을 몇 마리 더 때려잡기 위해서가 아니었다.

'타깃은 하나!'

대체 불가의 오크!

모든 건 놈을 끌어내기 위한 과정이었다.

숲은 안전하다고 믿게 만들어서, 태영의 손이 닿는 곳까지.

삐이—!

그리고 지금 찾아냈다.

청영이 울음을 터뜨리며 맴도는 숲 아래!

'……저놈이다!'

태영이 말에 오르며 소리쳤다.

"박 중사님, 마지막 콜입니다! 방향은 전방! 최대한 좁은 간격으로 200미터 앞까지 포격을 요청해 주십시오! 지금 바로!"

콰콰콰콰—!

말이 끝나기가 무섭게 앞에서 불기둥이 치솟아 올라왔다.

꾸역꾸역 몰려드는 오크를 박살 내며!

"박 중사님, 뒤를 맡기겠습니다!"

"어, 어디로 가십니까?"

두두두두!

태영은 뒤이은 리더의 말을 씹으며 폭연 속으로 돌진했다.

그러자 곧 엔진음이 따라붙었다.

"저도 가겠습니다!"

결연한 얼굴로 소리치는 리더의 오토바이였다.

의미 없는 짓이라는 생각밖에 들지 않지만, 그런 말을 할 여유는 없었다.

지금 태영이 오크의 사체를 밟으며 달리는 곳은 포격으로 만들어 낸 일시적인 통로!

태영은 그 중심을 가로질러 단숨에 숲까지 돌격해 들어

갔다.

숲은 곳곳이 불길에 휩싸여 있었다.

때때로 그 불길 속에서 오크가 뛰어나왔지만, 걸림돌조차되지 않았다.

"그리모어, 이제부터가 본 게임이다!"

– **빨리도 시작하는군.**

위잉! 위잉!

뿜어지는 오러와 함께 쩍쩍 갈라지는 오크들.

이제 연비나 눈에 띄는 걸 걱정할 단계는 지났기 때문이다. 이미 목적지에 도달했으니까.

'따라잡았다!'

일렁이는 불길 너머로 보이는 한 무리의 오크!

사슬 갑옷의 방패까지, 다른 오크와는 확연히 차이 나는장비를 갖춘 놈들이었다.

그러나 태영의 눈은 그 너머의 오크에 고정되어 있었다.

다른 놈들이 난쟁이로 보일 정도로 거대한 몸집에 철갑을두르고, 육중한 양손 도끼를 질질 끌며 앞서 걸어가고 있는오크.

바로 놈이다.

그놈이 바로 태영이 말했던 대체 불가의 오크.

바로 오크의 왕, 오크 로드다.

"자, 잠깐! 위험합니다!"

그때 뒤에서 리더의 다급한 고함이 터져 나왔다.

우지직-!

옆에서 불길에 휩싸인 나무가 쓰러진 건 그때였다.

이에 리더가 황급히 핸들을 꺾으며 멈춰 섰고, 태영의 말도 거칠게 머리를 흔들어 대며 멈춰 섰다.

그러나 태영은 멈추지 않았다.

'겨우 놈을 찾아 따라잡았다! 기회는 아마도 한 번! 놈에게 시간을 줘서는 안 된다!'

그대로 안장을 밟고 도약!

단숨에 나무를 뛰어넘자 일렁이는 불길 너머로 다시 놈들이 시야에 들어왔다.

놈들의 눈 역시 태영을 향해 움직이고 있었다.

그 눈에 당혹감이 떠올랐지만, 잠깐이었다.

크아! 크아!

오크 전사들이 방패를 세우며 돌진해 왔다.

－다른 돼지들과는 다르다. 제대로 훈련받은 돼지야. 그래 봤자 돼지지만, 얌전히 썰려 줄 돼지들은 아니다.

당연히 그럴 거다.

놈들은 부족장인 오크 로드의 호위병.

틀림없이 수만의 오크 중에서도 가장 뛰어난 실력의 오크일 것이다.

그러나 관심 없다.

"말했잖아! 내 상대는 처음부터 하나였다고!"

칭! 칭! 칭!

그리모어의 검날이 연속적으로 울렸다.

태영이 밀어 넣은 마력은 윈드, 작은 돌풍을 일으키는 1레벨 바람 마법이다.

그러나 작은 돌풍도 모이면 태풍이 되는 법.

콰아아아–!

중첩된 마법을 일시에 폭발시키자 폭풍이 휘몰아쳤다.

검 끝이 향한 아래로, 그리고 다시 위로!

지면에 충돌한 바람은 회오리를 일으키며 치솟아 올라 태영의 몸을 떠받치듯 밀어 올렸다.

방패를 치켜들고 돌진해 온 오크 전사들이 그 아래로 지나갔다.

그리고 그 앞으로 가까워지는 오크 로드!

크르르르!

태영이 호위들을 넘어 날아오자 놈이 이를 드러내며 양손 도끼를 들어 올렸다.

– 주인, 좋지 않다! 이대로 떨어지면…….

"됐으니까 집중해!"

태영이 그리모어의 입을 틀어막듯이 검 자루를 꽉 움켜쥐었다.

확실히 놈의 반응은 예상보다 빠르다.

그러나 그 정도로는 어림도 없다.

태영은 이곳에 오기 전부터, 아니 전투가 시작되기 전부터 준비해 왔으니까.

필요한 건 필요한 때, 필요한 곳에 있도록.

삐이―!

태영의 등을 향해 내리꽂히는 청영!

순간 완만한 곡선을 그리며 떨어지던 태영의 궤도가 직선으로 바뀌며 급강하했다.

놈의 도끼보다 빠르게!

활화산 같은 오러를 뿜어 올리는 그리모어를 뻗으며!

그리고 오크 로드와 겹쳐지는 순간.

치이이이잉―!

그리모어의 칼날이 쇳소리를 일으키며 진동했다.

그 감각만으로도 직감할 수 있었다.

'얕았다!'

태영은 오크 로드를 스치며 바닥에 내려섰을 때 그렇게 판단했고, 동시에 다시 앞으로 몸을 날리며 바닥을 굴렀다.

위잉! 콰쾅―!

굉음과 함께 그 바닥이 들썩였다.

미끄러지듯이 수 미터를 이동해 몸을 돌리자 지면이 함몰되어 있었다.

속전속결로 해치우려고 했던 이유가 그 때문이다.

어렵게 만든 기회고, 놈을 쓰러뜨려야 전쟁을 끝낼 수 있다는 것 따위는 둘째 문제다.

'오크 로드……'

놈이야말로 최강의 오크!

수만의 오크를 지배할 수 있는 이유는 단지 그거 하나, 놈이 그만큼 강하기 때문이다.

게다가 놈은 다른 부족의 오크 로드와는 다르다.

쿠워어어어-!

놈의 입에서 뿜어져 나오는 분노의 포효!

순간 마치 충격파처럼 뿜어져 나온 기운이 들이닥치며 몸이 저릿저릿해졌다.

마치 마비되듯이, 아니 마비되었을 것이다.

콰쾅-!

바로 달려들어 도끼를 내리친 놈이 되레 당혹스러운 표정을 떠올리는 게 그래서다.

아마도 놈이 지금까지 상대한 적은, 그게 오크든 인간 전사든 그 포효에 통나무처럼 굳은 채 뒤이은 도끼에 쩍 갈라졌을 테니까.

실제로 태영은 과거 수십 명의 전사가 그렇게 쪼개지는 장면을 본 적이 있었다.

즉, 알고 있었다는 말이다.

그게 태영이 이번 전투에 참전을 결정한 이유였고, 지금까지 마력을 아껴 왔던 이유도 이럴 때를 대비해서였다.

그 포효의 힘을 막아 내는 방법은 하나, 몸에 마력을 두르는 것이니까.

'그래도 지금 내 마력으로는 이 상태를 오래 유지하기는 힘들다. 그리고 오래 끌 이유도 없다. 속전속결로 끝내지 못한 건 아쉽지만, 대미지는 확실히 안겨 주었다.'

방금 놈의 목을 가른 일격!

그 상처에서 쉬지 않고 피가 쏟아지고 있었다.

'처음이겠지. 그런 상처를 입고 싸우는 것도, 포효가 통하지 않는 것도. 이게 처음이자 마지막이 되게 해 주마!'

다시 한번 도끼를 피하며 물러난 태영의 그리모어를 수평으로 세우며 자세를 가다듬었다.

퉁—!

그리고 차지대시로 돌진!

그때 놈도 한 걸음 내디디며 바닥을 걷어찼다.

폭발하듯이 터져 올라온 흙과 자갈이 산탄처럼 퍼지며 날아왔다.

그러나 태영은 눈도 깜빡이지 않았다.

보통 이런 공격은 그보다 확실한 일격을 위한 준비 단계에 불과하니까.

"오크 로드답지 않은 짓을 하는군. 그 아둔한 머리로 이런 잔꾀까지 생각해 내야 할 정도로 다급한 모양이지?"

태영이 입 끝을 추어올리며 검을 세웠다.

콰쾅-!

그 위로 떨어지는 도끼!

이에 태영이 검날을 사선으로 내리뜨리자 도끼날이 스파크를 일으키며 미끄러졌다.

확실히 힘을 경감시켰지만, 그럼에도 도끼날이 박히는 지면이 움푹 주저앉았다.

-불쾌한 도끼로군. 오러 소드 상태인 나와 그렇게 마찰을 하고도 이 하나 나가지 않다니. 적어도 평범한 도끼는 아닌 모양이군.

태영도 그제야 생각났다.

'그래, 그러고 보니 이런 도끼도 있었지.'

놈을 상대할 때 주의해야 할 게 그 포효만이 아니라는 것을 말이다.

"그리모어, 더 받아 낼 수 있겠나?"

-하! 누구에게 묻는 건가? 저 도끼에게 물은 거라면 상관없지만, 나에게 물은 거라면 꽤 자존심이 상할 일이군.

그러나 그리모어가 이렇게 말한다면, 그 도끼도 놈을 쓰러뜨리고 얻을 전리품 목록이 하나 더 추가되는 것 외에는 의미는 없다.

방금 그 도끼를 받아 낼 때 확신이 들었으니까.

'놈이 정상적인 상태였다면 그리모어를 걱정하기 전에 먼저 내 어깨가 나갔겠지. 놈은 이미 제힘을 내지 못하는 상태

라는 말이다!'

크악! 크악!

물론 주위에는 아직 팔팔한 오크 전사들이 남아 있었다.

그리고 오크 로드와 몇 번 공방을 주고받는 사이 놈들도 되돌아왔다.

삐이—!

이에 상공을 맴돌며 상황을 주시하던 청영도 울음을 토하며 고도를 낮췄지만.

'아직 아니다! 대기하고 있어!'

태영은 바로 제지했다.

오크 전사 따위는 위협이 되지 않기 때문이다.

그사이 태영은 두어 번 더 오크 로드의 도끼를 받아 흘리며 일 보 전진!

놈의 사각으로 파고들어 가고 있었고.

콰쾅! 콰쾅! 콰쾅!

오크 로드는 그때마다 이리저리 몸을 돌리며 쉬지 않고 발을 구르고 도끼를 내리찍고 있으니까.

어설프게 끼어들어 봤자 그 발에 찍히고, 도끼에 쪼개지는 건 놈들이 될 뿐이다.

그러니 이제 놈들은 지켜볼 수밖에 없다.

'이 거리는 나만의 것이다!'

푸확—!

오크 로드의 장딴지에서 튀어 오르는 피!

휘청하며 흔들리던 놈이 와락 몸을 돌리며 도끼를 휘둘렀지만, 태영은 이미 반대쪽 옆구리로 돌아가고 있었다.

그 궤적을 따라 피가 뿜어져 올라왔다.

그리고 또! 또! 또!

태영은 발광하는 놈의 몸에 붙어 그림자처럼 움직였고, 그때마다 피가 치솟았다.

섀도 스텝에 1식이 더해진 결과였다.

이에 오크 로드의 하체는 걸레처럼 너덜너덜해졌고.

쿵-!

결국, 체중을 버티지 못하고 꺾였다.

그러자 오크 전사들도 더는 참지 못하고 괴성을 질러 대며 몰려들었다.

'청영, 지금이다!'

삐이이이-!

그때 울려 퍼지는 '천조의 울음'!

강렬한 음파에 방향감각을 상실해 버린 오크 전사들이 우왕좌왕 헤매기 시작했다.

물론 그 시간은 길지 않겠지만, 충분했다.

오크 로드는 이미 제힘으로는 일어나지도 못한 채 거친 숨을 몰아쉬고 있는 상태.

그래도 남은 기력을 쥐어짜 도끼를 휘둘렀지만, 발악처럼 휘둘러 대는 도끼는 위협조차 되지 못했다.

"그리모어, 핼버드 전환!"

위잉! 콰직!

섬광의 교차와 함께 도낏자루를 쥔 놈의 팔목이 반 이상 절단!

힘없이 꺾이는 손목과 함께 도끼도 떨어졌고.

퉁─!

태영이 그 도끼를 타고 쏘아져 올라갔다.

아래로 늘어져 있는 도낏자루를 밟으며 어깨까지, 불과 서너 걸음 만에 뛰어 올라가 다시 놈의 머리를 밟으며 한 번 더 도약!

수 미터 높이에서 정점을 찍고 떨어져 내렸다.

손에 쥔 핼버드를 수직으로 세우고, 당황한 얼굴로 올려다보는 오크 로드의 얼굴을 향해!

콰드드득─!

그 아래에서 놈의 몸을 일직선으로 가로지르며 울리는 파열음!

'……끝이다!'

휘어지는 태영의 입술 위로 피가 튀어 올라왔다.

그르르륵.

핼버드가 뚫고 들어간 목덜미에서 피거품이 올라왔다.

태영이 오크 로드의 등을 타고 내려오며 팔을 당기자 다시 파열음을 일으키며 핼버드가 뽑혀 나왔다.

붉게 번들대는 도끼날을 따라 긴 포물선을 그리며 퍼져 오르는 피.

……쿵!

그 뒤에서 천천히 기울어지던 오크 로드의 몸이 바닥에 처박혔다.

–종합 평가 레벨이 상승했습니다!

–종합 평가 레벨이 상승했습니다…….

눈앞에는 이런 메시지가 떠오르고 있었다.

오크 로드가 피와 함께 뿜어내는 마소가 태영의 힘으로 바뀌는 장면이었다.

"후–!"

태영이 참던 숨을 불어 내며 주위를 둘러보았다.

먼저 눈에 들어오는 건 오크 전사들이었지만, 놈들만이 아니었다.

오크 로드와 싸우는 사이에 몰려들었는지 주위의 수풀 속에는 꽤 많은 오크의 기척이 느껴졌다.

그러나 움직이는 놈은 없었다.

그저 황망한 얼굴로 바라만 보고 있을 뿐이었다.

그러다 태영의 시선을 받고 움찔했고, 주춤주춤 뒷걸음 치다가 와락 몸을 돌리며 도망쳤다.

그렇게 한두 놈이 도망치자 전염되듯 다른 놈들도 도망치 기 시작했고.

크악! 크아아아ㅡ!

비명 같은 고함이 숲 곳곳으로 퍼졌다.

"일단 놈들을 잠시 저렇게 놔두는 편이 좋겠지."

태영은 검으로 되돌린 그리모어를 검집에 넣으며 몸을 돌 렸다.

ㅡ담담하군.

딱히 그런 건 아니다.

그러나 주위에서 오크들이 멀뚱멀뚱 지켜보는데 환호성을 터뜨리며 좋아하기도 뭐 했고, 지금은 타이밍을 놓친 감이 있었다.

애초에 태영에게 오크 로드는 결말이 아닌 과정에 불과 했다.

이번 전쟁을 끝내기 위한. 그리고…….

'드디어!'

원하는 것을 얻기 위한.

그게 바로 지금 태영이 반짝이는 눈으로 바라보는 오크 로 드의 목에 걸린 목걸이였다.

그저 짐승의 송곳니를 가죽끈으로 묶어 놨을 뿐인 투박한 목걸이.

그러나 태영은 그 목걸이가 어떤 물건인지 알고 있었다.

알고 있지만!

"역시 이런 건 기분 문제겠지. 뭐 대강 알아도 착용 전에 정확한 확인 작업은 필수이기도 하고. 타깃 지정, 사용자."

찌익-!

과감하게 한 장밖에 남지 않은 '감정' 주문서를 찢었다.

이에 태영의 눈은 한층 밝게 반짝였고.

[포효의 목걸이]

주요 구성 : ???
등급 : 유니크
특기 사항 : 신체 능력 향상(힘 +15, 지구력 +15)
이펙트 스킬 : 비스트 피어(마력을 담은 포효로 적을 1~3초간 경직)
※확인할 수 없는 짐승의 송곳니로 만들어지는 목걸이입니다. 송곳니에 마력을 충전해 놓으면 최대 하루에 두 번, 일시적으로 적을 마비시키는 포효를 발동할 수 있습니다.

그 눈앞에 정보창이 떠올랐다.

-호오, 이건…… 오크 주제에 꽤 쓸 만한 물건을 가지고 있었군. 그래, 그 비만 오크가 소리를 지를 때 뭔가 불쾌한 기분이 들었던 게 이것 때문이었던 건가?

그런 거다.

그 포효는 오크 로드가 아닌 이 목걸이의 힘!

그러나 태영도 그 외에 힘과 지구력을 각각 15씩 상승해 주는 효과까지 붙어 있는 줄은 몰랐다.

알고는 있었지만, 가져 본 적은 없어서다.

과거 놈이 다른 영지를 공격했을 때 엄청난 피해 끝에 겨우 쓰러뜨린 파티가 이런 목걸이를 얻었다는 말을 듣고 군침만 흘렸을 뿐이다.

그래서 모르고 있었다.

과거에 군침만 흘리던 물건을 손에 넣었을 때의 기분이 어떤지.

'그게 이제 내 거다!'

생각과 함께 홍수처럼 콸콸 쏟아지는 엔도르핀!

잠 한숨 못 자고 이곳에 와서, 또 잠 한숨 못 자고 싸워 대며 쌓인 피로가 한 방에 날아가는 기분이었다.

게다가 그게 전부가 아니었다.

'분명 이것도 평범한 도끼는 아니야.'

태영은 얼른 방패만 한 크기의 날이 붙어 있는 도끼를 들어 올렸다.

보이는 대로 한 손으로 들어 올리기조차 버거울 정도로 무거웠지만, 중요한 건 성능!

태영은 여전히 반짝대는 눈으로 도끼를 바라보았다.

당연히 정보창이 떠올랐지만, 갑자기 그 앞을 가로막듯이 다른 메시지가 떠올랐다.

─습득한 도끼가 그리모어의 마력에 반응하고 있습니다.

─주인의 허락이 있다면 그리모어에 도끼를 흡수시킬 수 있습니다. 그럴 경우, 도끼는 사라지게 됩니다. 그리모어에 도끼를 흡수시키겠습니까?

"어? 뭐, 뭐지 이건?"

─뭐냐니? 뭐가 뭐냐는 건데?

"아니…… 그걸 왜 나한테 물어? 이거 네가 띄운 거 아니야?"

─무슨 말을 하는지 모르겠다만?

"넌 이 정보창이 안 보인다는 거야?"

─그러니까, 그게 무슨 말인지 모르겠다고. 대체 정보창은 또 뭐고?

그리모어는 되레 답답하다는 목소리로 되물었다.

덕분에 태영은 머리가 복잡해졌지만.

'복잡하게 생각할 필요는…… 없는 건가? 메시지 내용을 있는 그대로 받아들인다면 이 도끼를 그리모어가 흡수할 수 있다는 말이고, 의미 없이 그런 일이 벌어지지는 않겠지. 그리고 이런 형태의 흡수라면 나쁜 영향을 줄 확률은 낮고. 어쩌면…….'

짚이는 바가 없지도 않았다.

그리고 설사 짚이는 바가 없어도 해 보지 않으면 알 수 없는 법.

고민은 길지 않았다.

"허락한다!"

이에 태영이 고개를 끄덕이며 말했을 때였다.

–갑자기 뭘 허락…….

중얼대던 그리모어의 목소리가 갑자기 뚝 끊어졌다.

그리고 뿜어져 나오는 빛.

태영이 마력을, 아니 쥐고 있지도 않은데도 검집 사이로 흘러넘칠 정도로 빛이 뿜어져 나왔다.

지금까지와는 다른 붉은빛이 수십 갈래로 퍼지며.

그리고 곧 태영이 들고 있는 도끼를 향해 뻗어 와 둘둘 말 듯이 휘감았다.

도끼날의 광택이 빠르게 사라졌다.

지직! 지직!

그리고 갈라지기 시작했다.

거대한 도끼날에서부터 손잡이까지, 순식간에 무수한 균열에 뒤덮였다. 그리고 다음 순간, 돌연 모래처럼 잘게 부서지며 부스스 쏟아져 내렸다.

그러나 메시지에 흡수라는 말이 적혀 있으니 새삼 놀랄 일은 아니었다.

당혹스러운 건 그다음이었다.

"그리모어, 뭔가 달라진 게 있어?"

태영이 그리모어를 내려다보며 물었지만, 대답이 없었다.

마력을 불어 넣자 오러는 올라왔지만, 꽤 약해져 있었고 그리모어 역시 아무런 반응을 보이지 않았다.

"야!"

이에 태영이 버럭 소리쳤고.

"네, 넵!"

대답은 엉뚱한 곳에서 들려왔다.

시선을 돌려 보니 황망한 얼굴로 바라보는 리더가 눈에 들어왔다.

그 뒤로는 수십 대의 오토바이와 장갑차, 그리고 그 위에 타고 있는 특활대와 박일우 일행도 보였다.

모두 리더처럼 황망한 눈으로 태영과 오크 로드의 사체를 바라보고 있었다.

'뭐 일단 기다려 보는 수밖에 없나? 일단 오러는 발동하는 걸 보니 별일은 없겠지만, 혹시 모르니…….'

태영이 일단 그리모어를 다시 챙겨 넣었을 때였다.

멀뚱멀뚱 바라보던 박일우가 퍼뜩 생각난 얼굴로 소리쳤다.

"아, 태영 씨, 놈들이 물러나고 있습니다! 이 숲에 있던 오크와 북부 방벽 주변에 있던 오크까지! 모두 물러나고 있습니다! 이제 전쟁은 끝났습니다!"

"무슨 말입니까?"

태영이 어이없다는 듯한 목소리로 되물었다.

그리고 가방에서 다른 검을 꺼내 들고 고른 치아를 드러내며 웃었다.

"이제부터 시작이지."

태영의 철학은 언제, 어디서든 변함없다.

그 핵심은 두 가지.

챙길 수 있을 때 챙긴다. 그리고 일단 시작하면 끝장을 본다.

적이 전의를 잃고 도망갈 때라고 달라질 건 없다.

아니, 되레 지금이다. 그런 놈들을 베는 것만큼 쉬운 일은 없으니까.

"박 중사님, 사령부에 무전을 때리십시오! 지금이 총공격할 때라고!"

당연히 그 선두는 태영!

그러나 마경의 숲에서부터 타고 온 말은 무리한 탓인지 다리를 다쳐 움직이기 힘들어져 버린지라.

부앙! 부아아앙-!

남은 오토바이를 타고 바로 돌격!

"청영, 놈들을 찾아라!"

삐이-!

"저, 저도 같이! 가자!"

"태영 씨! 어이, 뭐 해? 따라붙지 않고! 같이 가요!"

특활대와 박일우 일행도 황급히 뒤를 따랐다.

그리고 청영의 색적 능력으로 찾아낸 오크 무리를 닥치는 대로 격파!

거기에 잠시 후, 박일우의 연락을 받은 사단장이 북부 방벽에 배치된 자주포와 군 병력을 진군시키자 개활지와 숲은 빠르게 오크의 사체로 덮여 가기 시작했다.

그리고 그로부터 다시 두어 시간이 지났을 무렵 특활대와 박일우 일행은…….

"저, 저 사람은 사람도 아니야!"

악마를 보았다.

"후–!"

태영이 몸을 일으켰다.

코로 스며드는 알코올 냄새와 함께 기억이 떠올랐다.

오토바이를 타고 미친 듯이 숲을 질주하며 닥치는 대로 오크를 베어 넘기던 광란의 기억이.

지금 생각해도 참 잘했다 싶지만, 역시 태영의 체력에도 한계는 있었다.

얼추 정리가 끝나자 미친 듯이 잠이 쏟아졌다.

이에 돌아올 때는 장갑차를 타고 꾸벅꾸벅 졸았고, 도착해 안내받은 곳이 이 의무실이었다.

다친 데가 있어서가 아니라 그나마 여기가 조용해서다.

"덕분에 잘 자긴 했지만……."

창으로 어스름한 빛이 들어오고 있었다.

새벽이 아닌, 저녁 무렵의 빛이다.

"결국, 하루를 통째로 날려 버리게 된 셈이군. 뭐 할 수 없지."

태영은 침대에서 내려왔다.

그리고 옆에 세워 둔 그리모어를 집어 들었을 때였다.

―그리모어의 3단계 능력이 개방되었습니다.

―그리모어에 형태 변환-Ⅲ [양손 도끼]가 등록되었습니다.

―흡수한 무기의 능력에 의해 [양손 도끼]로 변환되었을 시 무기 스킬 [충격]을 사용할 수 있게 되었습니다.

―그리모어의 마법 축적이 최대 4회로 확장되었습니다.

밑도 끝도 없이 이런 메시지가 떠올랐다.

―……훗.

그리고 짧게 울리는 웃음.

대체 무슨 생각으로, 아니 의도는 뻔하지만, 새삼 놀랍지도 않은 일이다.

"어쩌라고?"

―뭐 그냥 그렇다는 거다.

그 그냥 그런 걸 이미 봤기 때문이다.

장갑차를 타고 올 때 꾸벅꾸벅 조는 태영의 눈앞에 같은 메시지가 떠올랐었다.

지금과 똑같은 웃음소리와 함께.

ㅡ그때는 조느라 제대로 못 봤을지도 모르니까. 주인이니 제 검이 어떤 능력이 있는지 제대로 알아야 할 거 아닌가.

말하자면 자랑하고 싶다는 말이다.

그리고 그런 부분은 태영도 어느 정도는 이해하지만, 이해하기 힘든 부분도 있었다.

"넌 네가 어떻게 성장하게 됐는지나 알고 하는 말이냐?"

ㅡ그게 중요한가?

그리모어는 얼마 지나지 않아 의식이 돌아왔지만, 전후 과정은 제대로 기억하지 못했다.

'그러고 보니 그리모어가 말한 적이 있었지. 이전 주인의 기억은 안개처럼 모호해서 제대로 기억나지 않는다고. 그건 이 검에 그리모어의 기억에 관여하는 뭔가가 있다는 말이고, 그리모어가 자신의 능력을 개방하는 방법을 모르고 있던 게 그 때문인가?'

대강 이런 추측을 할 수 있게 해 주는 대목이었다.

그래도 일단 이번 일로 알아냈으니 그건 문제 될 건 없지만, 중요하기는 하다.

'마법 무기를 흡수해 성장한다면……'

그리모어의 성장에는 무지막지한 돈이 들어간다는 말이니까.

'뭐 모르는 것보다는 낫지.'

또 고민한다고 해결될 일은 아닌지라.

"나도 좀 보자."

가볍게 털어 내고 자신의 정보창을 열람해 보았다.

[—]

근력 : 277
순발력 : 294
지구력 : 299
마력 : 270
종합 평가 레벨 : 109

'마경의 숲에서 나올 때 102레벨이었으니 7레벨이 올랐군. 그중 3은 오크 로드를 쓰러뜨렸을 때 확인한 것이니 나머지는……'

패잔병 오크를 잡아 질보다 양으로 때려 넣은 경험치라는 말이다.

'목걸이에 그리모어의 성장, 거기에 나까지. 이 정도면 하루를 허비한 대가치고는 차고도 넘치지.'

그러나 그만큼 시간이 줄어든 것도 사실.

여유 없이 잡은 일정은 아니지만, 한가하게 보낼 시간은 없었다.

이에 태영은 그리모어를 차고 바로 의무실을 나왔다.

"잘 주무셨습니까!"

동시에 쩌렁쩌렁 울리는 고함.

덕분에 살짝 대미지를 받은 태영이 고개를 돌리며 물었다.

"누구시죠?"

"박현식 상병입니다. 사단장님에게 태영 님을 모시라는 명을 받고 대기하고 있었습니다."

"박 중사님과 소대원들은…….."

"모두 돌아오자마자 잠들었습니다. 아직 일어나지 않은 것 같습니다. 특활대원들도 마찬가지입니다."

어젯밤을 떠올리면 그럴 만도 하다.

"필요하신 게 있으면 제가 말씀하시면 됩니다. 식사든 뭐든 바로 준비하도록 하겠습니다. 최대한 협조해 드리라는 사단장님의 지시가 있었습니다."

"배고프다는 생각은 들지 않으니 그건 됐고. 지금 사단장님을 뵐 수 있겠습니까?"

"사단장님은 지금 밖에서 전후처리를 지휘하고 계십니다. 날이 저물고 있으니 곧 돌아오시겠지만, 급한 용무가 있으시면 여쭤본 뒤에 안내해 드리겠습니다."

용무는 있다.

그러나 밖에 나가 만나서 해결할 용무는 아니었다.

어차피 부대 안에서 해결할 일이라 찾아가 봤자 다시 돌아와야 한다.

그러니 차라리 그 시간에 다른 볼일을 해 두는 편이 낫다.

"이곳에 도착했을 때 보급소에 태블릿을 부탁드린 적이 있습니다. 혹시 그것부터 좀 받을 수 있겠습니까?"

"네, 안내해 드리겠습니다."

박 상병이 성큼성큼 앞서 걸어갔다.

보급소, 정확히는 몬스터 처리 공장이라고 해야겠지만, 병영에서 그리 멀지 않아 지프를 타고 이동하니 금세 도착했다.

그러나 안에는 아무도 보이지 않았다.

"어? 여기 계시다고 들었는데? 잠시만 기다려 주십시오. 제가 물어보고 오겠습니다."

상병이 다시 몸을 돌릴 때였다.

텅! 콰당—!

맞은편의 철문이 벌컥 열렸다.

"우……."

그 안에서 피를 뒤집어쓴 사람이 휘청거리며 나오다가 털썩 쓰러졌다.

밤이 지나고

"이, 이게⋯⋯."

"저 사람을 확인해 주십시오!"

그렇게 소리쳤을 때 태영은 이미 문 앞에 도착해 있었다.

숨 막힐 정도의 피비린내.

내부는 바닥과 벽, 천장까지 온통 피로 덮여 있었다.

그 구석에는 아직 피가 뚝뚝 떨어지는 살덩이와 뼈 따위가 흩어져 있었다.

옆에는 거기서 벗겨 낸 것으로 보이는 가죽이 겹겹이 쌓여 있었다.

그야말로⋯⋯.

－뭐야? 별거 없지 않나?

그 말대로였다.

그런 건 밖에도 꽤 쌓여 있으니까.

물론 핏물까지 말끔하게 제거된 채 잘 정리된 상태로.

그러니 무슨 집단 살육의 현장 같은 방 안의 모습이 정상이라고 할 수는 없겠지만.

─그럼 저 인간은 왜 여기 자빠져 있는 건데?

그게 미스터리다.

"후…… 후후! 후후후!"

뒤에서 웃음소리가 들린 건 그때였다.

시선을 돌려 보니 박 상병이 하얗게 질린 얼굴로 주춤주춤 물러나고 있었다.

그 앞에서는 쓰러져 있던 사람이 몸을 일으키고 있었다.

피가 뚝뚝 떨어지는 긴 머리를 아래로 늘어뜨린 섬뜩한 모습을 한층 섬뜩하게 만들어 주는 웃음소리와 함께.

그리고 다음 순간!

"됐어! 드디어!"

그, 아니 그녀가 태영을 돌아보며 소리쳤다.

"당신! 그래요! 당신 말대로였어요! 이제 할 수 있게 됐다고요!"

"저…… 압니까?"

모른다고 말해 줬으면 좋겠다.

그러나 피에 젖은 머리는 위아래로 움직였다.

"저예요. 여기서 봤잖아요."

"모르겠는데요."

"아, 그러고 보니 제대로 소개한 적이 없었네요."

그런 문제가 아닌 것 같지만.

"하, 한 박사님?"

박 상병의 말을 들으니 기억은 난다.

어제 이곳에 왔을 때 다짜고짜 끼어들어 떠들었던 여자를 한 박사라고 불렀던 것 같다.

그때는 헬멧을 쓰고 있어 얼굴을 못 봤는데, 지금도 안 보인다.

솔직히 말하면 지금도 보고 싶다는 생각은 들지 않고.

"한지영이에요."

그녀가 내미는 피가 뚝뚝 떨어지는 손을 잡고 싶은 생각은 더 들지 않았다.

"그보다 방금 한 말이 뭡니까? 제 말대로라니요?"

"몬스터 해체하는 방법 말이에요. 어제 장갑차 안에 있을 때 박 중사님 소대원들에게 물어보니 당신이 그랬다면서요. 많이 해 보면 누구라도 익힐 수 있다고. 그런데 정말 되더라고요."

"됐다고요?"

"네, 처음에는 칼도 잘 안 들어갔는데 갑자기 되기 시작하더라고요. 대체 지금까지 왜 못 하고 있었는지 이해가 안 될 정도로 쉽게. 이렇게 슥슥! 슥슥!"

"그러지 마시지 말입니다! 좀 무섭지 말입니다!"

한지영이 피에 젖어 번들대는 칼을 이리저리 휘두르자 박 상병이 울 것 같은 얼굴로 소리쳤다.

그 정도는 아니지만, 태영도 조금 당혹스러웠다.

"박 상병님, 제가 얼마나 잔 겁니까?"

"네? 그…… 12시간 정도?"

태영도 그 정도라고 생각하고 있었다.

─스킬 [해체 Lv. 2]를 습득했습니다.

'그럼 대체 뭐야, 이건?'

문제는 눈앞의 이 메시지다.

칼을 휘저으며 귀신 춤을 추는 한지영을 그리모어로 살짝 건드렸을 때 떠오른.

'내가 12시간을 잤다면…….'

한지영은 그사이에 해체 스킬을 익혔다는 말이다.

물론 해체는 누구나 익힐 수 있고, 또 비교적 빨리 익힐 수 있는 스킬이다.

그러나 12시간 만에 익히는 건 쉬운 일이 아니고, 하물며 2레벨이라면 정상이 아니다.

그리고 역시나, 비정상이었다.

근력 : 17
순발력 : 9
지구력 : 21
지력 : 224
종합 평가 레벨 : 3

'지력이 224?'

지력은 레벨이 오른다고 올라가는 게 아니다.

아니, 본래 능력치란 레벨에 맞춰 오르는 게 아니라, 능력치에 맞춰 레벨이 오르는 방식이니 모든 능력치가 다 그렇다고 해야겠지만, 지력은 좀 다르다.

지력은 몬스터를 때려잡는다고 올라가는 게 아니다.

마소의 흡수로 올라가는 건 어디까지나 신체 능력, 머리가 좋아지는 건 아니니까.

대부분 태어날 때 가지고 있던 수치 그대로고, 변화가 생겨도 미미한 수준에 불과하다.

복잡하게 생각할 것 없다.

지력=IQ

실제로는 조금 다르지만, 대충 이런 느낌이라고 생각하면 된다.

일반적인 스테이터스 창에 지력을 따로 표기하지 않는 이유도 그래서다.

달라질 것도 없고, 어차피 다 고만고만하니까.

그럼에도 그리모어가 일부러 표기한 건 그만한 이유가 있다는 말이고, 태영도 수긍할 수밖에 없었다.

─진짜 천재의 등장이군.

"아, 그 문 좀 닫아 주세요. 방해받지 않으려고 문을 닫아 놓고 환기하는 걸 깜빡했지 뭐예요. 갑자기 핑 돌더라고요. 아직 속도 울렁울렁하고. 아우, 피 냄새 정말 독하네요."

─진짜인지 의심스럽지만.

"문을 닫는다고 피 냄새가 해결될 것 같지는 않습니다만……."

태영이 한지영을 훑으며 대답했다.

그 눈길을 받은 한지영이 제 몸을 주욱 훑어보더니 히죽 웃으며 되돌려주었다.

"한가하시죠?"

"전혀 아닙니다. 되게 바쁩니다."

"그럼 되게 빨리 끝내고 나올게요. 저기 제 방에서 기다리고 있으세요."

태영은 말리지 않았다.

여기도 용건이 있어서 찾아온 것이고, 내내 그런 몰골을 마주하기는 몹시 부담스러우니까.

다행히 오래 걸리지는 않았다.

박 상병과 함께 사무실로 향하자 10분도 안 되어 머리에 수건을 두른 한지영이 들어왔다.

태영은 그제야 한지영의 얼굴을 제대로 볼 수 있었고.

—의외로 멀쩡하게 생긴 여자로군. 아니, 저 정도면 미인 축에 드는 건가?

대충 그런 느낌이었다.

"어제 얘기한 태블릿 때문에 오셨죠?"

"구하셨습니까?"

"당연하죠. 말했잖아요, 다 구할 수 있다고."

한지영이 책상 아래에서 작은 상자를 꺼내 올려놓았다.

부탁했던 태블릿과 보조 배터리 몇 개, 추가로 펌프처럼 생긴 물건도 하나 들어 있었다.

"뭡니까, 이건?"

"여기서 지낼 게 아니라면서요? 그럼 보조 배터리만으로 되겠어요? 휴대용 수동 발전기도 하나 찾아서 넣어 놨어요. 여기를 이렇게 발로 꾹꾹 밟으면 발전이 되는 거죠."

"아, 감사합니다."

"뭘 또, 그쪽은 도시를 구해 줬잖아요. 이 정도는 아무것도 아니죠. 하지만 무료 서비스는 여기까지, 이다음부터는 유료예요."

"다음?"

"더 필요한 게 있을 텐데요? 태블릿을 찾은 이유가 미니게임이나 하고 싶어서가 아니라면 말이에요. 예를 들면 인터넷에 접속하지 않아도 쓸 수 있는 지도 데이터나 백과사전 같은."

"그런 걸 구할 수 있다는 말입니까?"

"있죠. 물론 그쪽 태블릿에 꾹꾹 눌러 담아 줄 수도 있고요."

생각지도 못했던 말이었다.

일단 태영이 태블릿을 얻으려던 이유는 지도가 맞다.

그러나 지도 데이터까지는 기대하지 않았다.

기본적으로 모바일 기기로 지도를 검색하려면 인터넷에 연결되어 있어야 하니까.

'그래도 부동산에서 얻은 지도와 레디안 영지의 병사들에게 얻은 지도를 사진으로 찍어 두면 관리하기 편하지. 바뀐 지형을 수정하거나, 새로운 정보를 기록해 두기도 편하고.'

그냥 이 정도로 활용할 생각이었다.

그러나 지도 데이터를 구할 수 있다면 당연히 얘기가 달라진다. 하물며 백과사전은 생각도 못 하고 있었다.

"필요하죠?"

당연히! 구할 수만 있다면!

태영이 고개를 끄덕이자 한지영이 배시시 웃으며 말했다.

"사실 이미 넣어 뒀어요. 용량이 꽤 크거든요. 단, 얘기한 대로 그건 유료 서비스예요."

"몇 장이면 되겠습니까?"

태영은 바로 머릿속으로 싸구려 몬스터 가죽의 장수를 헤아리며 물었다.

그러나 한지영은 얄짤 없이 고개를 저었다.

"몬스터 가죽 같은 건 됐어요. 어제 싸움으로 넘치도록 많이 생기기도 했고……."

"그럼 돈이라도 내라는 겁니까?"

"그거 가지고 뭐 하게요? 제가 원하는 것도 그쪽과 같아요. 정보죠. 이런 재미있는, 아니. 흠, 위험한 세상에서 살아남는 데 도움이 될 정보."

"정보? 하지만 나도……."

"어렵게 생각할 것 없어요. 그냥 제 질문에 몇 가지 정도만 대답해 주시면 돼요. 그 정도는 해 주실 수 있죠?"

"너무 오래 걸리지 않는다면……."

태영도 그게 낫다.

애써 챙겨 놓은 걸 꺼내 놓는 것보다는 머릿속에 든 걸 꺼내는 쪽이 훨씬 싸게 먹히니까.

뭐 사단장이 출타 중이라 1~2시간이 붕 떠 버리고도 했고.

"노력해 보죠."

한지영이 빙긋 웃으며 메모장을 꺼내 들었다.

"자, 그럼 시작하죠. 먼저 궁금한 건 어제 박일우 중사님 소대원들이 사용하던 탄환이에요. 그 오크라는 괴물들을 픽 픽 쓰러뜨렸던. 물어보니 그쪽이 준 탄창이었다던데, 대체 그 탄창에 뭘 한 거죠?"

"마력을 담아 뒀습니다."

"마력요?"

"그런 게 있습니다."

짧고 간결한 태영의 대답에 한지영의 볼이 개구리처럼 부풀어 올랐다.

"뭐예요, 그게? 너무 성의 없이 대답하는 거 아니에요?"

말해 놓고 보니 그런 감이 있기는 하다.

그러나 마력에 대해 구체적으로 설명하기는 꽤 어렵다.

하물며 마력이라는 말조차 처음 들어 보는 사람을 이해시키는 데는 적어도 몇 시간은 걸린다.

게다가 그걸로 끝나지도 않을 것이다.

본래 궁금증이란 조금 부족하게 알 때 더 증폭되는 법.

호기심이 왕성해 보이는 여자니 틀림없이 꼬리에 꼬리를 무는 질문이 이어질 게 뻔하다.

일일이 대응해 주다 보면 며칠도 부족할 거라는 말이다.

"이 세계의 몬스터와 싸우면 힘을 얻을 수 있다는 건 알고 계시죠? 마력도 그렇게 얻어지는 힘 중 하나입니다. 저도 그 이상은……."

— 알지.

모른다고 하지는 않았다.

애매하게 흐리는 말을 어떻게 들을지는 그녀의 판단이다.

뭐 오래 걸리지 않는 범위 안에서 대답해 주겠다고 말해
두기도 했고.

다행히 한지영의 관심도 다른 곳으로 넘어갔다.

"몬스터와 싸워서 얻을 수 있다면 특활대도 가지고 있다는
말인가요, 그 마력이라는 걸?"

"그렇겠죠."

"그럼 그런 탄환을 만들 수 있는 거예요?"

"그건······."

피식 웃으며 대답하던 태영이 살짝 미간을 좁혔다.

"아니, 방법이 있을지도 모르겠군요."

문득 이런 생각이 떠올라서다.

그러나 태영이 그런 생각을 떠올린 건 특활대와는 아무 상
관이 없었다.

'지금까지는 생각해 본 적 없지만······.'

애초에 생각할 이유도 없었다.

이계에서 살다 보면 좋든 싫든 마력이 생기게 되고, 마력
이 있으면 제힘으로 할 수 있으니 굳이 탄창에 마력을 불어
넣는 것 따위의 귀찮은 일을 생각할 이유도 없어지니까.

마법 무기나 버프처럼 더 좋은 방법이 있기도 하고.

그러나 그건 마법에 속하는 분야.

그 때문에 태영도 불과 수십 분밖에 유지되지 않는 탄환에 몇 배나 되는 마력을 쏟아붓는 비효율적인 방법을 사용한 것이다.

'하지만 단순히 마력을 이용하는 것뿐이라면…….'

더 간단한 방법이 있었다.

"이겁니다."

태영이 붉은 돌 조각을 꺼내 보이자 한지영이 눈을 반짝이며 소리쳤다.

"아! 본 적 있어요. 몬스터 사체에서 가끔 나오는 그거잖아요. 대체 무슨 성분으로 되어 있는 건지는 아직 밝혀내지 못했지만."

"마석이라는 겁니다. 몬스터의 마소가 체내에서 굳어져 만들어지는 마력의 결정체죠."

"마력 결정? 그럼 그 방법이라는 게…….."

역시 지력이 높은 사람이라 바로 이해한 모양이다.

"하지만 좀 이해가 안 되는데요. 이 자체는 그냥 돌이잖아요. 화약 같은 것도 아닌데 탄환의 위력을 높인다니, 무슨 화학반응이라도 일으킨다는 말인가요?"

거의 정확하다.

화학반응이 아닌 마력 반응이지만, 그 부분은 마력에 대한 설명이 부족한 탓이니 넘어가고.

단지 마력을 담는 것만으로 탄환의 관통력이 상승하는 이유는 상쇄되기 때문이다.

몬스터의 마력과 탄환의 마력이.

따라서 마력 그 자체인 마석으로 탄환을 코팅하면 같은 효과를 낼 수 있다는 말이다.

물론 시도해 본 적은 없지만.

"일단 해 보죠."

－허, 이건 또 의외로군. 주인 입에서 먼저 뭔가를 해 보자는 말이 나오다니. 어차피 그런 걸 만들어 봤자 주인이 쓸 것도 아니지 않나?

태영이 팔을 걷어붙이자 그리모어가 신기하다는 듯이 중얼거렸다.

그러나 그리모어는 아직 모른다.

분명 태영에게 모든 일의 기준은 그로 인해 뭘 얻을 수 있느냐다. 그리고 대체로 그건 성장이나 물건을 의미하지만, 하나가 더 있다.

바로 새로운 지식.

많이 경험해 봤기 때문이다.

하찮게 생각했던 지식이 때로는 목숨을 구해 주기도 한다는 것을.

회귀를 반복할 때마다 태영의 수명이 늘었던 건 그런 지식 습득을 게을리하지 않았기 때문이다.

이번에도 마찬가지다.

'현대와 이계가 겹쳐져 버린 세상이라면…….'

이 기회에 확인해 보고 싶은 게 있었다. 아니, 확인해 두지 않으면 안 된다.

"뭐! 뭐부터 할까요?"

게다가 한지영도 의욕이 넘치고.

그 덕에 얼마 지나지 않아 시험탄이 완성되었다.

탄두에 여러 개 홈을 판 뒤 가루로 만든 마석 가루를 채워 놓는 제작 방법은 한지영이, 아이디어만 내고 실제 작업은 다 태영이 해서.

뭐 고된 작업이라고 할 일도 아니었으니 넘어가고.

"문제는 테스트인데……."

"몬스터 사체를 이용하면 될까요?"

"이미 죽은 몬스터라면 큰 차이를 느끼기는 힘들 겁니다. 실제로 마력이 흐르는 상태라야 정확한 결과치가 나오겠죠."

"그럼 밖으로 나가 볼까요? 찾아보면 아직 오크 몇 마리쯤 은 있을지도 모르는데."

"더 쉽고 정확한 방법이 있죠."

태영이 성큼성큼 20여 미터를 걸어가 돌아서며 말했다.

"저한테 시험해 보는 겁니다."

"……네?"

"쏘라고요, 저한테."

태영의 말에 작업 내내 멀뚱멀뚱 바라보던 박 상병이 펄쩍 뛰었다.

"무, 무슨 말을 하시는 겁니까? 이게 뭔지 몰라요? 총이라고요! 총! 죽으려고 환장한 겁니까?"

"믿는 구석이 있어서 그런 거라는 생각은 안 듭니까?"

"태영 님이 보통 사람이 아니라는 말은 들었지만, 그렇다고 불사신은 아닐 거 아닙니까!"

"그건 아니지만……."

"저, 정말 쏴요?"

"한 박사님은 또 뭔 소리를 하는 겁니까? 농담인 게 당연하잖아요! 아니라도 안 됩니다! 사단장님에게 명령받았다고요! 잘 모시라고! 그런데 콱 죽어 버리기라도 하면…… 아니, 죽습니다! 죽어요! 100%! 당연히!"

"설마 제가 죽고 싶어서 이러겠습니까? 한 박사님, 빨리 쏘세요."

"안 된다고 했잖아요! 한 박사님, 총 내려요! 눈깔이 왜 그래요? 숨소리는 왜 거칠어지는 겁니까? 심호흡하세요! 심호흡! 심호흡! 살인은 안 됩니다!"

― 거참, 시끄러운 녀석이군.

박 상병이 계속 제동을 걸고 나서자 그리모어가 살짝 짜증난 목소리로 중얼거렸다.

"내가 뭘 하려는지 아냐?"

- 물론이지. 그렇지 않아도 나도 궁금하던 참이다. 그 총이라는 거, 아무래도 주인이 말했던 현대라는 곳의 전사들이 사용하는 기본 무기인 모양인데, 그럼 한 번쯤 체험해 보는 것도 나쁘지 않겠지. 나도 그렇지만, 주인도. 그런 거 아닌가?

"부담스럽지는 않고?"

- 부담? 하! 누구에게 하는 말이냐?

그리모어는 태영의 의도를 정확하게 이해하고 있었다.

그런데 박 상병이 펄펄 뛰며 저러고 있으니 태영도 슬슬 짜증이 나기 시작할 때였다.

"아우! 정말 나도 몰라요!"

"아, 안 돼-!"

탕-!

박 상병의 비명과 함께 결국 총성이 울렸다.

그리고…….

챙-!

불똥이 튀었다.

파르르 진동하는 그리모어의 검날 앞에서.

그 너머로 보이는 박 상병이 살짝 맛이 간 얼굴로 중얼대는 모습이 보였다.

"아…… 총알이…… 막을 수 있는 거구나…… 사람이…….."

태영도 그걸 확인해 본 것이다.

"별거 아니네."

그리고 이게 그 경험의 소감이었다.

ㅡ훗, 뭐 이 정도겠지.

그리모어가 코웃음을 치며 중얼거렸다.

그리고, 그 정도였다.

그리모어의 칼날에 흠집 하나 만들지 못하는.

물론 한지영과 박 상병이 황당한 눈으로 바라보는 이유는 그래서가 아니겠지만, 그런 건 태영이 알 바 아니고.

"한 박사님!"

태영이 한지영을 향해 손가락을 까딱대며 소리쳤다.

"다시! 이번에는 연발로!"

"여, 연발? 자, 잠깐만요! 분명 여기를 이렇게……."

콰당ㅡ!

그때 공장 문이 벌컥 열리며 한 무리의 사람들이 쏟아져 들어왔다.

"무슨 일이냐? 방금 그 총소리는 뭐야?"

"대체…… 어? 태영 씨?"

앞서 들어와 태영을 발견하고 멈춰 서는 사람은 박일우.

그 뒤를 따라 우르르 몰려 들어오는 소대원들 뒤로 특활대 리더와 대원들도 보였다.

그리고 마지막에는 사단장도 들어왔고, 바로 기겁하며 소리쳤다.

"하, 한 박사님, 뭘 하고 계신 겁니까? 총 내리십시오!"

"네? 아니, 이건…….”

"총! 총! 총구 이쪽으로 향하지 마시고요!"

"아! 죄송…… 어? 꺄악!"

몸을 돌리던 한지영이 화들짝 놀라 다시 돌아설 때였다.

투투투투!

그 총구에서 뿜어지는 불길!

동시에 총구를 피해 와르르 흩어지던 사람들이 경악성을 터뜨리며 일제히 고개를 돌렸다.

그리고 뒤이은 장면에 일제히 눈이 이따만 해졌다.

채채채챙-!

무수히 터져 나오는 스파크!

모두 태영의 앞에서 터져 오르는 스파크였고, 그때마다 좌우의 바닥에서 작은 돌 조각들이 튀어 올라왔다.

"이게 대체 무슨 말도 안 되는…… 아니, 그보다…….”

멍하니 바라보던 박일우가 총성이 멈춘 뒤에야 겨우 떠듬거리며 입을 열 때였다.

"괜찮습니다.”

박 상병이 빙긋 웃으며 그들에게 다가갔다.

"원래 총알은 막을 수 있는 거였습니다. 검으로요. 총보다 검이 강했던 겁니다.”

"뭐라는 거야, 이 자식은? 비켜, 인마! 태영 씨!"

"잠깐만요.”

태영이 박일우를 제지하며 그리모어를 챙겨 넣고 한지영을 향해 걸어갔다.

그녀는 시무룩한 얼굴로 한숨을 불어 내고 있었다.

"그걸 다 막아 버리면……."

－그럼 이 여자는 대체 뭘 바라던 거야?

거기까지는 태영도 모르겠지만, 일단 그녀가 실망할 일은 없었다.

바라던 게 태영의 변사체가 아니었다면.

"실험은 성공입니다."

"네? 어떤……."

"검에 마력을 주입하고 있었습니다. 그런데 탄환과 접촉한 부분의 마력이 흩어지더군요. 마력이 상쇄됐다는 의미입니다. 좀 약한 감이 있지만, 개량의 여지도 남아 있고 지금 상태로도 오크 정도의 몬스터에는 충분히 효과를 발휘할 겁니다."

"그걸 봤다고요?"

봤다기보다는 느꼈다고 해야겠지만.

"잠깐, 대체 그게 다 무슨 말입니까? 실험이라니요? 몬스터에 효과가 있을 거라는 말은 또 뭡니까?"

그때 사단장이 다가오며 물었다.

태영과 한지영은 마석으로 코팅한 특수탄에 대해 간략하게 설명해 주었고, 사단장의 얼굴에는 기가 막힌다는 표정이 떠올랐다.

"허허, 뭐랄까, 정말 할 말이 없군요. 우리가 두 달 가까이 헤매던 문제를 고작 몇 시간 만에…….."

"대단한 건 아닙니다."

"그렇게 말씀하시면 저희가 뭐가 됩니까?"

"이분이 원래 이렇습니다."

박일우가 쓴웃음을 지으며 태영을 바라보았다.

"사람 바보 만드는 게 취미죠."

그런 말을 들을 만한 일은, 짚이는 바가 많으니 딱히 할 말은 없다.

"뭐가 됐든 먼저 감사하다는 말부터 드려야겠군요. 어젯밤의 전투도, 그 마력탄이라는 것도. 양산이 가능할지는 아직 모르겠지만, 분명 많은 장병의 목숨을 구해 줄 겁니다."

"그래도 저 사람한테는 안 통합니다. 막거든요, 검으로."

그때 박 상병이 사단장을 말을 끊으며 툭 끼어들었다.

미쳤나?

태영은 박 상병을 돌아보았다.

사단장도 박 상병을 돌아보았다.

"후후후후!"

박 상병은 천진난만하게 웃고 있었다.

살짝 걱정되는 모습이기는 하지만, 어쨌든 태영이 적극적으로 실험에 참여하고, 심지어 자청해 실험대까지 된 이유는 그래서가 아니었다.

몬스터에 효과를 발휘한다는 건, 몬스터 가죽으로 만든 방어구에도 효과를 발휘한다는 의미.

즉, 그 탄환은 태영에게도 위협이 될 수 있다는 말이다.

'이 세계는 과거의 이계가 아니다. 이제 현대 병기와 마력이 공존하는 세계. 아직은 두 세계의 간격이 벌어져 있지만 앞으로 어떤 식으로 융합될지는 아무도 몰라. 현대 사람이 적이 되지 말란 법도 없고, 이계의 사람이 총을 들지 말란 법도 없다.'

그러니 알아 둘 필요가 있었다.

과연 지금의 자신이 탄환의 속도에 반응할 수 있을지.

만일의 상황이 벌어졌을 때 그걸 아는 것과 모르는 것은 대응 방식부터 달라질 테니까.

그리고 그 결과도 성공적이라고 할 수 있었지만.

'반응은 할 수 있었다. 하지만 정면이고, 마음의 준비를 하고 있었어. 예측하지 못한 방향이나 2명 이상이 각자 다른 방향에서 연발 사격을 한다면 막아 내기 힘들겠지. 같은 형태는 아니라도 머지않아 이런 마력탄이 보급될 가능성은 무시 못 해. 미리 대응책을 생각해 두는 편이 좋겠어.'

대신 할 일이 많아졌다.

당연히 그만큼 마음이 급해졌다.

'마침 다들 몰려와 줘서 다행이야. 일일이 찾아다니지 않

아도 되니.'

태영은 먼저 박일우에게 다가갔다.

"몸은 좀 어떠십니까?"

"아주 좋습니다. 자기 전까지는 진짜 죽을 것 같았는데, 일어나니 신기할 정도로 개운하더라고요. 아니, 개운한 정도가 아니라 활기가 넘치는 기분입니다."

"좋은 일이네요."

"역시 그 영향인 겁니까?"

"확인해 보면 알겠죠."

"얼른 해 주십시오. 저도 궁금해 죽겠습니다. 소대 정렬!"

박일우의 목소리에 소대원들이 우르르 몰려와 한 줄로 늘어서며 머리를 숙였다.

통! 통! 통!

태영이 그리모어로 그들의 뒤통수를 툭툭 치며 지나갔다.

"뭐 하시는 겁니까?"

"얼마나 익었는지 보는 거죠."

"나 참, 저희가 무슨 수박입니까? 사단장님, 이건 레벨을 보는 겁니다."

"레벨?"

"네, 태영 씨는 이런 식으로 사람의 레벨을 측정할 수 있습니다. 어젯밤의 전투로 레벨이 얼마나 올랐는지 보는 거죠."

"흠…… 그냥 얌전히 보고 있겠습니다."

사단장은 이해를 포기했다.

어쨌든 검사 결과는 상당히 만족스러운 수준이었다.

후반부는 일방적인 몰이사냥과 다름없는 전투가 전개되어 대부분 6~7 이상 올라 있었다.

원래 평균 레벨이 10 미만이었으니 이제 겨우 올챙이에 뒷다리가 돋아난 정도이기는 하지만, 그건 그것대로 장족의 발전.

"오……!"

성적표를 받아 든 박일우 일행도 기뻐했다.

"레벨이 오른 다음에는 뭘 해야 하는지도 잘 아시죠? 오면서 해 봤으니까."

"아……!"

찰나의 행복이었다.

그러나 그런 찰나의 행복도 느껴 보지 못하는 사람들도 있었다.

박일우 일행의 뒤에서 태영의 눈치를 살피며 쭈뼛대는 리더와 특활대원들이었다.

마음은 굴뚝 같지만, 어젯밤 이곳에서 있던 일이 마음에 걸리는 모양이다.

그러나 태영은 그렇게 속 좁은 사람이 아니다.

뭐 애초에 팬 사람은 태영이고, 오크와 싸울 때도 꽤 열심히 하는 모습도 직접 봤다.

이에 태영이 빙긋 웃으며 그들에게 다가갔다.

딱! 딱! 딱!

그 앞에서는 좀 전과는 확연히 다른 소리가 울려 퍼졌다.

다시 말하지만, 태영은 속 좁은 사람이 아니다.

단지 힘 조절이 안 될 때가 있을 뿐.

"예상대로군."

"으…… 네? 예상대로라면……?"

머리를 쥐고 신음하던 리더가 움찔하며 고개를 들었다.

"너희들은 이미 한계 레벨에 도달했다."

"하, 한계라면……."

"말 그대로다. 이대로는 더 성장하지 못한다는 말이야."

"여, 여기가 끝이라고요? 하, 하지만 너…… 아니, 당신은 우리보다 몇 배나 강하지 않습니까? 그런데 우리는 왜……."

"그 귀는 장식이냐? 못 들었어? 이대로라면 그렇다고 했잖아."

"이대로는?"

"그래, 두 번 말하지 않을 테니 잘 들어. 박 중사님도 들으세요. 곧 중사님과 소대원, 아니 이곳의 병사 모두에게 해당하는 얘기입니다."

바로 전직이다.

사실 태영은 이 문제로 조금 고민했다.

상황을 정리하다 보면 필연적으로 짚고 넘어갈 수밖에 없는 문제지만, 그게 말처럼 쉬운 일이 아니기 때문이다.

전직은 전직소에서 해야 하고 전직소는 이계의, 그것도 대체로 규모가 큰 마을에만 있으니까.

물론 이방인에게 우호적인 마을이 없는 건 아니다.

그러나 그것도 최소한의 의사소통이 될 때의 얘기. 이계어를 모르면 방법이 없는 것이다.

'아니, 방법이 없다기보다는…….'

어떤 오해가 생길지 모를 일이다.

현대와 이계는 문명도 그렇지만, 사람들의 가치관도 전혀 다르니까.

물론 그렇다고 태영이 데리고 갈 생각도 없었다.

그래서 망설이고 있었다.

전직 얘기를 해 줘야 할지 말아야 할지.

머릿속에 들어 있는 걸 입 밖에 꺼내는 건 공짜라고 생각 없이 말했다가 발목이라도 잡히면 곤란하니까.

그럼에도 말을 꺼낸 이유는 이제 그런 고민을 할 필요가 없어졌기 때문이다.

나쁜 의미로도, 좋은 의미로도.

나쁜 의미는 여기서 생각 외로 시간을 까먹어 더 지체할 여유가 없다는 것이고, 좋은 의미는 대신할 사람을 찾았다는 것이다.

"그건 맡기겠습니다. 할 수 있겠죠?"

"아마도요."

그게 바로 한지영이었다.

태영은 그녀와 정말 많은 대화를 나누었다.

약 2시간이 소모된 시험탄을 만드는 동안 그 외에는 딱히 할 일이 없어서다.

그리고 그러는 동안 서로 알게 되었다.

한지영은 태영이 이계어에도 능통하고, 태영은 한지영이 정말 IQ가 높다는 걸.

태영이 시험 삼아 늪지에서 주운 일지를 읽어 주자 한지영은 1시간 만에 내용을 통째로 외워 버렸다.

그리고 말했다.

"기본적인 발음법과 문법은 대강 알겠어요. 어떤 내용인지는 외웠으니 촬영해 뒀다가 보름 정도 더 공부하면 어찌어찌 의사소통이 가능한 회화 정도는 익힐 수 있을 거예요."

'나는……'

의사소통이 가능해질 때까지 얼마나 걸렸는지 굳이 생각하지 않기로 했다.

생각해 봐야 우울할 테고, 결과적으로는 태영에게도 나쁜 일은 아니니까.

그래서 몽땅 한지영에게 떠넘기기로 했다.

"보름이나……."

내용을 전해 들은 리더는 불만스러운 표정을 지었지만.

"서두를 필요는 없어. 아니, 서둘러서는 안 돼. 레벨이 오른다고 무조건 강해지는 건 아니다. 실제로 레벨만큼의 힘을 가지려면 그만한 훈련을 해야 해. 그 방법은 박 중사님이 알고 있으니 배워 둬. 도움이 될 스킬도."

"스, 스킬?"

"가르쳐 주실 수 있죠?"

"아, 그거 말이죠? 물론이죠. 기쁘게 가르치겠습니다."

태영의 말에 박 중사와 소대원들이 너무나 행복한 웃음을 보여 주었다.

ㅡ물들었군.

원래 그런 거다.

어쨌든 이로써 할 일은 모두 정리!

아니, 아직 하나가 남아 있었다. 그것도 가장 중요한 일이.

그게 일어나자마자 사단장을 찾았던 이유였고, 태영이 이렇게 성심성의껏 애프터서비스까지 신경 써 준 이유였다.

"사단장님, 그런데 어제 초소에서 드린 부탁은……."

"아, 네. 그거요."

태영의 슬쩍 언질을 주자 사단장이 빙긋 웃으며 끄덕였다.

"물론 기억하고 있습니다. 여기 들어오기 전에 찾아서 준비해 두라고 지시했습니다. 지금쯤이면 다 됐을 겁니다. 따라오시죠."

사단장이 안내한 곳은 몬스터 처리 공장 옆의 창고였다.

그 앞에는 상자가 쌓여 있었다.

그게 어젯밤 태영이 사단장에게 부탁한 물건이다.

오크의 습성에 대한 정보, 태영이 직접 참전해 주요 역할을 맡고, 이후의 대책과 레벨이나 전직에 대한 정보 등등을 알려 주는 대가로.

그러니 좀 전에 한 일도 애프터서비스라고 말하기는 힘들었지만 어쨌든, 태영은 그 많은 걸 지금 창고 앞에 쌓여 있는 상자로 퉁 치기로 합의했다.

태영이 메모에 빼곡히 적어 놓았던 물건이 들어 있는, 수십 개밖에 안 되고, 중량도 약 1톤밖에 안 돼 보이는 상자만으로 말이다.

"작은 도시도 아닌데 그 정도는 구할 수 있지 않겠습니까? 티도 안 날 테고."

어제 태영이 했던 말이었고.

"티도 안 나진 않겠지만, 정말 이번 일이 잘 마무리된다면 어떻게든 구해 보겠습니다."

사단장은 꽤 힘겹게 대답했던 기억이 있다.

그러나 지금은 그런 기색은 없었다.

"박 중사에게 얘기는 들었지만, 처음에는 반신반의했습니다. 그런데 저 많은 물자가 아깝지 않다고 생각하게 될 줄은 상상도 못 했습니다. 일정을 말씀해 주시면 떠나시는 날까지 적당한 트럭도 한 대 준비해 놓겠습니다."

"트럭은 필요 없습니다."

태영이 피식 웃으며 약 1톤 분량의 상자로 다가갔다.

"수납! 수납! 수납!"

그리고 은닉의 마법 가방을 뒤집어 안감에 새겨진 마법 술식으로 휘리릭.

"허허, 이제 놀랍지도 않군요."

역시 사단장은 일찌감치 이해를 포기한 모양이다.

태영이 그에게 돌아가며 말했다.

"보다시피 트럭은 필요 없고, 대신 말을 구할 수 있겠습니까? 제가 타고 온 말은 어젯밤에 좀 다쳐서요."

"아, 보고는 받았습니다. 수의사에게도 보여 봤는데 당분간은 회복하기 힘들 것 같다고. 하지만 말은…… 일단 찾아보고, 없으면 다른 탈것이라도 준비해 두겠습니다."

"전 지금 바로 출발할 예정입니다."

"네? 아니…… 태영 씨는 도시를 구한 영웅입니다. 당연히 그만한 대접을 받아야 하지 않겠습니까? 하다못해 조촐한 회식 자리라도……."

"사정이 있습니다."

"하지만 이미 밤인데……."

"누가 누굴 걱정하는 겁니까? 어제 못 보셨습니까?"

그때 뒤에서 리더가 끼어들며 태영을 향해 뭔가를 던져 주었다.

받아 보니 열쇠였다.

"제 오토바이 열쇠입니다. 도로도 몽땅 박살 났으니 지프 같은 것보다는 나을 겁니다."

리더가 한쪽에 세워진 오토바이를 가리키며 말했다.

칼날이 붙은 철판 위에 요란하기 짝이 없는 그림이 그려 진, 산악용 오토바이였다.

'목적지에 도착하면 말부터 사야겠군.'

1회용 낙점이다.

그때 그 1회용 오토바이의 주인이 쭈뼛대며 다시 입을 열었다.

"저기…… 제 이름은…….'"

"리더면 돼."

태영이 오토바이에 오르며 리더를 돌아보았다.

"넌 그게 가장 잘 어울려."

……라기보다는 다시 만날 것도 아닌데 굳이 이름을 들어 뭐 하나 싶어서 한 말이지만, 왠지 모르게 리더는 감동한 얼굴이 되었다.

"그럼 가 보겠습니다."

"하아, 정말 이렇게 갑자기…… 알겠습니다."

한숨을 불어 내던 사단장이 옷매무새를 고치고 자세를 바로잡았다.

그러자 박일우 일행도 바로 일렬로 늘어섰다.

"말로 다 하지 못할 도움을 받았습니다. 언젠가 은혜를 갚을 날이 오기를 진심으로 기원하며 군과 시민을 대신해 감사드립니다."

"일동 차렷, 경례!"

"충! 성! 그동안 감사했습니다!"

"네, 그럼."

부앙! 부앙! 부아아앙!

가볍게 고개를 숙여 답한 태영은 바로 핸들을 당기며 대로를 타고 질주했다.

-뭔가 시원섭섭하군.

할 일을 하고, 받을 걸 받았으니 그럴 이유는 없다.

적당할 때 미련을 끊어 내지 못하는 사람은 전진하지 못하는 법!

삐이-!

상공을 맴돌던 청영이 따라붙었다.

발트하츠

부아아앙-!

바퀴가 바위의 경사면을 타고 날아올랐다.

태영이 액셀을 꽉 잡아 돌렸다.

허공에 뜬 뒷바퀴가 맹렬히 회전했고, 착지와 동시와 지면을 거칠게 긁어 대며 위아래로 출렁대는 오토바이를 탄환처럼 앞으로 날려 보냈다.

자세를 낮추고 양손으로 핸들을 꽉 움켜쥔 태영의 몸도 위아래로 요동쳤다.

- 크! 이거 정말 영 못 써먹을 물건이군.

그 허리에서 불평 섞인 목소리가 흘러나왔다.

- 뛰어오르거나 떨어지면 흔들리는 거야 어쩔 수 없다지만, 이

건 너무 과하지 않은가? 이렇게 요란하게 생겨 먹은 마도구가 말은 커녕 그냥 나무판자에 바퀴만 붙여 놓은 수레보다도 더 흔들린다는 게 말이 되나?

태영은 불만 없다.

그 과한 쿠션 덕에 비포장도로를 장시간 운전해 오고 있는데도 태영의 허리와 엉덩이가 버텨 주고 있는 것이니까.

─뭣보다 내내 울려 대는 이 소음은 정말 참기 힘들군. 게다가 이런 소음을 일부러 크게 만들어 놓은 거라니…… 다른 인간들이 왜 그런 걸 용납하고 넘어갔는지도 모르겠지만, 이런 걸 좋다고 타고 다니는 인간들의 머릿속도 이해할 수가 없군.

그건 태영도 동감이다.

10대 때는 이해됐지만, 20대 중반부터 이해가 안 되기 시작했다.

하물며 약 수백 살로 추정되는 그리모어라면 넘사벽 수준으로 이해하기 힘든 일일 것이다.

그러나 지금은 그런 토론을 벌일 상황은 아니었다.

콰콱─!

오토바이의 뒤에 박히는 창!

시선을 돌리자 빠르게 지나가는 수풀 사이로 커다란 늑대의 형상이 떠올랐다.

그리고 그 등 위에서 새로운 창을 빼 드는 오크!

'정말 어디에나 있군, 오크는.'

－가장 이해하기 힘든 건 주인이다. 대체 저런 오크 따위로 언제까지 시간을 끌 생각인가?

'확실히 너무 질질 끌기는 했지.'

부릉! 부릉!

태영은 속도를 조절하며 핸들을 꺾었다.

수평선을 그리던 둘의 간격이 빠르게 좁아지기 시작했다.

50여 미터에서 40으로, 다시 30으로. 금세 서로의 얼굴까지 확인할 수 있는 거리가 되었다.

그러나 투박한 창을 말아쥔 놈은 움직이지 않았다.

먼저 움직인 건 태영이었다.

"파이어 애로!"

펑! 콰쾅ー!

빠르게 뻗어 나가 폭발하는 불화살!

그러나 흩어지는 불길 속에서 떠오르는 것은 방패였다.

그걸 기다리고 있던 모양이다.

역시나, 슬쩍 내려가는 방패 위로 드러난 놈의 입이 실룩대며 치켜 올라가고 있었다.

그러나 잠깐이었다.

"그래, 막을 수 있으면 어디 막아 봐라. 파이어……."

웅! 웅! 웅! 웅!

히죽 웃는 태영의 손 주위로 떠오르는 빛.

하나, 또 하나, 빛은 놈을 향해 뻗은 태영의 팔목을 감싸

듯 원을 그리며 떠올랐고, 이내 길게 늘어지며 불길에 휩싸
였다.

"애로-!"

그리고 일시에 폭사!

당황한 얼굴로 다시 황급히 방패를 들어 올리는 놈을 향해
날아갔다.

콰콰콰콰! 텅-!

놈이 방패째로 퉁겨져 날아갔다.

그러나 아직 멀었다.

펑! 펑! 펑!

계속 이어지는 불화살은 나무를 들이받고 바닥을 굴러 대
는 놈을 집요하게 따라붙었다.

그때마다 불길이 터져 오르며 놈의 몸 곳곳이 시커멓게 타
들어 갔다.

크악! 크으으으…….

놈은 그런 몸으로도 신음을 흘리며 몸을 일으켰다.

그러나 태영은 더 관심이 없었다.

삐이-!

놈을 향해 수직으로 내리꽂히는 푸른 빛.

이미 빈사 상태에 빠져 있던 놈이 반응할 수 있는 속도가
아니었다.

번뜩이는 빛이 앞을 스쳐 지나가자 놈은 목에서 피를 뿜어

올리며 쓰러졌다.

놈이 타고 있던 늑대도 마찬가지였다.

"록 히트!"

드드드드- 퍼펑! 콰콱!

오토바이를 세우고 팔을 뻗는 태영의 앞에서 폭발하듯이 치솟는 돌덩이들.

송곳니를 드러내며 달려들던 늑대는 무수한 타격음과 함께 날아갔고, 바닥을 구르다 몸을 일으켰을 때는 이미 그 목에서 피가 쏟아지고 있었다.

삐이이이-!

그 위로 날아오르는 건 청영이었다.

그리고 발톱에 묻은 피를 털어 내듯이 흔들며 날아와 태영의 어깨에 사뿐히 내려앉았다.

"수고했다."

-대체 어느 부분을 보고 그런 말을 하는지 모르겠다만? 내 눈에는 그냥 숨이 꼴딱꼴딱 넘어가는 놈들을 주워 먹기만 한 것 같은데, 아니면 내가 미처 못 본 거라고 있는 건가?

삐익! 삐-!

-뭐냐, 그 반응은? 나는 본 대로, 느낀 대로 말했을 뿐이다. 그게 불만스럽게 느껴진다면 문제는 내가 아니라 너에게 있는 거지.

삐이…….

-그래도 그 반항적인 태도는 영 마음에 들지 않는군. 아니, 그만

하지. 환수라고 해 봐야 결국 한낱 미물. 나처럼 지적인 존재가 미물 따위와 티격태격하는 것 자체가 격 떨어지는 짓이지. 애초에 그런 네 버릇없는 태도도⋯⋯.

"그리모어, 적당히 해. 청영이 이 세계로 나온 지 아직 보름도 안 됐잖아. 그런데도 여러모로 도움이 되고 있고. 칭찬은 못 해 줄망정 왜 번번이 시비야?"

삐이! 삐이!

─주인이 그렇게 오냐오냐하면서 키우는 탓이겠지.

아니라고는 못 하겠다.

영적으로 연결된 존재라고는 해도 청영 역시 별개의 인격을 가진 존재.

무턱대고 칭찬만 한다고 좋은 건 아니다.

때때로 불평 섞인 말을 하는 그리모어를 강하게 제재하지 않는 이유가 그래서다.

올바른 성장을 위해서는 가끔 이렇게 쓴소리를 해 주는 존재도 필요하니까.

물론 그리모어가 그런 의도로 하는 말은 아니겠지만.

뭐든 활용하기 나름이라는 말이다.

그러나 이번의 오크 사냥에 시간을 많이 들인 이유는 청영을 위해서만이 아니었다.

"파이어 애로."

짧은 시동어와 함께 손바닥 위로 떠 오르는 불화살.

잠시 그 모습을 바라보던 태영이 손바닥을 뒤집자 불길이 흩어지며 사라졌다.

"이제 2레벨 화염 마법도 마스터했다고 봐도 되겠군."

석실에서 익힌 마법은 1레벨까지.

2레벨 마도서와 이를 익힐 만한 지식도 있었지만, 마력이 받쳐 주지 못했던 탓이다.

그러나 폭발적인 성장으로 이제 그런 건 조금도 문제가 되지 않았다.

이에 남양주에서 나온 태영은 그걸 목표로 삼았다.

합리적인 선택의 결과였다.

오토바이를 달리며 검을 휘두른다고 검술이 늘지는 않지만, 마법은 그런 방식으로도 익힐 수 있으니까.

그리고 말했듯이 2레벨 화염 마법을 마스터.

나름 만족스러운 성과였지만.

─주인도 이제 방향성을 확실히 해 두는 편이 좋지 않겠나? 주인도 모르지는 않으리라고 생각해서 지금까지는 굳이 말하지 않았지만, 할 줄 아는 게 많다는 게 꼭 좋은 것만은 아니다.

그리모어의 말도 틀린 것은 아니다.

태영도 알고 있다.

만능이라는 말은 설핏 들으면 좋아 보이지만, 하나에 집중하지 못한다는 말이기도 하다.

어설프게 익힌 많은 기술과 완숙의 경지에 도달한 하나의 기술. 어느 쪽이 나은지는 생각할 필요도 없다.

그러나 그리모어는 모른다.

태영은 이미 하나의 기술을 완숙의 경지까지 끌어올려 본 적이 있었다.

그것도 여러 번이나.

'하지만 그걸로 충분했다면 이번 생은 없었겠지.'

이번 생을 살고 있다는 말은, 그럼에도 넘어서지 못했다는 말이다.

항상 태영의 앞을 가로막았던 이계의 벽.

그 벽은 하나를 넘어설 때마다 더 높고, 위협적인 형태로 변해 앞을 가로막았고, 결국 그동안 노력해서 쌓아 올린 모든 것을 물거품으로 만들어 놓았다.

태영이 참기 힘들었던 것도 죽음이나 회귀가 아닌 바로 그것이었다.

그래서 연구했고, 목숨을 걸고 쟁취한 것이다.

'하나로 안 되면 둘, 둘로 안 되면 셋, 모든 기술을 완숙의 경지까지 도달시켜 보이겠다!'

그게 가능한 각성자의 몸을.

게다가 그 몸은 마소 흡수율이나 스킬 습득률을 올려 주는 특성까지 가지고 있다.

이는 노력 이상의 대가를 돌려준다는 의미고.

-스킬 [마력 유지]를 습득했습니다.

그 보상 중 하나가 얼마 전에 익힌 이 스킬이다.

방금 오크를 상대할 때, 분열 마법으로 만든 파이어 애로를 산탄이 아닌 기관총처럼 날릴 수 있게 된 이유가 그 덕분이다.

발동된 마법을 원할 때까지 붙잡아 두는, 전투 마법사의 코어 스킬 중 하나다.

사실 태영은 이 스킬을 2레벨 화염 마법보다 먼저 익혔다.

쉬워지니까.

위력을 낮춘 분열 마법을 한 발씩 날릴 수 있으면 적의 남의 생명력을 조절하기 쉬워지고, 청영에 마무리 일격을 넘겨주기도 쉬워지는 게 당연지사.

태영은 '마력 유지'를 익힌 후부터 모든 전투를 그런 방식으로 마무리해 왔고.

-청영이 스킬 [천조의 발톱]을 습득했습니다.

이게 그 노력의 결과였다.

청영이 일격에 오크와 늑대의 목을 뜯어 버릴 수 있었던 게 바로 이 스킬의 덕분이다.

그러나 아쉬운 점도 있었다.

'도중에는 사람은 물론 몬스터도 가능한 한 접촉을 피해 싸울 일이 적었지만, 이 주변을 돌며 잡은 몬스터만 해도 적어도 30마리 이상은 될 텐데…….'

그 마무리는 모두 청영이 해 왔다.

그러나 청영의 레벨은 아직 10, 처음 만났을 때 그대로였다.

'설마 이대로 레벨이 오르지 않는 건 아니겠지?'

이쯤 되면 슬슬 불안해질 수밖에 없었다.

삐이? 삐이-!

청영의 애교로 대충 뭉개고 갈 수 있는 일도 아니었다.

'하지만 고민한다고 답이 나올 문제도 아니지. 나도 청영과 계약해 본 건 처음이니까. 뭐 차차 알아 나가는 수밖에 없겠지만…….'

─그런데 이러고 있어도 되는 거냐? 내내 급하게 서둘러야 한다고 하더니, 아까부터는 계속 같은 자리를 맴돌며 오크 따위나 잡고. 바쁜 거 아니었나?

"응, 안 바빠."

태영이 씨익 웃으며 대답했다.

청영도, 확실치는 않아도 그런 표정으로 그리모어를 바라보았다.

점심 무렵부터 그러고 있던 이유는 이미 봤기 때문이다.

"이미 도착했거든."

텅! 부아아앙-!

태영이 피식 웃으며 힘차게 핸들을 잡아당겼다.

그리고 내내 이어지던 숲을 나와 단숨에 산비탈을 치고 올라갔을 때였다.

그 아래에 거대한 도시가 펼쳐져 있었다.

우뚝 솟아 있는 커다란 성을 중심으로 방대한 넓이를 뒤덮으며 모여 있는 건물들, 그리고 그 외곽을 10여 미터 높이의 성벽이 둘러싸고 있는 이계의 도시!

-그럼 저기가…….

"그래, 여기가 목적지다. 발트하츠."

그 이름과 함께 머릿속에 무수한 생각이 스쳐 지나갔다.

그러나 태영은 곧 머리를 흔들었다.

'추억에 잠기는 건 나중에도 얼마든지 할 수 있어. 서둘러 온 덕분에 다행히 예정보다 하루 앞당겨 도착했지만, 지금은 이전과 상황이 다르다. 이번 사태가 그 사건에 영향을 주지 않는다고 장담할 수는 없어. 하지만…….'

틀림없이 일어날 것이다.

그렇게 확신하는 이유는 알고 있기 때문이다.

그 사건의 배경과 이후에 어떤 일들이 발생하는지. 이번 사태가 이계의 지난 역사까지 바꿔 놓은 게 아니라면 그 사건을 필연적으로 일어날 수밖에 없는 일이다.

그러나 이번 사태의 영향으로 태영이 기억하는 시점보다

빨라지거나, 혹은 느려질 가능성까지 없다고 단정할 수는 없다.

태영이 급하게 달려온 이유는 당연히 전자, 기억보다 빨라질 쪽을 걱정해서였다.

그러나 다행히 그런 기미는 없었다.

이미 이 근방에 도착했을 때 청영을 보내 확인해 보았다.

그리고 지금도.

'이미 사건이 벌어진 뒤라면 도시가 저렇게 평온하지는 않겠지. 뭐 저걸 평온하다고 해야 할지는 모르겠지만.'

과거 태영이 왔을 때와는 많이 다른 분위기였다.

일단 언제나 인산인해를 이루던 성문 앞이 텅텅 비어 있었다.

청영이 도시를 한 바퀴 돌고 돌아올 때가 되어서야 겨우 마차 1대가 보였을 뿐이다.

대신 성문과 성벽의 병사는 서너 배나 늘어나 있었다.

이유는 생각할 필요도 없다.

이계는 본래 다양한 왕국과 부족이 공존하는 세계라 이방인에 우호적이었다.

그러나 지금은 아예 세상이 바뀌어 버렸다.

이쪽 세계도, 또 저쪽 세계도, 서로를 알지 못할 뿐만 아니라 당장은 정보를 얻을 방법도 없다.

따라서 통행은 줄어들고 경계는 높아질 수밖에 없다.

이쪽 세계의 도시도, 저쪽 세계의 도시도.

'그 탓에 곳곳에 몬스터만 들끓게 되고 말이야. 예전에는 오크 같은 놈들이 이 주변에 어슬렁대는 일은 없었는데. 뭐 그런 것도 어떤 방식으로든 차차 나아지기는 하겠지만…….'

태영은 일단 오토바이부터 숨겼다.

그리고 수풀에 몸을 숨기며 도시로 이동했다.

그리모어가 내내 지적해 온 대로, 이계 사람의 눈에는 시끄럽기 짝이 없는 괴상한 물건으로밖에 보이지 않는 오토바이를 타고 가면 열리던 성문도 닫히게 될 테니까.

뭐 성문으로 들어갈 생각도 없지만.

─하긴 수상한 거로 따지면 저 쇳덩어리나 주인이나 다를 게 없으니까. 그럼 어쩌게? 담이라도 넘을 생각인가?

못할 것도 없다.

지금의 태영이라면, 10여 미터 높이의 성벽이라도.

그러나 몇 배나 강화된 경계를 생각하면 위험부담이 있기도 하고, 다른 방법도 있었다.

더 안전할 뿐만 아니라 앞으로의 일까지 생각하면 꼭 필요한 방법이.

"다 생각해 둔 게 있어. 하지만 설명하기도 힘들고, 어차피 너도 곧 알게 될 테니까 그냥 느긋하게 보고 있으라고."

성벽에서 약 50여 미터 떨어진 숲속.

일단 위치를 확인한 태영은 적당한 곳에 몸을 숨기고 요기부터 했다.

메뉴는 김치볶음밥.

사실 남양주에서 챙긴 상자의 내용물 중 꽤 많은 부분을 차지하고 있는 게 이것, 군용 비상식량이었다.

밥이야 어떻게든 배만 채우면 된다고 생각하지만 역시 기왕이면 다홍치마.

입에 맞는 음식을, 그것도 원하는 만큼 구할 기회가 있는데 굳이 식용 풀을 채취하고 사냥을 할 이유 따위는 없다.

뭣보다, 요즘은 군용 비상식량도 퀄리티가 장난 아니다.

적절한 영양 밸런스는 기본, 거기에 맛도 있을 뿐만 아니라 간단한 가열 장치까지 추가되어 굳이 불을 피우지 않아도 뜨끈하게 먹을 수 있다.

삐이이이-!

뭐 그래도 청영은 들쥐 따위가 더 좋은 모양이지만, 입맛은 다른 법이니까.

태영은 만족스러운 식사를 마치고 낙엽 위에 드러누웠다.

그리고 얼마나 지났을까.

삐- 삐-.

머리 위에서 울리는 소리에 태영이 번쩍 눈을 떴다.

퉁기듯 상체를 일으키며 주위를 둘러보니 어느새 어둠이 깔려 있었다.

"빨리 와!"

그리고 어둠 속에서 들려오는 목소리.

'역시 왔군. 이럴 때도 쉬지 않고 일하는 부지런한 녀석들이라 다행이야.'

태영의 입가에 웃음이 번졌다.

그러나 곧 웃음이 사라지고 미간에 주름이 잡혔다.

"흑, 살려 주세요."

바로 뒤에 이런 말이 들려왔기 때문이다.

여자 목소리였다.

그것도 직전에 들린 이계어가 아닌, 한국어다.

랜턴도 없이 어두운 숲을 헤치며 다가오는 인기척.

먼저 눈에 들어온 건 세 명의 사내였고, 그 뒤로 밧줄에 묶여 끌려오는 여자들이 보였다.

어떤 상황인지는 굳이 생각할 필요도 없었다.

"제발 놔주세요."

"닥쳐! 한마디라도 더 지껄이면 목을 그어 버리겠다. 말이 통하지 않아도 내가 무슨 말을 하는지 정도는 알겠지?"

한 사내의 말에 다른 놈이 키득대며 웃었다.

"큭큭큭, 당연히 알겠지. 그러라고 보여 준 거잖아, 같이 있던 사내놈들의 목을 죽죽 그어서."

"아, 아, 그건 걸작이었지."

"처음에는 잔뜩 경계하더니 한번 웃어 주기가 무섭게 안도의 한숨을 불어 내며 설렁설렁 다가오는 것도 웃겼지만, 피를 콸콸 쏟으며 쓰러지면서도 믿어지지 않는다는 표정으로 바라봤을 때는 정말 빵 터졌다니까. 대체 어떤 세상에서 살면 그렇게 머릿속이 꽃밭처럼 돼 버리는 거야?"

"그래도 좀 괜찮은 놈도 하나 있었잖아."

"아, 그 뒤에서 지켜보던 놈 말이군. 그래, 그놈은 그나마 낫긴 하더군. 고작 한 뼘밖에 되지 않는 칼 한 자루 들고, 제대로 싸울 줄도 모르면서 온몸이 걸레처럼 찢어질 때까지 버티다니. 나라도 그렇게까지는 못한다고."

"그래, 그런 몰골이 되고도 끝까지 바짓가랑이를 잡고 늘어졌을 때는 나도 감탄사가 나오더라고. 처음에는 고함을 질렀지만, 그때부터는 애원하는 말투로 바뀌고 말이야. 아마 저 여자들은 보내 달라고 말하고 있었던 거겠지. 말이 통했다면 정말 말해 주고 싶었어."

고개를 끄덕이던 사내가 히죽 웃으며 말했다.

"'내가 왜?'라고."

"크하하하! 나쁜 놈!"

다른 두 명의 사내가 폭소를 터뜨렸다.

"나야 나쁜 놈이지. 너희들도 그렇고. 신께서도 나쁜 놈을 좋아하시는 게 분명해. 그렇지 않아도 세상이 요상하게 변한 탓에 수입이 줄어 걱정하고 있었는데, 저런 야들야들한 것들을 눈앞에 뚝 떨어뜨려 주는 걸 보면 말이야. 크크크, 오늘 밤이 기대되는군."

"어이, 상품이야."

"킥! 내가 초짜냐? 티 안 나게 잘하면 돼."

앞에서 단검을 들고 있는 사내가 음흉한 눈으로 여자들을 훑으며 중얼거렸다.

─주인, 언제까지 듣고 있을 거냐?

태영도 더 들을 생각은 없다.

어차피 더 듣는다고 뭔가 달라질 것도 없고.

"어이, 거기."

태영이 몸을 일으켰다.

"엇? 누구야!"

단검을 든 놈이 화들짝 놀라며 몸을 돌렸다.

태영은 빙긋 웃으며 사내를 향해 성큼성큼 걸어갔다.

"너, 넌 뭐야?"

"머릿속이 꽃밭인 거냐?"

"뭐…… 억!"

태영은 놈의 머리칼을 움켜쥐고 와락 아래로 잡아끌었다.

동시에 그 방향으로 튀어 올라가는 무릎!

콰직─!

둘이 마주치며 뭔가 부서지는 소리가 울렸다.

튀어 올라오는 놈의 너덜너덜해진 입에서 피와 함께 뿜어져 올라오는 이빨이었다.

그러나 태영이 알 바 아니고, 놈도 딱히 미련은 없어 보였다.

벌러덩 넘어진 뒤에도 초점 없는 눈으로 멍하니 허공만 바라보고 있는 걸 보면 말이다.

─오호! 피를 콸콸 쏟아 내면서도 믿어지지 않는다는 표정이로군.

그리모어는 꽤 기분 좋은 목소리를 내고 있었다.

그렇게까지 호응해 주면 태영도 보답하고 싶어지는지라, 그 면상을 한 번 더 밟아 주며 몸을 돌렸다.

옆에 있던 놈이 달려들며 단검을 휘두르고 있었다.

태영의 손이 그 아래를 스쳐 지나가자 비틀리는 손에서 단검이 떨어졌다.

그리고 다시 태영의 발에 차여 퉁겨져 올라오며 놈의 손목에 박혔다.

"흐억!"

비명과 함께 놈의 손에 벌어졌고, 태영은 그 손에 깍지를 끼우며 마주 잡았다.

"버닝 터치."

화르르르! 치치치치─!

손과 손 사이가 벌겋게 달아오르며 연기가 뿜어져 나왔다.

놈이 바들바들 떨어 대며 무릎을 꺾었다.

입이 쩍 벌어졌지만, 비명이 터져 나오지는 않았다.

콰직─!

대신 피와 이빨을 뿜어 올리며 뒤로 넘어갔다.

─이놈 손도 꽤 야들야들하군.

태영이 검붉은 살덩이로 변한 놈의 손목에서 단검을 뽑으며 몸을 돌렸다.

쉬익! 팍! 위잉─!

뒤쪽 나무에 자루 부분까지 박히며 진동하는 단검.

그 바로 뒤에서 남은 한 놈이 창백한 얼굴로 털썩 주저앉았다. 그리고 한 박자 늦게 살짝 벌어지며 피를 흘러나오는 목을 움켜쥐고 한층 더 창백한 얼굴이 되었다.

태영은 놈의 면상을 걷어차며 몸을 돌렸다.

"멈춰."

뒤에서 피떡이 된 얼굴로 단검을 쥐고 몸을 일으키는 놈에게 한 말이 아니다.

발톱으로 놈의 목을 움켜쥐고 있는 청영에 한 말이다.

"너, 너는 대체……."

"청영, 그놈이 한마디라도 더 지껄이면 목을 뜯어 버려라."

삐이─!

청영이 놈의 면상에 시선을 고정한 채 위협적인 울음을 흘렸다.

태영은 황망한 얼굴로 바라보는 나머지 두 놈의 머리채를 잡아 그 앞에 던져 두었다.

여자들을 돌아본 건 그 뒤였다.

밧줄에 굴비처럼 묶여 있는 그녀들은, 그저 바들바들 떨며 바라보고 있을 뿐이었다.

- 어쩔 거냐?

어쩌고 자시고 할 것도 없다.

그녀들이 없었어도 일어났을 일이고, 있다 해도 달라질 건 없다.

물론 그렇다고 전혀 신경 쓰지 않을 수도 없는 상황이기는 하지만, 할 일이 먼저다.

태영은 청영이 목덜미를 움켜쥔 놈을 돌아보며 말했다.

"열어라."

"뭐, 뭘……."

"널 대신할 놈이 둘이나 더 있다. 그게 무슨 의미인지 잘 생각해 보는 게 좋을 거다. 한 번만 더 말하지. 열어라."

"크윽! 아, 알았다. 이, 일단 이 새부터……."

태영이 고개를 끄덕이자 청영이 날개를 퍼덕이며 다른 두 놈 쪽으로 날아갔다.

그제야 놈이 피에 물든 목을 문지르며 몸을 일으켰다.

그러다 태영과 눈이 마주치자 흠칫하며 허둥지둥 양손으로 바닥을 긁었다.

그 안에서 낙엽과 흙에 묻힌 문이 나타났다.

그때 태영이 다시 입을 열었다.

"동료보다 네 걱정부터 하는 편이 좋을 거다. 그 통로를 나갔을 때 갑자기 기습을 받거나, 혹은 아무도 보이지 않는다면 내가 매우 실망하게 될 테니까."

문고리로 손을 가져가던 놈이 움찔하며 멈췄다.

그리고 슬쩍 태영의 눈치를 살피더니 슬금슬금 반대쪽으로 손을 움직였다.

그리고 이음새 쪽에 손을 찔러 넣고 몇 번 당기자 경첩이 붙어 있는 부분이 통째로 들어 올려졌다.

－비상용 장치가 되어 있던 건가? 용케도 눈치챘군.

태영도 지금 알았다.

안전장치가 돼 있는 줄은 알고 있었지만, 해제 방법은.

놈들, 발트하츠를 거점으로 삼고 활동하는 밀수꾼을 기다리던 이유다.

일단 태영도 떳떳하게 들어갈 입장은 아니니까.

"이, 이제 됐습니까?"

"그런 것 같군. 이제 남은 건……."

"나, 나는 당신이 누군지 모릅니다. 알고 싶지도 않습니다. 어떻게 우리의 비밀 통로를 알고 있는지, 왜 이걸 열게 했는지도. 복수 같은 걸 생각했다면 당신 말을 따르지도 않았을 겁니다. 뒤도 돌아보지 않고 도망가 두 번 다시는 이 근처에 얼씬도 하지 않을 테니 살려만 주십시오."

태영이 슬쩍 돌아보자 사내가 납작 엎드리며 애원했다.

그래서 말해 주었다.

"내가 왜?"

－크하하하! 좋군, 좋아!

그리모어는 폭소를, 사내의 얼굴에는 억울하기 짝이 없는 표정을 떠올렸다.

그러나 뭔가 한마디 덧붙이는 것도 사족이다 싶고, 그런 얼굴을 계속 봐 줄 정도의 인내심도 없는지라 신속하게 처리.

"청영, 일단 너는 영지를 살피며 대기해라."

삐이－!

태영은 청영을 날려 보낸 뒤에야 여자들을 풀어 주었다.

"갈 곳이 있습니까?"

"하, 한국어?"

내내 불안한 눈으로 지켜보던 여자들이 놀란 얼굴로 되물었다.

동시에 뭔가 안도하는 기색도 보였지만, 태영은 그녀들을 안심시키기 위해 이런저런 말을 덧붙여줄 생각은 없었다.

"먼저 묻는 말에 대답해 주십시오. 갈 곳이 있습니까?"

있다면 보내 주면 그만이고.

"집이 서울이에요. 휴가를 받아서 친구들하고 캠핑을 왔는데 갑자기…… 무슨 일이 일어난 거죠? 여긴 어딘가요? 우리나라가 맞긴 한 건가요? 도로도 사라지고, 본 적도 없는 괴물이 사람들을 습격하고, 겨우 만난 사람이 이런……."

이러면 좀 복잡해지지만.

'곤란할 건 없지. 사실 이런 곳에 풀어 놔 버리는 게 더 위

험한 일이기도 하고. 그 뒤의 일까지 생각하면 되레 이들이 있는 편이 얘기를 쉽게 풀어 나갈 수 있겠지.'

충분히 수정 가능한 범위다.

물론 도움이 되는 쪽으로 말이다.

"그럼 따라오십시오."

태영은 그녀들을 데리고 문 아래의 토굴을 따라 이동했다.

그리고 그 끝의 문으로 올라왔을 때였다.

"뭐 하다 이제야……."

앞에서 흘러나오던 목소리가 우뚝 멈췄다.

창고로 보이는 커다란 건물에 대여섯 명의 사내들이 흩어져 있었다.

그중 정면으로 보이는, 얼굴이 수염에 뒤덮인 곰만 한 덩치의 사내가 탁자에 박힌 단검을 뽑으며 몸을 일으켰다.

"웬 놈이냐?"

다른 사내들도 각자 무기를 쥐고 모여들었다.

손에는 검이나 손도끼 따위가 들려 있었고, 검은 로브에 짧은 로드를 쥔 놈도 보였다.

그들을 주욱 둘러본 태영이 팔을 뻗었다.

"이런 용건이지."

웅! 웅! 웅! 웅! 웅!

그 주위로 10여 개의 불꽃이 원을 그리며 떠올랐다.

"마, 마법사? 어이!"

수염의 사내가 기겁하며 로브의 사내를 돌아보았다.

그러나 놈도 뭔가 할 처지가 아니었다.

"부, 분열 마법? 거기에 마력 유지? 마, 말도 안 돼! 어째서……."

투투투퉁─!

불화살이 기관포처럼 뿜어진 건 그때였다.

로드 끝으로 허접하기 짝이 없는 마력을 모으던 놈부터 시작해서 손도끼를 들어 올리던 놈, 단검을 쥐고 달려오던 놈, 상자 뒤로 몸을 날리던 놈, 그리고 다시 고개를 돌리던 털북숭이 사내의 몸에서 연이어 불길이 폭발했다.

퉁─!

그리고 태영이 그 불화살을 따라 퉁겨져 날아가는 순간.

푸확! 푸확! 푸확!

놈들의 다리에서 피가 치솟았다.

놈들이 쓰러진 건 그다음이었고, 다시 일어나지 못했다.

그리고…….

팍!

"사, 살려 주십시오!"

코앞에 박히는 검에 화들짝 고개를 들어 올린 털북숭이가 비명처럼 소리쳤다.

태영이 놈의 목덜미를 깔고 앉으며 대답했다.

"죽일 생각은 없다, 당장은. 언제 생각이 바뀔지 모르지만."

"워, 원하시는 게 뭡니까? 뭐든 말씀하십시오!"

"네가 두목인가? 확실히 졸개들보다는 말귀를 빨리 알아듣는군."

"쓸모도 있을 겁니다! 네! 뭐든!"

"신분증이 필요하다."

"시, 신분증? 그건…… 위조 신분증을 말씀하시는 겁니까?"

"그런 티가 나면 꽤 곤란한 상황이 벌어지겠지, 나보다는 네가. 그걸 전문적으로 하는 놈이 한 마리 정도는 있는 거로 알고 있는데?"

태영이 다리를 움켜쥐고 낑낑대는 놈들을 주욱 둘러보며 말했다.

"저, 접니다!"

대답은 아래에서 들려왔다.

역시 사람은 겉만 봐서는 알 수 없는 모양이다.

그리고 좋은 쪽이든 나쁜 쪽이든 사람은 기술을 배워 둬야 사는 데 도움이 되는 법이다.

위잉! 푸확-! 위잉! 푸확-!

또 나머지 놈들이 연이어 날아가는 검기 끝에서 피를 뿜어 올리는 이유이기도 하고 말이다.

"헉! 무, 무슨……."

"왜? 너희들은 좀 다르게 대처할 생각이었나?"

"아, 아니, 그건……."

태영이 털북숭이의 등에서 내려오며 말했다.

"1시간 주지."

"하, 하지만 위조 신분증을 만든 뒤에는……."

"나도 나를 위해 애써 준 놈은 죽일 생각은 없다. 하지만 구시렁구시렁 떠들어 대면 생각이 바뀔지도 모르지. 내 인내심을 테스트해 보고 싶나?"

"아, 아닙니다!"

털북숭이가 허둥지둥 일어나 선반으로 뛰어갔다.

그리고 양피지와 펜, 각종 인장 따위를 꺼내 책상에 늘어놓다가 태영을 돌아보았다.

"저…… 서, 성함은……."

"레온."

태영이 이계에서 사용하던 이름이다.

"출신은 아스토리아. 직업은 헌터가 좋겠군."

이런 이력과 함께.

아스토리아는 그나마 동양인과 가장 닮은 외모의 부족이 사는 북쪽 대륙이다.

그리고 헌터는 다른 지방에서 넘어온 이방인이 가장 많이, 또 쉽게 선택할 수 있는 직업.

그 내용은 보기와 달리 섬세한 털북숭이의 손에 의해 양피지에 옮겨졌고, 어디의 누군지 모를 영주의 인장이 찍히는 것으로 마무리되었다.

"수고했다."

"그, 그럼 살려 주시는 겁니까?"

─주인, 말해 줘라.

털북숭이의 말과 함께 그리모어의 기대 어린 목소리가 들려왔다.

어떤 말을 기대하는지는 대강 짐작이 되었다.

그러나 태영도 약속은 지킨다.

뭣보다 놈은 아직 쓸데가 있다. 따라서 놈이 어떤 결말을 맞이하게 될지도 눈에 선하게 보이지만, 놈의 장래까지 보장해 준 건 아니니까.

퍽─!

그러니 일단 털북숭이는 그때까지 보관 처리.

'다음은 저 여자들인데…….'

나름대로 생각이 있어서 데리고 온 사람들이다.

그러나 당장 도움 될 일은 없다.

그렇다고 이대로 여기에 풀어 두고 갈 수도 없고, 상황을 설명하기도 매우 어렵다.

물론 그렇다고 털북숭이와 같은 대접을 할 생각은 없었다.

"저는 이곳에 나름의 목적을 가지고 왔습니다. 여러분을 돕기 위해 한 행동이 아니라는 말이고, 또 지금도 그럴 생각은 없습니다."

"그, 그럼 저희는……."

"일단 여기서 좀 쉬고 계십시오. 그게 저를 위해서나, 여러분을 위해서나 좋을 겁니다."

태영은 빙긋 웃으며 그녀들에게 다가갔고.

툭, 툭, 툭, 툭.

털북숭이보다 한결 부드러운 손길로 뒷덜미를 만져 주었다.

그 뒤에도 마찬가지다.

납치까지 하는 놈들이라면 당연히 가둬 둘 만한 장소도 마련해 두었을 터.

역시나 지하실에는 감옥 같은 곳이 마련되어 있었다.

태영은 먼저 털북숭이를 밧줄로 꽁꽁 묶어 처박아 두었고, 여자들은 한결 부드러운 방식으로 그 옆의 감옥으로 옮겨 두었다.

─ 퍽이나 친절하군.

"사람에 따라 대응 방식이 바뀌는 건 기본이잖아."

─ 칭찬이라고 생각하는 건 아니지?

칭찬받자고 한 일도 아니다.

단지 이런저런 설명을 하고 싶지 않을 뿐.

이에 빠르게 일을 처리하고 창고로 올라오자 그리모어가 물었다.

─ 그래서? 급하다고 안달하며 여기까지 온 이유가 고작 그건가? 위조 신분증?

물론 아니다.

이곳에 온 이유는 곧 이곳에서 벌어질 어떤 사건 때문이고, 그 사건을 이용해 중요한 목적 하나를 달성하기 위해서였다.

그러나 영지 상공을 비행하는 청영의 눈에는 아직 별다른 조짐이 발견되지 않았다.

'그럼 역시 내 기억과 같은 내일 벌어질 확률이 높겠지. 그리고 그 결과에 따라서는 두 번 다시 이 지역의, 적어도 이계의 도시에는 발을 들여놓지 못하게 될 수도 있다.'

그렇게 되지 않기를 바라지만, 아직 시간이 있으니 해 둘 일은 미리 해 두는 편이 좋다.

'하지만 그 전에……'

태영은 잠시 생각을 미뤄 두고 시선을 돌렸다.

주위는 쥐 죽은 듯이 고요했다.

그러나 태영의 귀에는 선명하게 들려오고 있었다.

짤랑대는, 천상의 음악보다 더 아름답게 들리는 금화 떨어지는 소리가.

무엇보다 먼저 해야 할 일은 그 금화를 쓸어 담는 일이다.

"후-!"

태영이 크게 숨을 불어 내며 주위를 둘러보았다.

밀수꾼의 아지트는 발트하츠의 성내, 잠시 눈을 붙이고 날이 밝은 뒤에 밖으로 나온 태영의 눈앞에 눈에 익은 도시의 풍경이 펼쳐졌다.

"드디어 여기까지 온 건가?"

발트하츠는 과거에도 꽤 자주 들렀던 곳이다.

그러나 이미 청영의 눈을 통해 볼 만큼 봤으니 새삼 감회에 젖을 이유는 없었다.

'내 기억대로라면 그 일이 벌어지는 건 오늘 밤이지만……'

그렇다고 조급해야 할 이유도 없다.

눈앞의 일만 좇다 보면 정작 중요한 걸 놓치기 마련.

한두 번 살아 본 인생도 아닌데 그런 기초적인 실수를 할 수는 없다.

하물며 100% 성공을 장담할 수 없는 일을 앞두고 있다면, 당연히 그 뒤의 일도 대비해 둬야 한다.

'먼저 생각해야 할 건 보급이겠지. 일단 필요한 건 남양주에서 대부분 다 챙겨 뒀지만, 그곳에서도 구하지 못한 물건은 꽤 되니까. 게다가 그건 어디까지나 현대 쪽.'

이계 쪽에도 필요한 물건이 많다.

그리고 편의성이라는 측면에서는 분명 현대 쪽의 물건이 낫지만, 생존이라는 측면으로 보면 이계 쪽에서 구할 수 있는 물건이 더 활용도가 높다.

태영이 마경의 숲에서 악착같이 몬스터의 소재를 챙긴 게 그 때문이다.

결국, 핵심은 돈이니까.

그리고 그건 현대든 이계든 마찬가지지만, 현재 현대의 시스템은 사실상 붕괴.

'현대의 화폐는 종잇조각에 불과하지. 뭐 대부분 카드를 사용하니 그런 종잇조각조차 많이 가지고 있는 사람은 없을 테고.'

반면 이계 쪽은 비교적 정상적인 상태를 유지하고 있었다.

게다가 이계의 화폐는 그 자체가 금과 은, 동.

설사 화폐를 발행한 왕국이 멸망한다 해도 현대의 화폐처럼 그냥 쇳조각이 되지는 않는다.

가치의 변동은 있을지언정 대륙 어디에서든 통용된다는 말이다.

현대와 겹쳐지지 않은 지역은 물론, 겹쳐진 곳이라도.

당연히 화폐의 가치는 이계 쪽이 월등!

'기회가 있을 때 환금해 둬야겠지.'

물론 그렇다고 아무 데서나 팔아 치울 생각은 없다.

돈이란 없어서 곤란할 때는 있어도 많아서 곤란할 때는 없는 법.

실제로 태영도 현대든 이계든 없어서 고생해 본 경험이 꽤 되는지라 그런 것 하나만은 철저하게 챙겨 왔다.

딸랑.

그런 태영의 선택을 받은 곳이 바로 이 상점.

"어서 오시게."

정확히는 그 안에서 맞이해 주는 점주다.

말했듯이 태영은 과거에도 꽤 자주 이곳에 와 봤고, 그 경험으로 알고 있어서다.

사기와 말장난이 기본 스킬인 대도시의 상인 중에서는 그나마 꽤 정직한 점주라는 걸 말이다.

"처음 보는 얼굴이군. 이곳은 처음인가?"

물론 이런 말에 바로 고개를 끄덕이며 급매물 처분하듯이 다짜고짜 뭔가 팔러 왔다고 떠들어 대는 초짜라면 얘기가 달라지겠지만.

태영은 살짝 고개만 끄덕이고 잠시 상점을 둘러보았다.

"물건이 그리 다양하게 갖춰져 있지는 않군요."

"이런 시기니까 말이지. 자네도 어딘가의 던전에 몇 달이나 틀어박혀 있다가 나온 게 아니라면 대강 알 거 아닌가. 갑자기 없던 산이 생기고, 알 수 없는 것들이 불쑥불쑥 나타나고, 흉흉한 소문이 들려오는 것도 무리는 아니지."

"흉흉한 소문이라니요?"

"뭐 뻔하지 않나? 곧 더 엄청난 대재앙이 일어나 세상이 망할지도 모른다는 쓰잘머리 없는 말들이지. 그 탓에 행상인들이 몸을 사려서 요즘 물건 수급이 영 좋지 못하네. 그래도 원하는 게 있으면 말해 보게. 그런 걸 어떻게든 하는 게 상인이니까."

"잘됐군요."

태영이 그제야 몸을 돌리며 씨익 웃었다.

"응? 잘되다니?"

"필요한 게 몇 가지 있긴 하지만, 그보다는 팔 게 더 많습니다."

"뭐야? 그쪽이었나?"

"네, 그런데 양이 좀 많아서요. 나눠서 팔아야 하나 고민하고 있었습니다."

"역시 여기는 처음인가 보군. 이곳은 확실히 변방이기는 하지만, 촌구석은 아니야. 아마 내 상점의 한 달 매출이 얼마인지 알면 그런 소리를 못 할 거네. 그러니 그런 걱정일랑 접어 두고 일단 다 꺼내 놔 보게. 일단 뭔지 봐야 흥정이든 뭐든 할 수 있을 테니까."

점주가 유쾌한 웃음을 지으며 말했다.

그러나 곧 웃음이 사라졌다.

"목록 1부터 100까지."

태영이 이렇게 말하며 쏟아 놓았기 때문이다.

와르르르!

"마, 마법 가방…… 아니, 그보다…… 베오울프의 가죽과 송곳니, 허! 베라자크의 가죽인가? 이놈은 그리 쉽게 잡을 수 있는 놈이 아닌데…… 어? 이, 이건 타란튤라의 갑각!
게다가 옆에 있는 건…… 채취하기 힘들다는 독주머니까지
세트로 붙어 있는 건가?"

뭐 대강 그런 것들이다.

이에 점주의 눈이 휘둥그레졌지만, 아직 멀었다.

"나머지는 여기에 놓으면 됩니까?"

"나, 나머지라니? 서, 설마 더 있다는 말인가?"

물론이다.

마경의 숲에서 두 달 가까이 사냥만 했으니까.

당연히 테이블 위에 쌓아 놓을 수 있는 분량은 진즉에 넘
어갔고.

"네, 뭐 어쩌다 보니."

와르르르!

바닥에 두 개의 산이 더 만들어졌다.

늘어난 양만큼 점주의 얼굴은 한층 더 볼만하게 변했다.

그러나 사실 그것도 진짜 놀랄 만한, 예를 들면 고대종 몬
스터인 헬 스네이크를 포함해 희귀도 높은 몬스터의 소재는
아예 꺼내지도 않은 것이다.

그것들까지 꺼내 놓으면 점주의 얼굴이 어떻게 변할지 궁
금해지기도 했지만, 팔 생각도 없는 물건을 가지고 장난치는
악취미는 없으니 넘어가고.

"마, 말도 안 돼. 대체 이게 다 무슨…… 한두 종류도 아니

The Final
더 파이널

고 이렇게 많은, 그것도 고레벨 몬스터의 소재라니? 어쩌다 보니 얻을 수 있는 게 아니지 않나? 자네 대체 정체가 뭔가?"

"헌터입니다, 보다시피. 확인해 보시겠습니까?"

헌터증을 준비한 이유는 혹시 모를 경비병의 불심검문에 대비하기 위한 용도가 첫 번째, 두 번째가 바로 이럴 때를 위해서였다.

"아, 그래. 확인은 해 봐야겠지만······."

몬스터 소재라도 한 번에 이만한 양을 거래하려면 신분을 증명할 필요가 있어서다.

그리고 하나 더 추가하자면······.

"A급······."

이쯤 되면 점주도 어설픈 수작을 부릴 생각 따위는 일찌감치 접어 놓는다.

헌터의 등급은 곧 실력과 경험의 증명이니까.

그리고 역시나.

"흠, 모두 해체한 솜씨나 뒤처리까지 흠잡을 데가 없군. 뭐 A급 헌터라면 당연하지만. 좋네. 모두 매입하지. 800골드 어떤가?"

태영이 계산한 것과 얼추 비슷한 금액이 나왔다.

이에 태영이 빙긋 웃으며 끄덕였다.

"네, 거기에 10% 추가. 그 정도면 적당하겠군요."

"뭐, 뭐라고? 그, 그게 무슨 말인가? 10%라니? 설마 자네,

내가 시세를 속였다고 생각하는 건가? 난 그런 장난질은 좋아하지 않아! A급 헌터에게 그런 짓을 할 정도로 간이 크지도 않고! A급 헌터라면 자네도 시세 정도는 알 거 아닌가? 이건 제대로 된 시세야!"

"정확히는 이전 시세죠."

"……뭐?"

"방금 점주님도 말하지 않았습니까? 지금은 행상인들이 몸을 사리는 통에 물건 수급이 힘들다고. 그건 헌터도 마찬가지일 테고. 그럼 물가가 오르는 게 당연하지 않습니까?"

"그럼……."

당황한 표정을 떠올리던 점주가 허탈한 웃음을 지었다.

"물건을 팔러 온 사람이 상점부터 둘러본 이유가 있었군. 나는 그런 줄도 모르고 물건 수급이 어쩌니저쩌니하면서 하소연을 했던 거고."

물론이다.

"할 수 없지. 내 실수는 명백하니 수업료라 생각하고 더 내지. 하지만 10%는 너무 과하네. 5%로 하지. 수급이 어려운 건 사실이지만, 그만큼 팔기도 힘들어졌으니까."

"하지만 그런 이유로 하나를 팔더라도 더 많은 이윤을 남길 수 있겠죠. 8%면 적절한 가격 아닐까요?"

"이걸 이대로 파는 게 아니지 않나? 6%로 하지."

"재료 수급이 안 되면 장인들도 대부분 놀고 있을 거 아닙니까? 이럴 때 대량으로 일거리를 주면 평소의 50%라도 하겠다는 장인이 많을 텐데요?"

"젠장! 뭐 그렇게 아는 게 많은 건가?"

이래저래 경험이 많으니까.

"좋네. 뭐 견적을 보아하니 더 얘기해 봐야 소용없을 것 같고. 8%로 하지. 단, 앞으로도 뭔가 팔 게 있으면 딴 데 기웃거리지 말고 내 가게로 와야 하네. 물론 살 때도! 아니, 생각해 보니 살 때는 다른 데 가는 게 나을지도 모르겠군. 어차피 남기기도 힘들 테니."

점주도 꽤 경험이 많은 모양이다.

대번에 태영의 본성을 꿰뚫어 보는 걸 보면 말이다.

어쨌든 이로써 거래 완료!

–864골드를 뜯어냈습니다.

돈주머니를 받아 들고 나오자 이런 메시지가 떠올랐다.

– 아니, 나도 뭐라도 해야 할 것 같아서. 본 대로, 느낀 대로 띄워 봤다.

무슨 말을 하고 싶은지는 알겠지만, 잘못 짚었다.

태영에게 이런 건 일상적인 거래니까.

그리고……

'진짜 뜯어낼 데는 따로 있지!'

잡화점을 나온 태영은 바로 외곽의 대형 상회를 찾아갔다.

"물건을 좀 팔러 왔습니다."

"그럼 잘못 찾아왔네. 여긴 도매상이야. 잡다한 물건 따위
는 취급 안 하네."

"알고 있습니다."

"그런데?"

"일단 물건부터 보시죠."

태영이 피식 웃으며 마법 가방을 뒤집어 십여 개의 상자를
쏟아 놓았다.

이에 손사래를 치던 뚱뚱한 점주는 조금 놀란 표정을 지었
고, 상자의 내용물을 확인해 보고는 기겁한 얼굴이 되었다.

"이, 이걸 어디서……."

"아실 텐데요?"

"응? 아, 아니, 나는 무슨 말인지 도통……."

"모르신다면 할 수 없죠. 이걸 가지고 경비대를 찾아가 보
는 수밖에."

"자, 잠깐!"

태영이 몸을 돌리자 점주가 황급히 소리쳤다.

그리고 불안한 얼굴로 눈알을 이리저리 굴리다 신음 같은
목소리로 물었다.

"어, 어디까지 알고 있는 건가?"

"내가 이 짐을 굳이 이곳에 들고 온 것만으로도 충분히 대

답이 됐다고 생각하는데요. 서로 바라는 건 명확하니 빠르게 진행하죠. 50% 어떻습니까?"

"50%?"

"네, 이 물건값의 50%, 나쁜 제안은 아니라고 생각하는데요? 그쪽도 그냥 앉은 자리에서 50%를 버는 셈 아닙니까?"

그런 계산이 나오는 이유는 태영이 쏟아 놓은 상자가 바로 밀수꾼의 아지트에서 챙겨 온 물건이기 때문이다.

그리고 당연히 태영은 이미 놈들에 대해 알고 있었다.

비밀 통로는 물론, 놈들이 그 비밀 통로를 이용해 뭘 밀수하고 있었는지, 또 그 물건을 어떤 상회를 통해 조달하고 있지도 말이다.

태영이 일부러 이런 도매상까지 찾아온 이유가 그래서다.

따라서 점주에게 선택의 여지는 없다.

아니, 이리저리 눈알을 굴러 대는 모양새를 보니 좀 더 저렴하고, 또 확실한 방법을 궁리하는 것 같기도 하지만.

"내가 이 상자를 어떻게 가져왔을지 생각해 보고 결정하는 게 좋을 겁니다. 내 기분을 상하게 하는 게 득이 될지, 아닐지 정도는 판단할 수 있으리라고 생각하니까. 물론 가격을 속이는 것도 포함해서 말입니다."

태영은 살기를 듬뿍 담은 목소리로 그 면상에 쐐기를 박아 주었다.

이에 점주는 시커멓게 죽은 얼굴로 침몰했고, 힘없이 벌어지는 주머니로 두툼한 돈주머니를 토해 냈다.

　－500골드를 뜯어냈습니다.

　그 위로 떠 오르는 메시지.
　그러나 그리모어는 아직도 모르고 있었다.
　그리고 안도하는 표정을 짓는 걸 보니 점주도 아직 모르는 모양이다.
　"가격을 속인 것 같지는 않군요. 그럼 이건 이제 됐고. 자, 얼마를 내시겠습니까?"
　"그, 그게 무슨 말인가? 돈이라면 방금……."
　"그건 저 물건을 넘겨준 대가고요. 아니, 대가라고 할 수도 없죠. 되레 돈을 벌게 해 준 거죠. 하지만 그래서야 내가 손해 아닙니까? 다른 데 팔면 될 걸 굳이 50%에 넘긴 셈이니까. 그런데도 왜 굳이 여기로 가져왔겠습니까?"
　점주의 얼굴이 창백해졌다.
　"네, 네놈 혹시…… 나를 협박하는 거냐?"
　"물론이죠."
　태영은 솔직한 사람이었다.
　"하지만 나도 살면서 나쁜 짓 한 번 안 해 봤다고 말할 정도로 정의로운 사람이 아니고, 그쪽도 나름의 사정이 있겠죠. 그러니 거두절미하고 한 방에 깔끔하게 정리하죠.

5,000골드 어떻습니까?"

"5…… 5,000골드? 너, 너 그게 얼마나 되는 돈인지 알기나 하고 떠드는 건가? 그 정도 돈이면 우리 상회는 당장……."

"제가 들은 바에 의하면 이곳 영주님은 범죄에 꽤 엄하다고 하던데요."

펄펄 뛰던 점주가 이어지는 말에 움찔하며 굳었다.

"이 상회와 점주님의 목숨, 그리고 조금 시간은 걸리더라도 이 상회와 점주님이 있으면 다시 벌 수 있는 소소한 현금. 어느 쪽을 잃는 게 더 불행한 일일지 시험해 보고 싶으시다면 기꺼이 협조해 드리죠."

이런 걸 뜯는다고 말하는 거다.

확실하게 궁지에 몰아넣고 확실하게 뜯어낼 수 있는 상황을 만드는 것.

당연히 상대에게 선택의 여지 따위는 없었다.

ー5,000골드를 뜯어냈습니다.

ー……할 말이 없다.

태영도 더 할 말은 없었다.

그렇게 최종적으로 모인 돈이 6,364골드.

웬만한 도시의 주택 두세 채를 살 수 있는 돈을 챙기고 무슨 할 말이 더 있겠는가.

'이렇게 빨리 강해진 것도 처음이지만, 이렇게 빨리 이만한 돈을 모아 보기도 처음이군. 뭐 돈이야 아무리 많아도 부족한 것이기는 하지만, 어쨌든 이제 필요한 것만 대강 구입하고……'

보람찬 경제 활동을 하는 사이 늦은 오후가 되었다.

태영은 마지막으로 짐을 정리하고, 장비도 꼼꼼히 정비한 뒤에 목적지로 향했다.

바로 도시 중심에 자리 잡은 영주성이었다.

─이 시간에?

물론 그런 의문을 제기할 수도 있겠지만, 어쩔 수 없다.

당당하게 정문으로 들어가서 할 수 있는 일을 하러 온 게 아니니까.

'이변이 없는 한 오늘 밤……'

사건이 벌어질 것이다.

이에 태영이 적당한 위치에 몸을 숨기고 기다리고 있을 때였다.

라이너 벤 그라디오스

콰쾅! 콰콰쾅! 화르르르!

'시작됐다!'

예상은 적중했다.

영주성 안쪽에서 치솟아 올라오는 화염!

뒤이어 성벽 너머에서 고함과 쇳소리가 울려 나왔다.

그러기를 잠시, 다시 한번 폭음이 울리며 성문이 열리고 검은 복장의 무리가 말을 타고 뛰어나왔다.

그리고 불과 수십 초의 간격을 두고 병사들이 쏟아져 나오며 추격했다.

'지금이다, 청영!'

삐이이이-!

"헉! 뭐, 뭐야? 이 새는? 어디서 갑자기……."

"크악! 이, 이놈이……."

날카로운 청영의 울음과 함께 성벽 위 곳곳에서 터져 나오는 당혹성.

동시에 태영의 손에서 갈고리가 날아올랐다.

그리고 소란을 틈타 박아 넣은 갈고리를 따라 팽팽해진 밧줄을 잡고 도약!

불과 서너 번의 도움닫기만으로 성벽 위로 올라섰다.

그때 병사들을 헤집고 다니던 청영이 다시 밤하늘 위로 비상했고, 태영은 이미 그 아래의 성내를 가로지르고 있었다.

소리도 없고, 보이지도 않았다.

낮에 사 둔 검은 망토를 두르고 얼굴에는 잿가루도 발라 두었다.

거기에 청영의 눈으로 병사들의 동선을 피해 사각지대를 파고들며 어둠 속을 질주!

태영은 순식간에 본성에 도착했다.

그리고 다시 갈고리를 이용해 위층의 창문 안으로 날아 들어갔을 때였다.

'……없어?'

주위를 훑어내리던 태영의 눈동자가 흔들렸다.

'분명 그때 이곳에 있었다고 들었는데, 그럼 곧 이곳으로 온다는 말인가? 아니, 그렇게 단정할 수는 없어. 내가 직접 그 현장을 경험해 본 적은 없다. 시간이나 동선에 대한 정보가 확실하다는 보장은 없고, 또 이전과 달라지지 않는다는 보장도 없다. 1초라도 빨리 찾아내야 해!'

태영이 빠르게 눈을 깜빡였다.

청영과 연결된 눈동자가 금색으로 물들며 영주성 전체의 모습이 시야에 들어왔다.

불길이 뿜어져 올라오는 후원의 건물과 그 주변을 분주히 뛰어다니는 병사들, 성벽에서 고함을 지르는 병사들, 그리고…….

'저기다!'

태영의 눈동자가 본래의 색으로 돌아왔다.

동시에 창에 걸쳐 놓은 밧줄을 타고 다시 성벽으로.

태영은 바닥에 닿을 정도로 몸을 낮춘 자세로 탄환처럼 성벽을 가로질렀다.

그러자 곧 태영의 눈에도 보이기 시작했다.

성문 근처의 성벽 위에 모여 있는 10여 명의 병사와 중년인.

청영의 눈을 통해 봤을 때는 손톱만 한 크기로 보였지만, 태영은 한눈에 알아볼 수 있었다.

아니, 알아보지 못할 리가 없었다.

그 중년인의 등에 걸쳐진 망토에 새겨진 그 황금 사자의 문장을.

'기회는 한 번! 처음이자 마지막 기회! 각오도…….'

태영이 그리모어를 꽉 움켜쥐었다.

'됐다!'

텅-!

"웃? 누, 누구냐?"

주위의 병사들이 검을 뽑으며 몸을 돌렸다.

황금 사자 문장의 망토를 걸친 중년인 앞으로 순식간에 방패의 벽이 만들어졌다.

호각이 울리고, 고함이 울리고…….

"크허어어엉-!"

태영의 입에서 터져 나온 포효가 그 모든 것을 삼키며 울려 퍼졌다.

'포효의 목걸이' 이펙트 스킬 '비스트 피어'!

축적된 마력을 폭발시켜 적을 마비시키는 스킬이다.

그리고 그 설명대로, 겹겹이 몰려들던 병사들이 갑자기 정지 화면이 된 것처럼 굳어 버렸다.

찰나에 불과하지만.

'충분하다!'

태영은 섬광처럼 병사들 사이를 가로질렀다.

양옆에서 당황한 병사들의 얼굴이 스쳐 지나가고, 눈앞에 중년인의 얼굴이 떠올랐다.

그때 눈동자만으로 태영을 좇던 그의 볼이 꿈틀거렸다.

그 움직임은 이내 어깨를 지나 팔까지 전달되었고, 멈췄던 시간이 갑자기 가속하듯이 그의 손이 빠르게 검을 향해 움직였다.

치잉—!

그러나 태영의 검이 먼저 뽑혀 나왔다.

'오늘, 역사를 바꾼다!'

발도와 함께 푸른 섬광에 휩싸인 검날은 망설임 없이 그의 목을 향해 뻗어 나갔다.

그리고 다음 순간.

챙—!

—……어?

"……뭐?"

날카로운 쇳소리와 함께 연이은 당혹성이 울렸다.

앞서 나온 당혹성은 의욕적으로 오러를 뿜어내던 그리모어였고, 다음은 그 칼날에서 튀어 오르는 불똥을 본 중년인의 입에서 나온 것이었다.

그리고 그 아래로 떨어지는 몇 자루의 검은 비도(飛刀).

비도를 내려다본 중년인의 눈이 태영의 얼굴로 올라왔고, 다시 그 뒤의 병사들에게 이동했다.

그리고 그 시선을 따라 태영의 옆을 스쳐 지나가며 소리쳤다.

"이 사내가 아니다! 다른 자다! 주위를 경계하라!"

'……역시.'

태영의 입에 옅은 미소가 떠올랐다.

망설임 없이 그 간격으로 뛰어들 수 있던 게 이 때문이다.

그가 태영이 아는 그 사람이라면 바로 상황을 파악할 수 있으리라고 믿었고, 그게 사실이었다.

그가 살아야 하는 이유다.

'아니, 살린다!'

챙! 채챙-!

태영의 검 끝에서 연이어 불똥이 튀어 올랐다.

그러나 태영의 검이 닿는 거리는 중년인뿐이었고, 호위병들은 어둠에 녹아들어 날아오는 검은 칼날에 그처럼 빠르게 반응하지 못했다.

"퀵!"

"크윽!"

서너 명의 병사가 목을 움켜쥐고 쓰러졌다.

그제야 상황을 파악한 나머지 병사들이 중년인을 에워싸듯이 몰려들었다.

그리고 놈들이 나타났다.

성벽 아래에서, 성벽과 망루의 틈새에서, 마치 어둠의 일부가 뚝 떼어져 나오듯이 검은 가죽 갑옷을 입은 사내들이 속속 모습을 드러냈다.

'8명……'

"뭐 하는 자들이냐!"

"여기가 어딘지 알고 침입한 것이냐!"

호위병들이 소리쳤다.

이런 암습을 해 온 자들이 대답할 리가 없었고, 호위병도 그런 걸 기대하고 소리친 게 아니다.

성내의 병사들에게 상황을 알리는 것이다.

이를 모를 리가 없음에도 암살자들은 별다른 반응을 보이지 않았다.

'그 전에 끝내겠다는 의미겠지.'

퉁-!

태영도 같은 생각이다.

태영이 빠르게 거리를 좁혀 가자 한 놈이 양손에 쥔 단검을 위아래로 휘둘렀다.

속도와 거리를 정확히 예측해 날리는 공격이다.

"파이어 애로!"

투투투퉁-!

그러나 이것까지는 예상하지 못했다.

태영이 손에서 부채꼴로 퍼지며 날아가는 불길!

좌우로 흩어지던 놈 중 몇 명이 불화살에 맞고 휘청거리자 앞에서 단검을 휘두르던 놈도 흠칫 놀라며 한 발 물러났다,

폭연 속에서 검광이 솟아오른 건 그때였다.

툭툭! 푸슉-!

그 아래로 떨어지는 두 개의 손목.

놈이 터져 나오는 신음을 억누르며 한층 넓어진 보폭으로 빠르게 뒷걸음질 쳤다.

그러나 추격하듯 따라붙은 검광이 가로지르자 물러나는 놈의 발 앞으로 머리가 굴러떨어졌다.

그리고 놈이 분수처럼 피를 뿜으며 주저앉았을 때,

그 앞에서 태영이 푸른 섬광을 불길처럼 뿜어 올리는 그리모어를 회전시켰다.

푸확-! 푸확-!

좌우에서 치솟아 오르는 피!

'남은 건 다섯…….'

놈들은 파이어 애로를 피해 중년인에게 달려들었다.

그러나 호위병도 만만한 상대는 아니었다.

단지 중년인의 보호가 최우선이라 태영처럼 자유롭게 움직이지 못할 뿐, 나름 정제된 실력과 실전 경험을 두루 갖춘 정예 병사들이다.

"간격을 좁혀라!"

"칼날에 잿가루를 발랐다! 검이 아닌 손목을 노려라! 독도바른 듯하니 상처를 입었다 싶으면 지체하지 말고 그 부위를 도려내라!"

"무리해서 놈들을 공격할 필요는 없다! 지원병이 올 때까지 후작님을 보호하는 데 집중하라!"

"제대로 싸우기 힘든 상처를 입은 자는 몸으로 후작님을 보호하라!"

신속하게 진형을 갖추고 대응하고 있었다.

그리고 뭣보다.

"암살자 따위에게 당할 내가 아니다! 나는 신경 쓰지 말고 놈들에게 집중하라!"

놈들의 타깃인 중년인도 평범한 귀족이 아니었다.

검도 그렇지만 뛰어난 상황 판단 능력으로 두어 명 정도는 너끈히 상대할 실력이었다.

그 덕에 전세는 확실하게 후작과 호위병 쪽으로 기울어지고 있었다.

거기에 태영까지 가세하면 순식간에 끝날 것이다.

'뭔가 이상하다!'

그러나 태영은 움직이지 않았다.

'분명 내가 없었다면 후작은 최초의 암기에 당했을 것이다. 목을 노리고 날아왔으니, 독이 발라져 있었다면 그것으로 끝이었겠지. 그리고 본래 암살이란 게 방심의 틈을 노리고 최초의 일격으로 끝내는 것을 전제로 하지만, 변수는 언제든 존재하는 법. 하물며 치밀하게 암살을 준비한 놈들이 고작 저 정도 실력의, 저 정도 숫자만으로…….'

삐이-!

그때 허공에서 날카로운 울림이 터져 나왔다.

순간 태영은 몸을 옆으로 기울이며 빠르게 바닥을 굴렀다.

팍! 팍! 팍!

그 뒤로 연이어 단검이 박혔다.

바위를 깎아 만든 벽돌로 이루어진 성벽의 바닥에.

태영은 그리모어를 뻗어 마지막에 박힌 단검을 튕겨 올렸다. 그리고 상체를 세우며 튀어 오르는 단검을 검면으로 후려쳐 뒤쪽으로 날렸다.

치칭-!

등 뒤에서 쇳소리가 울렸다.

태영은 바닥을 타고 미끄러지듯이 이동하며 쇳소리가 울린 방향으로 회전했다.

그 앞에서 쪼개진 단검과 함께 검은 인영이 떨어져 내렸다.

'……이놈이군.'

바로 알아볼 수 있었다.

암살자는 5명, 아니 8명이 모두 살아 있어도 호위병을 제압하지는 못했을 것이다.

그럼에도 이 암살이 성공할 수밖에 없던 이유는 바로 놈 때문이다.

지척에 있었음에도 태영이 발견하지 못했던, 심지어 상공에서 매의 눈으로 지켜보는 청영조차 단검이 날아들 때까지 찾아내지 못했던 또 한 명의 암살자!

'최상급의 은신 능력을 갖춘 놈이다. 다시 종적을 놓치면 불리해진다!

생각과 동시에 태영이 움직였다.

그리고 그제야 알았다.

놈이 먼저 움직이고 있었다는 것을.

바로 눈앞에 있는데도 어떤 소리도, 심지어 기척조차 느끼지 못하는 사이에 놈이 다가오고 있었다.

'뭐 이런 놈이…….'

태영은 황급히 한 걸음 뒤로 빼며 그리모어를 내리그었다.

파직-!

동시에 스파크가 터져 올라왔다.

'오러 소드!'

놈의 검에서도 오러가 일렁이고 있었다.

그리모어처럼 뿜어져 올라오는 오러가 아닌 아래로 깔리는 듯한 붉은 오러!

놈은 그 붉은 검을 한 손으로 쥐고 있었고, 아래쪽에서 움직이는 다른 손에서도 붉은 섬광이 이어지고 있었다.

태영은 검을 횡으로 휘두르며 한 걸음 더 물러났다.

지지직, 푸슉-!

늦었다.

가죽바지가 주욱 갈라지며 허벅지에서 피가 튀어 올랐다.

'중독될 걱정은 없겠지만…….'

소드 오러는 칼날의 이물질을 모두 태워 버린다.

그 탓에 독도 바를 수 없고, 굳이 바를 이유도 없다. 독 따위보다 소드 오러가 몇 배나 더 무서우니까.

'아니, 정확히 말하면 무서운 건 소드 오러가 아니라 소드 오러를 사용하는 인간이지. 암살자가 소드 오러라니…….'

상상도 못 하고 있던 일이다.

그러나 진짜 상상도 못 했던 일은 그다음이었다.

"흠."

놈이 묘한 눈길로 태영을 바라보았다.

그리고 살짝 어깨를 으쓱이며 한 걸음 내딛는 순간 사라졌다.

기척도 없고, 살기도 전혀 느껴지지 않았다.

'그래도 있다! 어딘가에!'

"파이어 볼트!"

태영은 팽이처럼 몸을 회전시키며 왼팔을 뻗었다.

퍼퍼퍼펑-!

원을 그리며 터져 올라오는 폭발!

아지랑이처럼 열기를 피워 올리던 공기가 한쪽으로 확 밀려난 건 그때였다.

순간 태영의 몸이 그 방향으로 퉁겨져 날아갔다.

채챙-!

터져 올라오는 섬광 너머로 두 자루의 단검을 든 놈의 모습이 떠올랐다.

복면 사이로 드러난 놈의 눈에 살짝 흔들렸다.

"놀랍군."

태영의 눈동자도 흔들렸다.

방금 놈의 움직임으로 떠올랐고, 그 목소리로 확신할 수 있었기 때문이다.

'설마 이 녀석……'

그러나 생각은 이어지지 못했다.

아래에서 퉁기듯 치솟아 올라오는 단검!

태영은 상체를 비틀어 피하고 그리모어를 회전시키며 이어지는 칼날을 막았다.

그리고 바로 새도 스텝을 밟으며 측면으로 이동해 공세로 전환했지만, 놈은 당연하다는 듯이 따라붙으며 단검을 날리며 역공을 펼쳤다.

그리고 또! 또! 또!

파캉! 챙! 위잉! 카카카캭! 팅-!

성벽 위를 미끄러지듯이 이동하는 둘 사이에서 쉴 새 없이 스파크가 터져 올랐다.

그리고 폭발하는 섬광과 함께 좌우로 떨어져 나왔을 때.

지직, 푸슉-!

태영의 옆구리에서 피가 튀어 올랐다.

지직, 팍-!

놈의 어깨에서도.

그러나 태영도, 놈도 미동조차 없이 서로를 마주 보고 있었다.

잠시의 침묵이 흐르고 복면 사이로 드러난 놈의 눈동자가 스르르 움직였다.

호위병과 암살자들이 격전을 벌이는 방향, 정확히는 그 안쪽의 후작을 향하고 있었다.

태영이 소드 오러가 일렁이는 그리모어를 수평으로 세우며 그 앞을 막았다.

"시도해 보는 건 자유지만, 후회하게 될 거다."

"그럴 것 같군."

살짝 끄덕이는 놈의 눈이 다른 방향으로 움직였다.

"이쪽이다!"

"너희는 후작님에게! 나머지는 출입구를 봉쇄하고 놈들을 포위하라!"

양측 성벽 위로 병사들이 뛰어 올라온 건 그때였다.

놈의 눈이 다시 태영에게 향했다.

"오늘 이후로 후회할 사람은 네가 되겠지만 말이야."

펑-!

그 아래에서 시커먼 연기가 뿜어져 올라왔다.

태영이 눈살을 찌푸리며 팔을 휘저었다.

"윈드."

연기는 금세 흩어졌지만, 이미 놈은 사라진 뒤였다.

"한 놈이 사라졌다!"

"1대대는 후작님을 호위하고 2대대는 남은 암살자를 제압하라! 생포해야 한다! 나머지는 사라진 놈을 찾는다! 아직 멀리 가지 못했을 것이다! 여관이든 민가든 예외는 없다! 샅샅이 뒤져서 놈을 찾아내라!"

병사들이 고함을 질러 대며 흩어졌다.

그러나 태영은 움직이지 않았다.

알고 있기 때문이다. 병사들의 생각과는 달리 아마도 놈은 이미 꽤 먼 곳에 있을 것이고…….

'쫓아 봐야 소용없겠지.'

태영이 그와 대등한 대결을 할 수 있었던 건 대등한 실력이 있어서가 아니었다.

과거에 싸워 본 경험이 있어서다.

당연히 놈은 알 리가 없지만, 만약 알았다면 상황은 좀 전과는 전혀 다르게 전개되었을 것이다.

'그만한 실력을 갖춘 놈이 암살자라니…….'

한층 더 위험한 놈이다.

그리고 방금, 태영은 그런 놈에게 찍혔다.

'생각도 못 했어. 설마 이 사건에 저놈이 관여되어 있었을 줄은…… 젠장, 죽어라 달려왔는데 어째 결과는 엄청 손해나는 장사를 해 버린 것 같은 불길한 예감이…….'

"이 자식들, 모두 죽었습니다!"

그때 뒤에서 병사의 목소리가 들려왔다.

그것도 대강 예상하던 일이다.

다른 놈들에게는 그사이에 병사들의 포위를 뚫고 탈출할 능력 따위는 없었을 테니까.

후작도 그다지 놀라는 기색 없이 명령했다.

"됐다. 어차피 생포해 봤자 줄줄 불어 댈 것 같은 놈들도 아니고. 짐작되는 게 없지도 않으니까. 잡아 봐야 골치만 아프겠지. 나는 집무실에 있을 테니 상황을 정리하고 보고하라!"

"네, 그런데 저 사람은……."

그제야 병사들의 시선이 태영에게 집중되었다.

"그래, 자네. 자네도 같이 가지. 놀란 가슴도 진정시킬 겸, 따뜻한 술이라도 한잔하면서 얘기 좀 나누세."

성큼성큼 다가온 후작이 태영의 목에 팔을 두르며 히죽 웃었다.

"일단 자네 정체부터 시작해 보지."

2

세상에는 그런 사람이 존재한다.

만약 그때 그가 죽지 않았다면 이후의 세계는 달라졌을 거라고 평가받는 위인.

이계에서는 그가 그런 사람이었다.

"후, 한결 낫군."

술잔을 내려놓으며 얼굴 가득 주름을 만들며 웃는 은발의 중년인.

라이너 벤 그라디오스 변경백.

이계에서 가장 강력한 국가로 손꼽히는 아르키네아 제국의 서부에 자리 잡은 발트하츠의 영주이자 서부 지역을 대표하는 12개 영지의 혈맹장, 현 황제의 8촌 형제인 황족으로서 제국을 넘어 중앙 대륙 전역에 상당한 영향력을 가진 황제파의 수장이다.

태영도 그를 직접 보기는 이번이 처음이다.

지금까지 이계로 회귀해 온 시점은, 이미 그가 죽은 뒤였기 때문이다.

그럼에도 태영은 그에 대해 꽤 많은 걸 알고 있었다.

이계에서 마주치게 되는 여러 사건 때마다 정말 귀가 따갑도록 듣기도 했다.

-만약 지금, 그분이 살아 계셨다면…….

태영도 같은 생각이었다.

물론 그가 살아 있다고 그들이 원하는 방향으로 역사가 진행되리라는 보장은 없다.

그러나 한 가지만은 확신할 수 있었다.

'바뀐다, 어떤 식으로든!'

그리고 그건 태영에게 결코 나쁜 방향이 아닐 것이다.

그런 확신이 들게 만든 건 두 사람이다.

회귀할 때마다 든든한 동료가 되어 주었던 사람과 최악의 적이 되었던 사람.

태영은 그 둘을 통해, 또 그 뒤의 역사를 통해 그라디오스 후작이 얼마나 중요한 역할을 할 수 있던 존재였는지 알게 되었다.

누구도 대체할 수 없는 사람이라는 걸 말이다.

이전보다 이른 시점이라는 걸 알게 되자마자 그를 떠올린 이유가 그 때문이다.

그리고 결국 구해 낼 수 있었다.

'이미 역사는 바뀌었다. 이제 남은 문제는……'

"자네는? 몸은 괜찮은가?"

"네, 주신 약의 효능도 굉장하더군요. 벌써 대부분 아물었습니다."

"비싼 거니까."

변경백, 그라디오스 후작이 히죽 웃었다.

"하지만 내 목숨은 그보다 비싸지. 그러니 사소한 것들은 넘어가는 편이 좋겠지만, 두 가지만큼은 짚고 넘어가지 않으면 안 되겠지. 자네가 누구고, 또 어떻게 놈들의 습격을 미리 알고 그 자리에 나타날 수 있었는지."

설명하기 힘든 일이다.

그러나 태영은 고민하지 않았다.

마땅히 둘러댈 말이 떠오르지도 않지만, 그래서도 안 된다.

태영이 만사를 제쳐 두고 그를 구하러 달려온 이유는 그보다 자기 자신을 위해서였다.

그리고 지금, 그를 통해 얻을 수 있는 가장 큰 것은 다름 아닌 그와의 관계 그 자체.

대충 둘러대고 넘어가서 얻을 수 있는 게 아니다.

"저는 저쪽 세계의 사람입니다."

"저쪽 세계?"

"얼마 전 이 세계에 덧씌워진, 또 다른 세계에 살던 사람이라는 말입니다."

"호오……."

후작의 눈매가 좁아졌다.

그가 잠시 구레나룻에서 턱까지 이어진 수염을 긁적이다가 말했다.

"그 문제로 골머리를 앓고 있기는 하지. 주변에서 워낙 시끄럽게 떠들어 대니 뭔가 하긴 해야 할 텐데, 쉽게 결정을 내릴 만한 위치가 아니라서 말이야. 너무 갑작스럽게 일어난 일이라 정보가 부족하기도 하지만, 일단 말이 통하지 않으니 말이네. 그런데 자네는 우리말이 꽤 유창하군."

"열심히 배웠습니다."

"그래, 그렇지. 그런 거야 배우면 어떻게든 되는 법이지. 그럼 암살자와 싸우며 보여 준 솜씨도……."

"열심히 배웠습니다."

"아, 역시."

고개를 끄덕이던 후작이 태영을 바라보며 빙긋 웃었다.

"조금 부족하다고 생각하지 않나?"

– 조금이라고?

태영이 생각해도 조금은 아닌 것 같다.

그러나 그게 사실이다.

태영이 굳이 둘러대지 않는 이유도 그래서다.

진실은 통한다 따위의 말을 하는 게 아니라, 본래 대부분의 사실에는 그만한 증거가 있다는 말이다.

예를 들면 태영이 인벤토리 구석에 짱 박아 두었던 지갑 속의 주민등록증 같은 거.

"뭔가 이건?"

"저희 쪽 세계에서 사용하는 신분증입니다. 처음 보시는 건 아닐 겁니다. 그게 어떤 건지도 대강은 알고 계시리라고 생각되고요."

"그래 보이나?"

"쉽게 결정을 내릴 만한 위치가 아니라면 그래야 하는 거 아닙니까?"

"그런 거로 하지."

후작이 눈가에 주름을 만들며 웃었다.

"꽤 영리하군. 난 영리한 사람을 두 가지 방식으로 대하네. 굉장히 신뢰하거나, 굉장히 경계하지."

"전자가 되기를 바라고 있습니다."

"다음 질문에 대한 답을 듣고 나서 생각해 보도록 하지. 먼저, 암살자가 나를 습격하리라는 건 어떻게 알게 된 거지?"

"그건 우연이라고밖에는 말씀드리지 못하겠군요."

"우연도 우연 나름이겠지."

쾅!

"후작님–!"

그때 한 기사가 거칠게 문을 열고 뛰어 들어왔다.

"모어 경, 손님이 계시네."

"네? 아, 죄송…… 아니, 그보다 습격이 있었다고 들었습니다!"

"있었지. 보다시피 살았고. 방금 자네가 살짝 무시한 손님 덕분에 말이야."

"어? 아니, 그런 건……."

기사가 당황한 얼굴로 태영을 돌아보았다.

청색 줄무늬가 들어간 판금 갑옷을 입은 금발의 기사였다.

그는 잠시 후작과 태영을 번갈아 보다가 이내 꾸벅 고개를 숙이며 손을 내밀었다.

"실례가 많았습니다. 후작님을 모시는 모어 베라드라고 합니다."

"레온입니다."

태영이 그 손을 마주 잡았다.

순간 손으로 묵직한 힘이 밀고 들어왔다.

─하! 뭐냐, 이건? 말과 행동이 너무 다르잖아. 정중하게 손을 내밀며 시비를 걸다니, 내가 가장 싫어하는 부류의 인간이군.

그리모어가 이렇게 떠들었지만, 그런 문제가 아니다.

그리고 예상하던 일이기도 했다.

태영은 그 힘을 그대로 받아들이고, 몸속을 한 바퀴 회전시킨 뒤 돌려주었다.

조금 더 가속하고, 조금 더 크게 만들어서.

기사의 눈가가 미미하게 흔들렸다.

그리고 조금 난처한 표정을 떠올렸을 때, 태영이 손을 놓자 깜짝 놀란 얼굴로 바라보았다.

말없이 지켜보던 후작도, 순간적으로 떠오른 놀란 기색을 지우며 입을 열었다.

"모어 경, 대화 중이었네."

"네? 아, 죄송합니다."

"이해합니다."

태영이 빙긋 웃으며 끄덕였다.

모어는 그저 확인을 해 보려던 것이다.

자신이 자리를 비운 사이에 후작과 독대를 하는 사람이, 상황에 따라서는 자신의 실력으로 제압할 수 있는 사람인지.

물론 태영이 왜 이 자리에 앉아 있는지를 생각하면 굉장히 실례되는 일이지만, 방금 대답했듯이 태영은 이해했다.

'정말 한결같은 사람이군.'

너무나 잘 알고 있기 때문이다.

모어 베라드라는 남자도, 또 그와 그라디오스 후작이 어떤 관계인지도 말이다.

게다가 이번 암살 사건은 한 번만 일어난 게 아니다.

태영이 성에 잠입하기 직전에도 이미 한 번의 암살 시도가 더 있었다.

그때 성내에서 일어난 불길이 바로 그 암살에 실패하고 도주한 놈들이 벌인 짓이다.

즉, 성벽에 나타났던 놈들은 2차, 정확히는 그게 본편이라고 해야겠지만 어쨌든, 당시 그곳에 없던 모어 입장에서는 한층 경계심이 높아질 수밖에 없었다.

"갔던 일은 어찌 되었나?"

"늦기 전에 성문을 봉쇄해서 몰아넣기는 했습니다만, 그 직후에 모두 자결했습니다."

"그렇겠지."

후작이 대수롭지 않다는 듯이 대답하며 태영을 돌아보았다.

"자, 그럼 남은 건 이쪽뿐이군. 계속해 보게."

"저는 저희 쪽 여자를 납치한 자들을 추격하다가 이 영지까지 오게 된 겁니다. 그리고 그 과정에서 알게 됐죠. 그자들이 암살자와 관련되어 있고, 그 목표가 후작님이라는 걸 말입니다."

"자네 쪽 여자를 납치한 자들?"

"범죄 조직이라고 생각됩니다. 성벽 근처의 비밀 통로로 드나들고 있더군요."

"증명할 방법이 있나?"

"두목으로 보이는 자를 잡아 아지트의 지하 감옥에 가둬 두었습니다."

"호오, 혹시 놈에게 뭔가 들은 건 없나?"

"살려 달라고 하더군요."

"잘됐군."

후작이 즐거운 표정을 지었다.

─그래, 이런 거였군. 그놈을 따로 쓸모가 있다는 말이. 처음부터 여기까지 생각해 두고 있었다는 말인가?

생각했다기보다는 들었다.

본래 이 일의 순서는 이번과는 역순이었다.

후작이 암살당한 이후 병사들은 성내를 대대적으로 수색

하기 시작했고 그때 밝혀진 것이다.

놈들도, 놈들의 아지트와 비밀 통로도.

─그 곰 같은 놈만 불쌍하게 됐군. 죽은 놈들은 되레 주인에게 감사해야 할 테고.

그럴지도 모른다.

병사, 특히 지금 후작의 옆에서 분노의 불길을 활활 태우는 모어에게 잡힌 놈들이 어떤 결말을 맞이하게 됐는지도 들었으니까.

'지옥을 경험하게 되겠지. 아마도 꽤 오랫동안. 뭐 이제 내가 알 바는 아니지만.'

"그곳에는 놈들에게 납치당한 여자들도 있습니다."

"알아서 처리하지."

후작이 고개를 끄덕이며 물었다.

"혹시 배후에 대해서도 알아낸 게 있나?"

알고 있었다.

그건 태영만이 아니라 이계의 사람이라면 누구나 알고 있던 일이다.

후작을 구한 가장 큰 이유가 그것이다.

아직 태영은 후작과의 관계가 어떻게 될지는 모르지만, 하나만은 확실하기 때문이다.

바로 이번 암살의 배후가 태영의 적, 그것도 가장 큰 적이 되리라는 것이다.

수많은 회귀에서 그랬듯이, 설사 그때와는 전혀 다른 세상이 된 지금도.

　"모릅니다."

　그러나 태영은 고개를 저었다.

　현시점에서는 말해도 의미가 없기 때문이다.

　그리고 그라디오스 후작도 몰라서 물어본 게 아닐 것이다.

　성벽에서 후작이 암살자를 잡아 봐야 골치만 아플 거라고 말한 것도, 또 그 이상 캐묻지 않고 넘어가는 이유도 그 때문이다.

　"좋네, 그럼 마지막 질문으로 넘어가지. 레온이라고 했나? 그래, 이계의 전사 레온 경. 자네가 목숨을 걸고 나를 구한 이유가 뭔지? 지금까지의 말대로라면 나와 자네는 아무런 인과 관계도 없지 않나."

　"네, 없습니다. 그래서입니다."

　"그래서?"

　"만들기 위해서죠, 그 인과 관계라는 걸. 앞에 말씀드린 것처럼 좋은 쪽으로. 앞날을 예측하기 힘든 세상이 돼 버렸으니. 권력자를 뒷배로 얻어 두면 여러모로 도움이 되지 않겠습니까?"

　"대놓고 할 말은 아니지 않나?"

　"저도 그런 생각이 들기 시작하는군요."

　태영이 빙긋 웃으며 대답했다.

"그럼 정의감으로 하죠. 비록 저와 관련 없는 세계에 관련 없는 사람이지만, 암살이라니? 평소 정의감이 넘치는 저로서는 도저히 용납할 수 없는 일이었습니다. 그래서 불타는 정의감을 주체하지 못하고 후작님을 도운 것으로 하면 되겠습니까?"

– ……되겠냐?

"그걸로 하지. 그편이 내가 듣기에도, 남들에게 말하기도 좋으니까."

– 뭐야? 먹힌 거야? 그런 말이?

원래 그런 사람이다.

"참 묘하군. 이상할 정도로 친밀하게 느껴져. 자네가 나를 대하는 태도도 그렇고. 왠지 나와 꽤 오래 만나 본 사람처럼 말이야."

태영도 그 말을 듣고 나서야 깨달았다.

그라디오스 후작과 대화할수록 '그'를 대할 때와 같은 방식이 되어 가고 있다는 것을.

그리고 당연한 일일지도 모른다.

너무나 닮아 있으니까. 후작과 그는, 성격도, 외모도.

태영은 그 당연한 사실이 새삼 기쁘게 생각되면서도 쓸쓸한 감정이 밀려들었다.

'……아직은 이르겠지.'

그때 후작이 다시 입을 열었다.

"자, 그럼 결론을 말하지. 일단 나도 저쪽 세계에 대해 잘 아는 사람이 필요하던 참이다. 게다가 영리하고, 실력까지 갖추고 있다면 이용 가치는 충분하겠지."

"그거야말로 대놓고 할 말은 아니지 않습니까?"

"아, 그런가? 그럼 넘치는 정의감으로 날 구해 준 은인의 뒷배가 되어 주는 거로 하면 되겠나?"

"한결 낫군요, 제가 듣기에도, 다른 사람에게 말하기에도."

"그렇지."

후작이 피식 웃으며 고개를 끄덕였다.

"하지만 그냥 뒷배라고 하니 좀 막연한 감이 있군. 다른 것도 아니고 내 목숨을 구해 준 사람인데, 그렇게 막연한 약속만으로 넘어가기는 뭐하지. 뭐가 좀 더 구체적으로 원하는 것이 있나?"

후작의 말에 태영의 얼굴에 잔잔한 미소가 떠올랐다.

그런 걸 바라고 구한 게 아니다.

태영은 그저…….

"일단 신분을 보장해 주십시오. 이쪽 세계를 돌아다니려면 필요할 테니. 여비도 좀 챙겨 주시면 좋고요. 저는 목돈을 부담스러워하지 않은 성격이니 괜히 마음 써 주신다고 달랑 금화 몇 개만 던져 주시지 않아도 됩니다. 물론 그럴 분이 아니라고 생각합니다만. 그리고 여행에 필요한 물건도 꽤 되는데……."

자기감정에 충실한 사람일 뿐이다.

"아, 아, 됐네. 됐어. 그만하게. 그냥 듣고만 있으면 아예 내 영지를 통째로 달라는 말까지 나오겠군. 어쨌든 자네가 물욕이 없는 사람이 아니라는 건 충분히 알겠네."

"정확합니다."

이런 건 처음부터 확실히 해 둘 필요가 있었다.

후작과의 관계는 오래 가져가야 하니까.

괜히 마음에도 없는 말로 사양해서 한번 그런 사람으로 찍히면 다음은 더 힘들어진다.

기회가 있을 때는 확실하게 뜯어내…… 아니, 정당한 보상은 받아 두는 편이 태영을 위해서도, 그라디오스 후작을 위해서도 좋다.

"여비라는 말을 한다는 건 내 밑에 들어올 생각도 없다는 말이고."

그런 의미도 포함해서.

태영이 바라는 건 그라디오스 후작 밑에서 이룰 수 있는 게 아니니까.

최소한 그와 동등한 수준이 되어야 하고, 그래야 비로소 그를 뒷배로 두는 의미가 있는 것이다.

힘이란 가진 만큼 다른 사람의 힘도 이용할 수 있게 되는 법이니까.

그때 잠시 생각하던 후작이 고개를 끄덕이며 말했다.

"일단 신분증과 적당한 여비, 그 둘은 꼭 필요할 테니 그대로 두기로 하고, 나머지는 그냥 하나로 퉁 치기로 하지."

"하나?"

"그런 표정 짓지 말게. 나도 내 목숨을 싸구려로 보이게 할 생각은 없으니까. 자네가 원하는 게 뭐든, 그 하나로 대체할 수 있는 것을 주겠다는 말이네."

"뭘 말하는 겁니까?"

"그걸 선택하는 건 자네지."

태영이 질문에 후작이 씨익 웃으며 몸을 일으켰다.

그리고 책장 쪽으로 몸을 돌리자 모어가 움찔하며 입을 열었다.

"후작님, 설마……."

"안 될 이유가 있나?"

"아직 저 사람에 대해 잘 모르시지 않습니까?"

"믿을 수 없다고 생각하나?"

"그렇게 생각하지는 않습니다. 단지……."

"나는 사람을 의심하는 데 긴 시간이 필요하지 않네. 믿을 때도 그렇지. 그리고 그런 믿음을 표현하는 일을 주저하지 않지. 그게 무슨 말인지는 경도 잘 알 텐데?"

"네, 물론, 잘 알고 있습니다."

"그럼 나가 보게. 해야 할 일이 있지 않나. 너무 험하게 다루지는 말고. 자네가 의욕을 보일 때는 좀 과할 때가 많으니까."

"주의하도록 하겠습니다. 조절을 할 수 있을지는 모르

겠지만."

－무슨 말이야?

악행을 일삼던 놈들의 두목께서 곧 참교육을 당하게 될 거라는 소리다.

"다시 뵙겠습니다."

후작과 태영에게 꾸벅 고개를 숙이고 나가는 의욕 넘치는 기사에게.

철컹.

쇳소리와 함께 책장이 갈라진 건 그 직후였다.

그 뒤에는 아래로 이어지는 긴 계단이 있었다. 꽤 깊은, 성의 상층에서 지하 수십 미터까지 이어지는 계단 끝은 상아색 문으로 막혀 있었다.

'설마 여기로 데리고 올 줄은…….'

태영은 그 문을 본 적이 있다.

그러나 들어가 본 적은 없다. 태영만이 아니라, 태영이 기억하는 과거의 누구도.

그 문은 그라디오스 가문의 보고(寶庫).

오직 가문의 정식 계승자인 후작만이 열 수 있고, 과거의 그는 불의의 암살을 당했기 때문이다.

그러나 태영으로 인해 역사가 바뀌었고.

드드드드.

지금 눈앞에서 그 문이 열리고 있었다.

쿠쿵-!

갈라지던 문이 마침내 완전히 열렸다.

"들어오게."

그라디오스 후작이 앞서 들어서며 말했다.

그러나 태영은 그처럼 태연한 얼굴로 따라갈 수는 없었다.

그냥 흘낏 보는 것만으로도 산더미처럼 쌓여 있는 보석과 금화가 눈에 들어왔다.

그냥 금화도 아니다.

하나에 100골드의 가치를 지닌 백금화다.

문자 그대로 보물 창고! 더구나 적어도 태영의 시점에서는 단 한 번도 열리지 않았던 보물 창고다.

－주인, 침 떨어진다.

이렇게 되는 건 너무나도 자연스러운 생리 현상이다.

본래 인간은 욕망의 결정체, 되레 이런 걸 보고도 침 한 방울 흘리지 않는 놈이 어딘가 고장 난 거다.

'하지만 마냥 넋 놓고 있을 때는 아니지.'

눈앞의 보화에 정신이 팔리면 정작 중요한 걸 보지 못하게 되는 법이다.

이에 태영이 흘러나오는 침을 흡입하며 고개를 돌렸다.

"이런 곳을 저에게 보여 줘도 되는 겁니까?"

"모르겠군. 될까?"

"글쎄요. 그건 저도 장담할 수 없군요. 일단 이것 때문에 애써 구한 사람을 죽이고 싶다는 생각은 들지 않습니다만."

"다행이군. 내 눈이 그저 멋지기만 한 건 아닌 모양이니. 그런데 자네 눈은 어떨지 모르겠군."

"제 눈도 봐 줄 만하다고 생각합니다."

"어허, 그건 논란의 여지가 있다고 생각되지만, 넘어가도록 하지. 중요한 건 모양새보다 성능이니까."

후작이 빙긋 웃으며 말했다.

"이 중에서 마음에 드는 걸 하나 골라 보게. 그게 수상하기 짝이 없는 이방인의 신분 보장과 여비에 서슴없이 뒷배가 되어 주겠다는 약속을 하고도 남는 내 목숨에 대한 거스름돈이네."

태영은 불안감이 느껴지기 시작했다.

조금 전과 달리 후작의 의도가 잘 파악되지 않아서다.

그러나 어찌 보면 그게 당연했다.

외모도, 행동도 너무나 닮아 멋대로 착각하고 있었을 뿐, 그는 태영이 겪어 보지 못한 사람이니까.

'그렇다고 지나치게 경계할 이유는 없지만, 너무 쉽게 생각해서도 안 되겠군. 뭐 설사 내가 기대하는 관계가 되지 못한다고 해도 어떤 방식으로든 도움이 되는 사람이라는 건 확실하지만…….'

태영은 슬쩍 후작을 돌아보았다.

'……과한 생각일지도.'

그냥 즐기고 있는 거로도 보인다.

그러나 그저 그뿐이라도 의도가 없는 건 아닐 것이다.

조금 전 대화에서 후작은 태영을 휘하로 거두고 싶어 하는 기색을 비쳤다.

이에 태영은 완곡한 표현으로 에둘러 거절했고, 그렇게 되면 후작은 태영을 묶어 둘 명분이 없다.

그래서 계약 관계를 만들어 두려는 것이다.

확실하게 부담을 느낄 방식과 분명한 형태를 가진 물질을 매개체로 삼아서 말이다.

사람은 의외로 그런 물질에 종속되는 법이니까.

'확실히 그와는 다르군.'

그러나 거절할 이유는 당연히 없다.

그런 관계는 태영도 바라던 바였고, 욕심이라면 차고도 넘친다.

물론 그것도 죽으면 다 헛짓이지만, 태영은 되레 수없이 죽어 보고 깨달았다. 어떤 세상이든 더 많이 가진 자가 더 많은 기회를 얻는 법이라고.

그리하여 거침없이 보고로 일보 전진!

뒤따라 들어온 후작이 흥미로운 눈으로 태영을 살피며 물었다.

"감상이 어떤가?"

-뭐 그냥 고만고만하군.

물론 이런 대답을 기대하며 물어본 건 아닐 것이다.

실제로 그리모어는 몰라도 태영은 그런 감상평을 할 수 있는 처지도 아니었다.

"이건 이것대로 괴로운 일이네요."

"호오, 그런 표현은 또 처음이군. 이곳에 들어와 본 사람도 많지 않지만, 대답을 한 사람은 더 적지. 대부분은 말할 수 없는 상태가 돼 버리거든. 아까 본 모어 경도 그랬지."

"잔인하시네요."

"뭘 또 그렇게까지. 그냥 노년의 소소한 즐거움이네."

태영도 이계에서 나름 성공한 삶을 살아 보았다.

그러나 단언컨대, 이만한 보물을 한꺼번에 본 적은 없다.

들어오기 전에 설핏 본 산더미 같은 금은보화는 정말 아무것도 아니었다.

벽을 따라 진열되어 있는 각종 무기와 방어구, 딱 봐도 마법 아이템이었고, 딱 봐도 평범한 마법 아이템이 아니었다.

그중 뭐든 하나를 가질 수 있다.

아니, 하나만 골라야 한다는 건 태영이 한 말처럼 되레 괴로움에 가까운 일이지만.

'그러고 있을 때도 아니지. 싸움이 무언가를 얻기 위한 거라면, 이 역시 목숨을 건 사투나 다름없어! 조금이라도 더 도움이 되고, 조금이라도 더 가치가 높은 물건을 찾아내기 위한 사투! 그러니 지금 필요한 것은 집중!'

일단 보석이나 금화 쪽은 쳐다볼 필요도 없다.

눈에 보이는 물건 중 아무거나 집어도 궤짝 단위의 금화로도 사기 힘든 수준이니까.

'하지만 그런 마법 아이템 중에서도 그리모어보다 수준이 높은 검은 없겠지. 대신 그리모어의 성장에 마법 무기가 필요하다는 걸 알게 됐지만…….'

아직 모두 해명된 건 아니다.

태영이 모르는 어떤 조건이 필요할지도 모르고, 또 모든 마법 무기를 그런 식으로 흡수시킬 수 있다는 보장도 없다.

그리고 이곳에 도착하기 전에 그리모어가 제 입으로 말한 적도 있다.

할 줄 아는 게 많다고 다 좋은 건 아니라고.

동감이다.

태영은 대부분의 무기를 다룰 줄 알지만, 기본은 어디까지나 검.

'그러니 무기를 제외하면…… 남은 건 저쪽인가?'

태영의 눈이 자연스럽게 방어구로 향했다.

그러나 선택의 폭을 좁혀도 고민되기는 마찬가지였다.

'젠장, 이럴 줄 알았으면 어떻게든 감정 마법부터 배웠을 텐데. 뭐 인제 와서 후회해 봤자 소용없지. 어차피 1레벨 마법으로 감정할 수 있는 수준의 마법 아이템도 아닌 것 같고. 결국, 후작의 말처럼 믿을 건 내 눈밖에 없다는 건가?'

태영은 눈에 힘을 팍 주고 하나하나 살펴보기 시작했다.

그리고 알게 되었다.

'이 망토는…… 묘하게 마력이 반발하는군. 마법 반사 효과가 있는 건가? 유용하기는 하겠지만, 마법사가 쓸 만한 건 아니야. 이 갑옷은 경화 마법이 걸려 있는 것 같군. 그것도 상당히 높은 수준인 것 같지만, 경화 마법은 착용자의 마력을 빨아들이니 그만큼 마력 소모도 크겠지. 난 마법을 사용할 수 있으니 단순히 방어력을 높일 생각이라면 차라리 배리어 마법을 배우는 편이 나아. 이 부츠는 바람 계열의 마법이 걸려 있는 것 같지만…….'

의외로 쓸 만한 게 많지 않다고.

그리고 그건, 아이템이 아닌 태영의 문제였다.

본래 마법 아이템이란 사용자의 부족한 면을 마법으로 보충하기 위해 만들어진 것이다.

그러나 태영은 부족한 면이 없었다.

아니, 아직 부족한 면은 많지만, 그건 마법 아이템이 없어도 해결될 문제였다.

태영은 전사이자 마법사, 그 외에도 어떤 직업의 스킬이든 습득할 수 있는 몸이 됐으니까.

의외의 암초!

'아니, 그걸 암초라고 할 수는 없지. 그렇다고 도움이 될 방어구가 없는 것도 아니고. 예를 들면 신체 능력을 전체적으로 향상해 주는 올 포맷 아이템이라던가, 그런 건 금화를 궤짝, 아니 트럭으로 실어 날라도 구하기 힘든…….'

이런저런 생각을 하던 태영이 우뚝 걸음을 멈췄다.

한 아이템이 눈에 들어와서다.

후열에 놓인, 폭이 50센티미터 정도 되는 원반이었다.

뭔가 특별한 힘이 느껴져서는 아니다. 본 적이 있는 것도 아니다.

이 보고는 과거에 열린 적이 없으니까.

태영이 걸음을 멈춘 이유는 그럼에도 그 형태가 눈에 익게 느껴졌기 때문이다.

'저건 대체 뭐지? 방패 같지도 않고, 무기처럼 보이지도 않아. 용도도 모른다는 건 내가 본 적이 없다는 말인데, 왜 어디선가 본 것 같은 기분이 들지? 어? 가만? 아니야. 본 적이 있어! 그래, 분명…….'

한참을 보고 나서야 알게 되었다.

과거, 고대 문헌을 뒤지다가 그와 같은 그림을 본 기억이 있었다.

이에 태영은 빠르게 기억을 뒤지며 관련 정보를 찾아보았고, 그 그림에 붙어 있던 내용까지 떠올리는 순간 모든 고민이 사라졌다.

"이걸로 하겠습니다."

시시각각 변하는 태영의 얼굴을 즐거운 눈으로 바라보던

후작의 미간에 주름이 잡혔다.

"그게 뭔지 아나?"

"후작님은 아십니까?"

"몰라서 물어보는 거네. 재질이든 마력이든 그보다 뛰어난 게 얼마든지 있는데 굳이 그걸 원하는 이유를 말이네. 내가 보기에는 그다지 대단한 물건 같지 않은데."

"제 눈에도 그렇게 보입니다."

"응?"

"하지만 물건의 가치는 꼭 그런 것으로 정해지는 건 아니죠. 보는 눈도 중요하겠지만, 더 중요한 건 활용하는 방법 아닙니까?"

"틀린 말은 아니지. 또 저 많은 보물을 앞에 두고 할 소리도 아니고 말이야. 보통은 필요한 물건이 있어도 좀 더 가치가 높은 물건을 선택하는 법이니까. 그런데도 그저 쓸모가 있다는 이유만으로 다른 걸 다 제쳐 두고 그걸 선택하겠다는 건가?"

"네."

태영이 씨익 웃으며 대답했다.

─흠, 모르겠군. 내가 보기에도 그리 특별한 물건은 아닌 것 같은데…… 뭐 주인이 손해날 짓을 할 리는 없으니 뭔가 있기는 하겠지만…….

분명 후작이나 그리모어의 말처럼 그 원반은 결코 대단한 물건은 아니었다.

용도가 불분명하다는 걸 제외하면 평범한 마력을 가진 평범한 마법 아이템에 불과하다.

태영이 관심 있는 것도 그 원반 자체가 아니었다.

'그 문헌의 내용이 사실이라면……..'

얻을 수 있을 것이다.

그 원반으로, 후작이 자랑스럽게 열어젖힌 보고의 그 어떤 것보다 뛰어난, 아니 아예 차원이 다른 그리모어급의 아티팩트를 말이다.

그러나 태영이 아는 지식이 대부분 그렇듯이 그 역시 현 단계에서는 자세히 설명할 수 있는 일이 아니었고.

"자네는 정말 여러모로 내 예상을 빗나가게 해 주는군. 뭐 좋네. 자의 얼굴을 보니 듣고 나서 원인 모를 복통에 시달리게 될지도 모른다는 생각이 들기도 하니까. 뭐든 주겠다고 해 놓고 꼬치꼬치 캐묻는 촌스러운 짓은 그만두도록 하지."

후작은 마무리가 깔끔한 남자였다.

"그럼 이걸로 끝났군. 하지만 받을 걸 챙겼다고 바로 가 버리지는 않겠지? 며칠 정도는 묵고 가게. 자네 상처도 그렇지만, 나도 자네와 좀 더 얘기를 나눠 보고 싶으니까. 그 정도는 괜찮겠지?"

물론 태영도 그럴 생각이다.

아직 발트하츠 영지에서 할 일이 남아 있으니까.

다음 날.

오랜만에 푹신한 침대에서 숙면하고 일어난 태영은 다시 마을로 내려왔다.

발트하츠를 떠나기 전에 꼭 해 둬야 할 일이 있어서다.

"장비 제작을 의뢰하러 왔습니다."

바로 이거다.

후작의 보고에서 방어구에 큰 욕심이 생기지 않았던 이유가 그 때문이다.

직접 만들어 입을 생각이었으니까.

물론 그저 그런 소재를, 그저 그런 장인에게 맡겨 만들 생각은 아니다.

그래서 일부러 이곳, 발트하츠의 번화가에서 멀리 떨어진 간판조차 보이지 않는 공방을 찾아온 것이다.

"자네가 보기에는 여기가 그런 걸 만들어 주는 가게로 보이나?"

"그렇게 보이지는 않는군요."

"그런데?"

"그런 가게에 맡길 만한 물건이 아니라서 찾아왔습니다."

"무슨 말인지 모르겠군. 어디서 무슨 말을 주워듣고 찾아왔는지는 모르겠지만, 난 이미 오래전에 은퇴한 몸이네."

정작 그 공방에 있는 꼬장꼬장하게 생긴 노인은 이렇게 말하지만.

"일단 보고 나서 말씀하시죠."

"일없다니까. 응?"

"이건…….."

"시끄러워! 나도 눈 있어! 고대종의 뱀 가죽이잖아!"

이 노인밖에 없어서다.

고대종 몬스터 헬 스네이크의 가죽을 제대로 알아보고, 또 다룰 수 있는 장인은.

중앙 대륙 전체에서도 손에 꼽을 정도밖에 안 되고, 범위를 제국 서부로 좁히면 태영이 아는 한 이 노인 한 명밖에 없었다.

'일이 잘 풀려서 여러모로 다행이지. 틀어졌다면 99%는 암살자로 몰려 쫓기는 신세가 됐을 테고, 헬 스네이크의 방어구는 먼 훗날에나 장만할 수 있었을 테니까.'

"상태가 꽤 좋군. 네가 잡은 거냐?"

"네, 어쩌다 보니."

"하! 그걸 농담이라고 하는 게냐? 고대종 몬스터가 어쩌다 잡히는 놈들이었다면 이미 오래전에 씨가 말랐겠지."

"맡아 주시겠습니까?"

"쳇, 뻔한 소리를 지껄이는군. 이런 걸 들고 날 찾아왔다면 다 알고 온 거 아니야? 두고 가. 가격은 1천 골드. 기한은 사흘이다."

"판금 갑옷을 풀 세트로 두어 벌은 살 수 있는 금액이군
요."

"깎아 달라는 말을 하고 싶은 거면……."

"그럴 생각은 없습니다."

태영이 단호한 얼굴로 딱 잘라 대답했다.

"고품질의 가죽 방어구를 만들려면 이 외에도 고가의 재료
가 많이 필요하다는 것 정도는 알고 있습니다. 게다가 장인
의 솜씨는 하루아침에 만들어지는 게 아니죠. 피나는 노력으
로 수십 년을 오직 한 가지 일에 몰두해야 얻을 수 있는 것.
그 가치는 돈으로 환산할 수 없죠. 저 역시 금화 몇 개 아끼
자고 이곳을 찾아온 게 아닙니다."

─또 무슨 말을 하려고 이렇게 장황하게 깔고 들어가는 거지?

그럴 생각 없다.

"핫! 말은 잘하는군. 그렇게 아부해 봐야 나올 것도 없어.
난 그저 맡은 일을 할 뿐이다."

"저 역시 그 이상은 바라지 않습니다."

"흠, 말본새를 보니 뭐 기본은 된 친구로군. 그래, 한번 힘
써 보지."

"부탁드리겠습니다."

태영은 꾸벅 고개를 숙이고 깔끔하게 공방을 나왔다.

알고 있기 때문이다.

같은 장인이 같은 소재로 장비품 만든다고 다 같은 결과물
이 나오는 게 아니다.

당연히, 같은 일이라도 의욕을 가지고 임할 때와 아닐 때
는 다를 수밖에 없다.

즉, 조금이라도 더 의욕이 있을 때 더 좋은 장비품이 만들
어진다는 말이다.

하물며 시작도 하기 전에 몇 푼 깎자고 들이대 장인의 기
분을 상하게 하는 건 멍청한 짓이다.

'어차피 저 영감에게는 이도 들어가지 않을 게 뻔하고.'

그래서 되레 립서비스까지 얹어 준 것이다.

그건 공짜니까.

'돈은 좋지. 좋지만⋯⋯.'

악착같이 돈을 버는 목적도 어디까지나 생존과 성장을 위
해서다.

그리고 태영은 이제야 실질적으로 이계에 첫발을 들여놓
은 셈이고, 대체로 그럴 때일수록 돈 들어갈 일이 많다.

생각해 뒀던 걸 하나씩 챙기다 보니 그 많던 돈이 순식간
에 줄어들었다.

'그래, 뭐 돈은 이럴 때 쓰려고 버는 거니까.'

그래서 다시 한번 마음을 다잡았지만, 역시 주머니가 가벼
워질 때마다 심장이 쿡쿡 쑤시는 기분이 드는 건 어쩔 수 없
었다.

이에 태영이 부쩍 빈곤해진 기분으로 다시 영주성으로 돌아갔을 때였다.

"안 돼-!"

돌연 모어 경의 비통한 비명이 들려왔다.

역사를 바꾸는 자

"이, 이럴 수는……."

모어의 입에서 신음 같은 목소리를 흘러나왔다.

그 앞에는 그라디오스 후작도 있었다.

그도 침통한 얼굴이었다.

"참담한 일이로군. 하지만 선택은 순간이고, 돌이킬 수 없는 법이네. 어쩔 수 없지. 내가 나서는 수밖에."

"아, 아닙니다, 후작님. 제가 다시……."

"모어 경, 세상에는 순서라는 게 있는 법이네. 자네는 아직 젊어. 나 같은 늙은이와 달리 앞으로 수많은 기회가 남아 있겠지."

"하지만 후작님은 제가 이곳에 오기 전부터 이미 많이……."

"나는 괜찮네. 이리 주게."

후작이 빙긋 웃으며 손을 내밀었다.

"아니, 한 번만! 한 번만 더요! 잠깐이면 됩니다!"

모어는 애원하는 얼굴로 고개를 저었다.

후작은 분개했다.

"잠깐? 마음가짐부터 글러 먹었지 않나! 잠깐이라니? 싸우기도 전에 패배를 인정하는 것이나 다름없지 않은가?"

"실언했습니다. 이번엔 최대한, 아니 끝장을 보고야 말겠습니다!"

"그건 곤란하지. 나보고 얼마나 기다리라는 건가?"

"그럼 대체 어쩌라는 겁니까?"

"내놓으라는 말이네."

후작이 한 걸음 다가갔다.

모어는 주춤주춤 뒷걸음질 쳤다.

그 손에는 태영이 아침에 현대 사회에 대해 쉬지 않고 질문을 던져 오는 후작을 떼어 놓기 위해 떨궈 준 태블릿이 들려 있었다.

"아직도 하고 계셨습니까?"

"응? 레온 경 왔는가? 후, 그러게나 말이네. 이게 생각만큼 쉽지가 않군. 좀 전에도 모어 경이…….."

"아니, 왜 저를 걸고 넘어가십니까? 아침부터 쭉 하고 계셨던 건 후작님 아닙니까?"

"그랬지. 그럴 수밖에 없었네."

후작이 미간을 찌푸리며 태블릿을 바라보았다.

그 화면에서 폴짝폴짝 뛰고 있었다.

－또 저 토끼로군.

그리모어가 말하는 그 문제의 토끼가 [START!]라는 아이콘 위에서.

"토끼 한 마리일 뿐이지 않나? 그저 폴짝폴짝 뛰어 위로 올라가고 싶어 하는. 그런데 뭔 놈의 방해가 그다지도 많단 말인가? 그것도 올라갈수록 더 심하게! 토끼가 대체 뭔 짓을 했다고? 정말 너무한 처사라고 생각지 않나? 그런데도 보게. 그렇게 참혹한 일을 당하고도 바로 저렇게, 조금도 굴하지 않는 모습으로 의욕을 불태우는 토끼를. 장하지 않은가!"

후작은 그 토끼에게 심하게 감정이입하고 있었다.

"그렇습니다. 이 토끼는 도움을 받을 자격이 있습니다. 그러니 이번에야말로 제가……."

모어도.

둘 다 게임 중독 초기 증세다.

'괜한 짓을 했나?'

그 둘이 이계의 역사에서 차지하는 비중을 생각하면 살짝 불안해지는 장면이었다.

－저 토끼 말고도 꽤 있지 않았어? 그 태블릿이라는 녀석 안에.

그래서 더 불안하다.

한지영이 멋대로 깔아 놓은 게임은 열 가지가 넘는다.

그중 가장 간단한 게임이 폴짝폴짝 토끼고, 그게 이 정도 반응이면 다른 게임도 있다는 사실을 밝히는 순간 굉장히 위험한 사태가 벌어질지도 모른다.

역사적 위인이 게임 폐인으로 전락해 버리는.

그러나 다행히 막을 방법은 있었다.

"이제 돌려주십시오."

"뭐? 아니, 돌려주기는 해야겠지만, 그럼 토끼는…… 토끼는 어쩌란 말인가?"

"지금 어째야 하는 건 토끼가 아니라 배터리입니다."

"배터리?"

"네, 저희 쪽 세계의 기계는 대부분 전기라는 에너지를 사용합니다. 그 전기를 담아 두는 게 배터리고요. 당연히 쓰면 닳죠. 많이 쓰면 더 많이 닳고요."

"이계의 마력 같은 것인가? 하긴 이런 마도구가 아무런 힘도 없이 작동할 리는 없겠지. 다시 보충할 방법은 있는 건가?"

"후작님이 토끼를 그만 놔주시면요."

"음……."

후작이 미련이 뚝뚝 떨어지는 눈으로 토끼를 바라보며 태블릿을 건네주었다.

모어도 살짝 고개를 돌리며 한숨을 불었다.

역시 보조 배터리를 연결하면 계속 쓸 수 있다는 말은

하지 않는 편이 좋을 것 같았다.

그래서야 대화가 진행되지를 않을 테니까.

"그런데 볼일은 다 마친 건가?"

"네, 그럭저럭."

태블릿을 집어넣은 태영이 후작을 돌아보며 물었다.

"혹시 말을 한 필 구해 주실 수 있겠습니까?"

"말? 말이라면……."

"마을에서도 구할 수 있지만, 가능하면 군마가 좋겠다 싶어서요."

"호오, 그건 다룰 줄 안다는 말인가? 군마를?"

"이전의 말도 군마였습니다."

"적절한 대답은 아닌 것 같지만……."

묘한 눈길로 태영을 바라보던 후작이 어깨를 으쓱였다.

"뭐 인제 와서 그런 걸 따지는 것도 꽤 새삼스러운 일이 되겠지. 군마 한 필 내주는 게 어려운 일도 아니고. 그런데 말을 내달라는 건, 곧 떠나겠다는 말인가?"

"제가 아쉬운 겁니까, 토끼가 아쉬운 겁니까?"

"둘 다지."

후작이 히죽 웃으며 대답했다.

"당장은 아닙니다. 상처도 그렇지만, 마을에 의뢰해 놓은 일도 있어서요."

뭣보다 아직 다음 행선지가 정해지지 않았다.

사실 발트하츠성에서 해야 할 가장 중요한 일이 그거였다.

　이번의 이계는 태영이 회귀할 때보다 두 달 이른 시점이다. 그러나 그게 이전보다 시간적인 여유가 있다는 의미는 아니다.

　'이전에는 할 수 없었던 일을 할 수 있는 기회고, 그러려면 최대한 빨리 움직여야 한다.'

　그라디오스 후작 때처럼.

　그러나 후작 암살 사건은 꽤 오래전부터 준비되어 오던 일이다.

　일국의 후작, 그것도 막강한 지지기반을 가진 귀족의 암살을 며칠 사이에 결정하고 실행에 옮길 리가 없으니까.

　최소한 몇 개월 전부터 진행되고 있었을 것이다.

　그 때문에 태영도 예정대로 일어나리라고 생각했지만, 다른 사건들도 그러리라는 보장은 없다.

　'그럼 먼저 돌아가는 상황부터 파악해 봐야겠지.'

　그 방법은 두 가지다.

　하나는 그라디오스 후작을 통해 알아보는 방법.

　지위가 지위이니만큼 방대한 정보망이 있을 테니까.

　'하지만 후작과 나는 이제 막 이루어진 관계다. 그가 내 뒷배가 돼 주겠다는 것과 나를 전적으로 신뢰하는 건 별개의 문제, 아직 정체도 모르는 사람에게 기밀에 속하는 정보를 다 말해 줄 리는 없지. 아니, 애초에 그런 정보를 물어보는

것 자체가 스스로 의심을 사는 짓이나 다름없다.'

그럼 남은 방법은 하나밖에 없었다.

바로 정보 길드.

태영의 주머니가 순식간에 빈곤해진 가장 큰 이유가 그 때문이다.

대륙 전역에 퍼져 있는 정보 길드는 암약까지는 아니라도 드러내 놓고 장사하는 조직은 아니었고, 대체로 그런 쪽은 이용료가 비싼 법이다.

'하지만 그만한 가치는 있어. 필요한 정보를 필요할 때 얻는다. 지금 나에게 그것만큼 중요한 건 없어.'

인터넷은커녕 전화조차 없는 이계에서는 감수하는 수밖에 없었다.

그만한 비용도.

"한 사흘은 걸릴 겁니다."

또 시간도.

"흠, 사흘이라…….."

태영의 대답에 후작이 꽤 진지하게 고민하는 얼굴로 중얼거렸다.

"나도 산전수전 다 겪어 본 몸이네. 보급도 끊긴 전장에서 열흘을 버텨 본 적도 있지. 하지만 이번만큼은 확신이 서지 않는군. 과연 그 안에 토끼를 목적지까지 보내 줄 수 있을까?"

태영도 진지하게 고민되기 시작했다.

'정말 이계의 역사가 내가 원하는 방향으로 바뀌기는 하는 걸까?'

힘들지도 모른다.

후작의 머릿속에 그 마성의 토끼가 폴짝대고 있는 한.

게다가 태영은 알고 있었다.

그 토끼에게 목적지 따위는 없다. 있지도 않은 골인 지점을 향해 끝없이 폴짝폴짝 뛰어 올라가며 사람을 홀릴 뿐이다.

'안 되겠군. 태블릿이 고장 났다고 하든지, 다른 데로 관심을 돌릴 만한 걸…….'

그때 퍼뜩 떠오르는 게 있었다.

"아, 후작님, 여기서 잠시만 기다려 주시겠습니까? 금방 갔다 오겠습니다."

"응? 어디를 말인가? 볼일은 다 봤다고 하지 않았나?"

"밖에 두고 온 물건이 있습니다. 아마 후작님도 보시면 마음에 들 겁니다."

태영이 씨익 웃으며 대답했다.

그리고 단숨에 번화가를 가로질러 성문 경비병의 경례를 받으며 나갔다가, 바로 다시 돌아왔다.

참고로 말하자면, 돌아올 때는 경례를 받지 못했다.

경비병은 눈을 동그랗게 뜨고 바라볼 뿐이었다.

부앙! 부앙! 부아아앙!

특활대 리더의 오토바이를 몰고 들어오는 태영을 말이다.

후작과 모어의 반응도 크게 다르지 않았다.

"어떻습니까?"

태영이 그 오토바이를 타고 마을을 가로질러 단숨에 영주 성까지 달려와 넓은 정원을 한 바퀴 돈 뒤에 후작과 모어의 앞에 정차시키고 돌아보니 역시나.

"뭐, 뭐, 뭐, 뭔가? 그 굉장한 마도구는?"

"오토바이라는 겁니다. 보다시피 저쪽 세계에서 말 대신 이용하는 탈것이죠. 산악용이라 거친 지형도 다닐 수 있기는 하지만, 제대로 된 도로라면 말보다 두 배 이상 빠른 속도로 달릴 수도 있습니다."

"두, 두 배나 빠르게……."

"물론 능숙하게 조종할 수 있을 때의 얘기이기는 합니다 만, 후작님이 직접 쓸 만한 군마를 한 필 골라 주시면 대신 이걸 드리겠습니다."

"주, 준다고? 이걸? 나에게? 이렇게 굉장한 마도구를? 정 말인가?"

"직접 타 보시겠습니까?"

"그, 그야……."

후작이 홀린 사람처럼 오토바이에서 눈을 떼지 못하며 다 가왔다.

그때 모어가 앞을 가로막았다.

"안 됩니다, 후작님! 아직 정확한 정체도 모르는 물건에 함부로 타시면 어떤 위험이 발생할지 모릅니다! 그러니 먼저 제가 충분히 타 보고 안전을 확인해야……."

그 얼굴도 흥분에 휩싸여 있었다.

그러나 틀린 말은 아닌지라, 잠시 고성이 오가기는 했지만 결국 모어가 먼저 탑승하게 되었다.

부앙! 부앙!

—어이, 저거…….

"됐으니까. 아무 말도 하지 마."

—내가 뭔 말을 할 줄 알고?

"뭔진 몰라도 일단 실례되는 말일 건 뻔하니까."

태영도 그런 생각이 들어서 하는 말이다.

양아치 스타일로 개조된 오토바이를 판금 갑옷을 입은 사람이 타고 달리는 모습을 보면 들 수밖에 없는 그런 생각 말이다.

"후하! 후하! 후, 후작님, 이거…… 위험합니다! 위험해요! 이 진동과 굉음, 묘한 냄새까지! 이거, 중독된다고요!"

벌겋게 상기된 얼굴로 이런 말까지 해 대면 더 그렇다.

"됐으니까 비켜! 어디 여기를 이렇게…… 우핫! 우하하하! 이게 뭐냐? 우하하하!"

부앙! 부앙!

거기에 1명이 추가되었다.

－어이, 주인, 정말 이대로 괜찮은 거냐?

괜찮을 거다.

적어도 게임 중독자가 되는 것보다는.

'게다가……'

역시랄까, 두 사람의 적응력은 상당했다.

기본적인 조작법만 가르쳐 줬는데도 금세 능숙하게 운전하고 있었다. 물론 그래 봤자 아직은 시속 20~30킬로미터 내의 안전 주행이었지만.

"잠시 쥐 보십시오."

"어? 왜……"

태영이 다가가자 후작이 불안한 얼굴로 돌아보았다.

그러나 잠시 후, 후작과 모어의 입이 더할 수 없이 크게 벌어졌다.

부아아앙－! 끼기기긱, 텅－!

둘의 눈앞에서 이런 장면이 벌어졌기 때문이다.

시속 100킬로미터 이상의 주행과 슬라이딩 턴, 그리고 되돌아오며 스콜피온!

급정거와 동시에 한껏 치켜 올라갔던 뒷바퀴를 떨구는 오토바이 위에서 태영이 씨익 웃으며 말했다.

"능숙해지면 이런 것도 할 수 있습니다."

－……유치하기는.

이건 유치한 게 아니다.

좀 전에 말했듯이 태영은 이 오토바이를 군마와 바꿀 생각이다.

그러나 군마라고 다 같은 말이 아니다.

혈통이나 훈련도에 따라 다르고, 그 차이는 적지 않다.

방금 후작에게 직접 골라 달라고 말한 이유가 바로 그 때문이다. 그가 직접 말을 고른다면 체면 때문이라도 그저 그런 말을 대충 주지는 않을 테니까.

하물며 대신 뭔가를 받는다면 더 그럴 테고, 그게 엄청나게 좋아 보이면 더 좋은 말을 줘야겠다는 생각이 드는 게 인지상정!

즉, 상술이라는 말이다.

방금 보여 준 태영의 퍼포먼스도.

"이 오토바이 역시 동력원이 필요합니다. 그게 이 휘발유라는 것이죠. 지금은 구하기 힘들어 저도 많지는 않지만, 몇 통 붙여 드리겠습니다."

이런 덤도.

본래 태영은 이런 쪽에 꽤 재능이 있는 편이고, 그 결과는 기대 이상이었다.

"이 말은……."

"자네가 부탁하지 않았나? 군마 말이야. 주는 쪽에서 떠들기에는 좀 뭐하지만, 쉽게 구할 수 없는 녀석이네."

태영도 알고 있었다.

쉽기는커녕, 돈으로 살 수 있는 말도 아니다.

잠시 후 병사가 끌고 온 잡티 하나 보이지 않는 흑마는 베리언트.

말이라기보다는 길들어진 몬스터에 가까운 종으로 뛰어난 방어력과 체력, 거기에 단거리라면 100킬로미터에 가까운 속도까지 겸비한 말이었다.

당연히 군마로서는 최상급!

이계에서도 지휘관급이나 탈 수 있는 말이다.

"감사합니다."

"사양하는 기색도 없군."

"후작님이 직접 하사하신 말을 사양하다니요. 그런 건 예의가 아니죠."

"딱히 예의를 차려서 그런 것 같지는 않지만, 뭐 됐네. 아마도 자네 쪽 세상에서는 이게 그리 드문 마도구는 아니겠지. 실제로 비슷한 물건들에 대한 보고도 꽤 들려오고. 하지만 움직이는 건 없다고 들었네. 뭣보다 일전에 자네가 말한 것처럼 물건의 가치는 다른 사람이 아니라 사용할 사람이 정하는 것. 나는 이 오토바이가 그만한 가치가 있다고 생각했으니까."

약발이 제대로 먹힌 모양이다.

물론 태영도 딱히 사양할 생각으로 한 말은 아니다.

─그만한 가치라…… 주인이 양아치 오토바이라고 말하던 저게 베리언트종의 군마와…… 뭔가 납득이 안 되는 건 나뿐인가?

그리모어가 뭐라고 하든.

고삐를 넘겨받은 태영이 애정 어린 눈으로 늠름한 말의 자태를 감상하고 있을 때였다.

후작이 '그' 오토바이에 오르며 말했다.

"그럼 가지."

"어디를 말입니까?"

"자네에게 보여 줄 게 있네."

부앙! 부아아앙─!

후작이 힘차게 핸들을 당기며 영지를 폭주했다.

❂

"여기는……."

태영이 놀란 눈으로 주위를 둘러보았다.

후작을 따라 도착한 곳은 영주성의 뒤쪽, 마을과는 꽤 거리가 있는 지역에 지은 지 얼마 되지 않아 보이는 오두막 수십 채가 모여 있었다.

그 오두막 앞이나, 창가에 모인 사람들도 태영과 후작, 모어를 바라보고 있었다.

그러나 대부분의 시선은 당당하게 팔짱을 낀 자세로 오토바이에 앉아 있는 후작에게 향해 있었다.

후작이 만족스러운 얼굴로 끄덕였다.

"흠, 다들 놀란 얼굴이군. 저 사람들까지 저런 눈으로 본다는 건 이게 오토바이라는 것 중에서도 꽤 비범한 물건이라는 말이겠지."

틀린 말은 아니다.

단, 후작이 생각하는 비범함과 실제 오토바이의 비범함은 좀 다른 의미겠지만.

일단 지금 그를 바라보는 사람들은 그 차이를 안다.

"있었습니까, 여기에?"

"내 영지는 생각보다 크다네."

그라디오스 후작이 피식 웃으며 말을 이었다.

"반 정도는 이번 사태가 벌어진 직후에 보낸 정찰 부대가 발견해 데리고 왔고, 나머지 반 정도는 저들이 찾아왔네. 그리고……."

"어제 5명의 여자가 추가되어 모두 377명이 됐습니다."

모어가 덧붙였다.

"저……."

그때 그중 1명이 다가왔다.

어제 구해 준 여자 중 태영과 주로 대화하던 여자였다.

"어제는 제대로 인사를 못 드렸네요, 그 뒤로는 보지도 못했고. 감사합니다."

－뒤통수를 맞고 기절했던 건 잊어버린 건가?

그래 보이지는 않지만, 태영도 굳이 서로 불편해질 뿐인 얘기를 꺼낼 생각은 없었다.

태영은 그냥 살짝 고개를 끄덕여 주며 되물었다.

"다른 사람들과 얘기는 나눠 봤습니까?"

"……네."

여자가 어두운 얼굴로 끄덕였다.

알게 됐다는 말이다.

후작의 말처럼 작지 않은 영지에 포함된 넓은 지역에서 모인 사람들을 만나서.

이번 일이 특정 지역에서만 벌어진 게 아니고, 또 그녀들이 겪은 일이 그리 특별한 케이스가 아니라는 걸 말이다.

물론 완전히 받아들이기에는 아직 시간이 필요하겠지만.

"지내기에는 어떠십니까?"

"괜찮아요. 다른 분들도, 그…… 여기 오기 전에 힘든 일을 겪은 분들이 많아서. 대우에 불만을 가진 분들은 없어요."

"다행이네요."

"네, 다만…… 이제 저희는 어떻게 되는 거죠?"

지금 그들이 가장 궁금해하고, 또 걱정하는 일은 역시 이것일 것이다.

"그건 제가 대답할 수 있는 질문이 아닙니다."

태영은 후작을 돌아보았다.

"무슨 말을 했나?"

"어제 일에 고맙다고 하는군요. 지내기 어떠냐고 물어봤고, 괜찮다는 말도 들었습니다. 그리고 물어보더군요. 이제부터 어떻게 되는 거냐고. 그래서 제가 대답할 문제가 아니라고 했습니다."

"그렇지도 않지. 나도 자네에게 물어보려던 참이었거든."

"어려운 질문이네요."

"그러니까."

후작이 장난스러운 웃음을 지으며 덧붙였다.

덕분에 태영은 조금 난감해졌다.

일단 후작이 태영에게 그런 질문을 하는 이유는 간단하다.

첫째는 양쪽 입장을 모두 알고 있어서였고, 둘째는 그런 태영이 어떤 대답을 할지 들어 보려는 것이다.

'하지만 단순히 나에 대한 호기심 때문만은 아니겠지.'

가볍게 대답할 문제가 아니라는 말이다.

그러나 필요 이상으로 머리를 굴릴 일도 아니었다.

이런 문제에 봉착했을 때 태영이 판단하는 기준은 언제나 명확하다.

자신에게 도움이 되느냐 아니냐.

물론 이번에는 태영이 아닌 그라디오스 후작이 기준이 돼야겠지만, 어차피 다를 건 없었다.

어떻게 생각해야 할지를 고민하고 있다는 말 자체가 이미 대가 없는 선의를 베풀 생각은 없다는 말이다.

그러나 가차 없이 잘라 낼 생각이었다면 그런 질문조차 하지 않았을 터.

그럼 답은 나와 있는 것이나 다름없다.

"이용하십시오."

"호오, 이용이라? 말도 통하지 않는 자들을 말인가?"

"그래서 가치가 있는 겁니다."

태영이 고개를 끄덕이며 말을 이었다.

"지금은 어느 곳이나 마찬가지입니다. 두 세계가 다시 떨어지지 않는 한, 공존할 수밖에 없죠. 하지만 말이 통하지 않으니 양쪽 모두 그 방법을 찾지 못하고 있습니다. 그러니 가장 먼저 해야 할 일이 뭔지는 뻔하지 않습니까?"

"말이겠지."

"네, 그러니 저들에게 가르치십시오, 이 대륙의 말을."

"우리가 배우는 편이 낫지 않을까?"

"언어란 단순히 읽고 쓴다고 되는 건 아닙니다. 문화에 대한 이해가 없다면 되레 문제가 생기기도 하죠. 그런 점에서 우리 쪽 세계의 사람들은 모두 고등 교육을 받은 사람들이라 이해가 빠를 겁니다. 또 대부분 외국어를 배워 본 경험도 있으니 습득도 빠를 거고 말입니다."

"내가 얻을 수 있는 건?"

이어지는 후작의 질문에 태영은 웃음이 나왔다.

"듣고 싶으십니까?"

"말해 보게."

"지위와 정보죠."

그게 모든 사람에게 이계어를 가르치라는 이유다.

좀 더 빨리 습득하는 사람을 골라내려는 의도도 있지만, 더 중요한 건 그 숫자다.

이번 사태는 발트하츠 영지만의 문제가 아니다.

양측 세계 모두의 문제고, 가장 시급한 문제는 방금 말한 의사소통.

만약 누군가 그 연결 고리 역할을 할 수 있다면 그 자체가 힘, 지위로 연결된다. 그리고 이를 독점한다는 것은 곧 정보를 독점한다는 의미.

그래서 수백 명이 필요하다.

그래야 그만큼의 지역에 통역관으로 파견되어 힘과 정보를 모아 줄 테니까.

"좋은 직언이었네."

후작이 만족스러운 얼굴로 끄덕였다.

"하지만 한 가지가 빠졌군. 그런 건 누가 먼저 선점하느냐가 중요하다는 것 말이네. 물론 도와주겠지?"

"저는 며칠밖에 시간이 없습니다."

"뭐든 기초가 중요한 법이지."

"그렇다면 해 보죠."

태영은 망설임 없이 대답했다.

후작을 구한 이유는 그저 신분 보장과 돈, 마법 아이템이나 베리언트종의 군마…… 뭐 막상 열거해 놓고 보니 꽤 받았다 싶지만, 그게 전부가 아니다.

그가 이계의 역사를 태영에게 유리한 방향으로 바꿀 힘을 가진 사람이기 때문이다.

당연히 그의 영향력이 강해지는 건 태영도 바라는 바.

앞으로의 일을 대비하기 위해서 그렇지만, 후작에게 모이고 태영에게도 흘러들어 올 정보도 그중 하나라고 할 수 있었다.

'한 방에 뭔가를 얻는 것도 좋지만, 이렇게 밭을 갈고 씨를 뿌리듯이 꾸준히 준비해 나가는 일도 중요하지.'

덕분에 태영은 꽤 바쁜 나날을 보내게 되었다.

기초가 중요하다는 후작의 말은 오두막 사람에게만 해당하는 말이 아니었기 때문이다.

"나도 일단 조금은 알아야 하지 않나. 명색이 수백 명의 통역관을 거느린 후작님이 되실 몸인데, 낫 놓고 기역 자도 몰라서야 체면이 서지 않을 테니 말이네."

너무나 지당한 말이고 반박할 여지도 없는지라.

"기역은 제대로 배우신 모양이네요."

"나 후작이네."

"무슨 의도로 말씀하시는 건지는 모르겠지만, 모어 경은 이미 자음을 떼셨습니다."

"뭣이?"

"아이우에오…… 아이우에오……."

"벌써 모음으로 들어갔네요."

"무엄한 놈 같으니! 감히 상관을 추월해? 어이, 나도 모음 이다!"

"기초가 중요하다면서요?"

태영은 기초부터 차근차근 가르쳤다.

거기에 열의에 찬 두 학생의 빗발치는 요구로 현대 문명과 관련된 사회 과목도 추가.

그 뒤에는 후작을 위한 오토바이 특별 강습도 이어졌다.

"DŽǍǎgHǑǒ……."

그리고 오후에는 오두막으로 출근해 이계어 강의.

눈코 뜰 새 없이 바빴지만, 모두 미래를 위한 투자라 허투루 할 수 없는 일이었다.

물론 자기 계발을 위한 투자도 마찬가지.

"다 됐습니까?"

"내가 한 말을 귓등으로 들었어? 사흘 뒤에 오라고 했잖아!"

"그래서 사흘 뒤에 왔습니다만."

"그런데 뭘 물어? 자, 얼른 확인하고 가져가."

"아, 그건 필요 없습니다."

사흘 뒤 다시 찾은 노인이 가죽 방어구와 함께 던져 주는 '감정' 두루마리를 하찮게 쳐다볼 수 있는 이유도 그런 꾸준한 자기 계발 덕분이다.

뭐 그래도 일단 두루마리는 챙겼지만.

"감정."

이미 배워 두었다.

유니버설(Universal) 계열, 일반적으로 생활계 마법이라고 불리는 마도서를 구매해서.

태영의 불룩했던 주머니를 홀쭉하게 만든 원인 중 하나다.

마도서는 하나같이 다 비싸지만, 생활계는 특히 수요가 많아 몇 배나 더 비싸다.

그러나 그라디오스 가문의 보고에 들어갔을 때처럼 또 후회하고 싶지는 않았고, 지금도 후회되지는 않았다.

[사왕(蛇王)의 권능(가죽 갑옷)]

주요 구성 : 헬 스네이크의 가죽, 그리폰의 부리, 그 외……
등급 : 에픽+
종합 방어력 : 250 (참격 : A 타격 : C+ 관통 : A)
특기 사항
+원소 계열의 마법에 대한 저항력 : C
+독에 대한 저항력 : B
+환경 적응력 부여(환경 피해 경감, 은신 효과) : B
※고대종 몬스터 헬 스네이크의 가죽 갑옷. 적의 공격에 노출되기 쉬운 어깨에 그리폰의 부리를 가공한 갑각을 붙여 방어력을 향상. 거기에 뛰어난 장인이 심혈을 기울여 모든 접합 면을 완벽하게 마무리한 덕분에 좀처럼 보기 힘든 걸작이 완성되었습니다.

이게 헬 스네이크 가죽으로 만들어진 갑옷의 정보였다.

'타격에 대한 방어력이 좀 아쉽지만⋯⋯.'

본래 가죽 갑옷은 다 그렇다.

그러나 전체 방어력이 200이 넘는 가죽 갑옷은 굉장히 드물다.

하프 플레이트나 사슬 갑옷 중에서는 꽤 되지만, 가죽 갑옷의 장점을 그대로 유지하며 그와 같은 방어력을 발휘한다는 것만으로도 초 A급 갑옷!

그러나 방어력은 가죽의 기본 성능이고, 더 중요한 건 그다음이다.

특기 사항으로 표시되는 옵션.

보통 이런 최고급 소재로 장비품을 제작하면 옵션이 붙는다. 그러나 그 옵션의 개수나 성능은 제작할 때마다 다르다.

즉, 여기부터가 장인의 영역이라는 말이다.

그게 태영이 1쿠퍼도 깎지 않고 제작비를 낸 것도 모자라 립서비스까지 얹어 준 이유다.

그리고 그 결과는⋯⋯.

"떴다! 떴어!"

절로 이런 소리가 터져 나왔다.

태영이 아는 한 옵션이 3개나 붙은 장비품을 만들어질 확률은 백에 하나, 아니 천에 하나 수준!

정보창에 괜히 걸작이라고 적혀 있고, 괜히 '에픽+'라고 적혀 있는 게 아니다.

아쉽게도 함께 제작을 의뢰했던 장갑과 장화는 그에 미치지는 못했지만, 그래도 옵션이 2개씩 붙은 수작이었다.

"뜨긴 뭐가 떠? 정신 사나우니까 흰소리 집어치우고 받을 거 받았으면 얼른 나머지 돈이나 내고 가!"

노인도 이렇게 소리치지만, 얼굴에는 자부심이 떠올라 있었다.

물론 태영도 기꺼이 대금을 납부!

"여기 있습니다!"

"흠, 막상 물건이 완성되면 이 핑계 저 핑계 대며 깎아 달라는 놈이 많은데, 그런 짓을 하지 않는 건 그나마 괜찮군."

"그런 짓을 할 리가 있습니까? 다음에 다시 의뢰하러 왔다가 무슨 짓을 당하라고요?"

"하! 뭐냐? 그걸로도 만족하지 못한다는 거냐?"

만족한다.

그러나 그건 어디까지나 지금 단계의 얘기고, 이후까지 포함해서 말하자면 아직 멀었다.

태영이 여기서 성장을 멈출 생각이 없듯이 장비품 역시 마찬가지. 설사 당장 하이엔드급의 장비품을 얻는다 해도 만족할 생각이 없었다.

"쳇, 그때까지 내가 살아 있겠냐?"

그리고 이 노인은 적어도 과거 태영보다도 오래 살았으니 딱히 걱정할 필요는 없다.

물론 이번에는 태영이 더 오래 살 예정이지만.

"건강하세요."

어쨌든 짧은 인사를 마지막으로 태영은 공방을 나왔다.

그리고 바로 헌터 길드를 찾아갔다.

[이름 : 레온]

[헌터 등급 : F]

[출신 : 아스토리아]

신청해 둔 등록증을 받기 위해서였다.

헌터로 활동하기 위해서라기보다는 신분증으로 사용하기 위해서였다.

이미 그라디오스 후작이 보증하는 신분증을 받았지만, 번번이 그런 금장이 붙은 신분증을 들이밀 수는 없었다.

'물론 필요할 때는 쓰겠지만…….'

말 그대로 필요할 때다.

아쉬운 건 정식 등록하니 등급이 F로 떨어졌다는 것이지만, 그런 건 시간만 있으면 얼마든지 올릴 수 있으니 패스.

다음에 찾아간 곳은 정보 길드였다.

"반지의 인장에 대한 정보는 찾지 못했습니다. 그 의뢰로

지급하신 금액의 9할을 돌려드리겠습니다."

가장 먼저 들은 얘기다.

정보 길드에 의뢰하기 전에 보여 주었던 후작에게도 같은 말을 들었다.

일국의 후작 정도 되면 웬만한 귀족의 인장은 모두 꿰고 있는데도 태영이 보여 준, 늪지에서 주운 반지의 인장은 알아보지 못했다.

'그래도 다른 왕국의 하급 귀족이라면 후작도 모를 수도 있다고 생각하고 의뢰해 본 건데…… 정보 길드도 알아내지 못했다면 가문의 문장이 아니라는 말인가?'

찜찜한 기분이 들었다.

그러나 이건 그렇게까지 중요한 문제는 아니라 이내 털어 내었다.

중요한 것은 그와 함께 맡긴 의뢰.

"여기, 의뢰하신 세 지역의 현황이나 소문 따위를 정리해 둔 보고서입니다."

당연히 대충 찍어 의뢰한 게 아니다.

이 시기의 이계에서 주요한 사건이 일어났거나, 일어날 예정인 지역이었다.

'역시 내 기억과는 조금씩 다르게 진행되고 있어. 관련된 건 대체로 소문뿐이지만, 그것도 무시할 수는 없겠지. 그렇다면…….'

요 며칠 태영은 앞으로의 일에 대한 방향성을 어느 정도 잡혔다.

이미 이계의 역사는 바뀌고 있다.

'그럼 과거의 역사에 연연할 이유가 없지. 바꿔 나가면 되는 거다, 내가 원하는 방향으로!'

거기에 필요한 건 힘.

그저 물리적인 힘만을 말하는 게 아니다.

태영은 수많은 회귀와 같은 횟수의 실패를 경험하며 그런 힘의 한계를 명확하게 알게 되었다.

'나는 지금까지 스스로 운명을 개척하고 있다고 생각했지만, 착각이었어. 지금까지 내가 해 온 일은 고작 역사의 흐름에 편승하거나 저항하는 것뿐이었다. 하지만 어느 쪽이든 결과는 달라지지 않았다. 그래, 다른 사람이 만들어 가는 역사에 편승하거나 저항해서는⋯⋯.'

달라질 리가 없었다.

'그럼 남은 답은 하나, 만드는 쪽이 되는 거다, 역사를!'

그게 태영이 내린 결론이었다.

그러나 혼자만의 힘으로 할 수 있는 일이 아니다.

역사란 무수한 사람들이 뒤엉켜 만들어지는 것. 그 거대한 흐름에 변화를 주기 위해서는 개인의 힘보다는 그만한 영향력을 갖춰야 한다.

따라서 지금부터 해야 할 일은 태영에게 그만한 영향력을 실어 줄 기반을 세우는 일!

그게 머지않아 닥쳐올 미래라는 본 무대에 오르기 위해 태영이 갖춰야 할 최소한의 조건이다.

그라디오스 후작과의 유대는 그 첫걸음.

'나는 이제 처음 이계에 떨어졌을 때와 같은 무력한 존재가 아니다! 할 수 있고, 해낼 것이다! 내가 죽음을 대가로 얻은 힘과 지식, 모든 것을 동원해서! 이번에는, 기필코 넘어 보이겠다!'

해야 할 일이 명확하면 할 일도 명확해지는 법.

떠날 때가 됐다는 말이다.

최강의 암살자

태영이 떠난다는 소식을 전하자 그라디오스 후작과 모어, 그동안 얼굴을 익힌 병사와 오두막집에서 수업을 받은 학생들까지, 영주성 앞에 구름처럼 모여들었다.

"아쉽지만 할 수 없지. 본래 그런 일정이었으니까. 간간이 소식을 보내게."

"네, 그동안 감사했습니다."

"목숨을 구해 준 사람에게 들을 말은 아닌 것 같군."

"그럼 앞으로 감사하도록 해 주십시오."

"그건 좀 부담스럽고. 하지만 애는 써 보지. 나도 누군가의 뒷배가 돼 주겠다는 말을 대놓고 해 보기는 처음이니, 그런 부담쯤은 감수해야겠지."

후작이 빙긋 웃으며 대답했다.

이에 태영이 가볍게 고개를 숙이며 시선을 돌렸다.

그때 내내 태영의 눈치를 살피던 모어가 조심스러운 어조로 말했다.

"외람되지만, 부탁드리고 싶은 것이 있습니다."

"말씀하십시오. 뭐든 들어드리겠습니다."

"저, 정말입니까? 그럼 저와 대련을 한번 해 주십시오!"

예상했던 말이었다.

지난 나흘 동안 그런 기미가 꽤 자주 보였지만, 태영은 일부러 모르는 척해 오기도 했다.

그런데 이렇게까지 진지한 얼굴로 부탁이라고까지 말하면…….

"싫습니다."

"네? 아니, 하지만 좀 전에는 뭐든…….."

"들어 드렸죠."

빙긋 웃는 태영의 말에 주변의 모든 사람이 얼어붙었다.

─300년 전의 말장난을…….

심지어 그리모어도.

그러나 태영은 누가 뭐라고 해도 받아들일 생각이 없었다.

모어와의 대련은 이미 수없이 해 보았다.

물론 이 시기의 모어와는 해 본 적이 없지만, 첫 대면에서 그가 마력을 밀어 넣는 순간 결과를 예측할 수 있었다.

그리고 그때 결정했다.

"경과의 대련은 좀 더 시간이 지난 뒤에 하는 거로 하죠."

태영이 시무룩한 얼굴의 모어를 향해 말하고 몸을 돌릴 때였다.

"저, 저는 박예지예요!"

오두막 사람들 틈에서 한 여자가 뛰어나오며 소리쳤다.

밀수꾼에게서 구해 준 여자 중, 태영과 주로 얘기하던 그때 그 여자였다.

물론 이름은 이미 들었다.

다른 친구들과 달리 혼자만 남자친구도 없이 캠핑을 왔었다는 말과 함께.

"지금은 잊어버려도 괜찮아요! 틀림없이 다시 듣게 될 테니까!"

– 저건 또 무슨 말이야?

"글쎄? 뭐 열심히 하겠다는 말이겠지."

태영은 살짝 고개를 숙여 주고 베리언트종의 흑마, 꽤 마음에 들었기에 흑영이라는 이름까지 붙여 준 말을 타고 영주성을 나왔다.

그리고 영지를 벗어나 숲길로 접어들었을 때였다.

삐이–!

한가롭게 뒤를 따르던 청영이 돌연 날카로운 울음을 터뜨렸다.

순간 태영이 고삐를 잡아채며 말을 멈췄고.

쿠쿵-!

바로 앞에 바위가 떨어졌다.

–에? 뭐, 뭐야? 갑자기 하늘에서 왜 이런 게 떨어지는 거지?

"이유가 있겠지."

잠시 하늘을 올려다보던 태영이 머리를 긁적이며 한숨을
불었다.

"……미치겠군."

태영은 그 바위를 보는 순간 직감했다.

꽤 피곤한 여정이 되겠다고.

쾅-!

구겨진 셔터 문이 떨어져 나갔다.

그 위에서 우수수 쏟아지는 시멘트 가루.

머리와 어깨를 털어 내며 안으로 들어서던 태영의 얼굴에
웃음이 번졌다.

"오호, 이거 대박이네."

–대체 뭘 보고 그런 말을 하는지는 모르겠다만, 번번이 말하는
것도 지치는군. 주인, 바쁘다고 하지 않았나? 그리고 설사 바쁘지
않더라도, 빈집털이나 하고 있을 때는 아닌 것 같은데?

"말을 해도 참……."

표현에 문제가 있긴 하지만, 틀린 말은 아니었다.

태영이 며칠 더 묵었다 가라는, 뭐 대부분 태블릿 속의 요물 토끼 때문이겠지만, 그라디오스 후작의 청을 뿌리치고 길을 나선 건 할 일이 많아서다.

그런데 다른 문제까지 겹쳤다.

영지를 나오자마자 느닷없이 하늘에 뚝 떨어진 바위.

그때 태영은 피곤한 여정이 되겠다고 직감했고, 불행히도 그 직감대로 꽤 피곤한 일이 연이어 벌어지는 중이다.

정말 여유 따위는 1, 아니 0.1도 없을 정도로.

그 탓에 발트하츠로 갈 때처럼 이번에도 사람과의 접촉은 물론, 몬스터까지 피하고 있었다.

그러나 이곳처럼 외떨어진 건물을 발견했을 때는 예외다.

이런 곳은 사람의 손을 타지 않아 대부분 물건이 고스란히 남아 있는 경우가 많으니까.

－물건은 이미 충분한 거 아니었나? 그 남양주라는 곳에서 엄청나게 챙겼잖아. 발트하츠성에서도 꽤 챙겼고.

"모르는 소리 마. 세상에 충분한 게 어디 있어? 돈이든 물건이든 없어서 곤란할 때는 있어도, 있어서 곤란할 때는 없는 법이야. 게다가 이쪽 물건은 다 기간 한정품이라고."

현대 물건을 빠르게 사라져 가는 중.

기회가 있을 때마다, 또 가방 용량이 허용하는 한은 일단 챙겨 두는 게 상책이다.

언제 어떻게 도움이 될지는 누구도 모르니까.

"어디 보자…… 페인트와 시멘트, 저건 콤프레샤인가? 또 목장갑에……."

이런 물건들이라도 말이다.

그리고, 사실 이게 가장 중요한 부분인데, 이곳처럼 외떨어 진 건물만 뒤지며 돌아다니는 사이에 알게 된 것이 있었다.

삐이! 삐이!

"응? 오! 이거 공구함이잖아. 펜치에 플라이어, 나사 세트 까지. 조금 녹이 슬기는 했지만, 예전에 마트에서 챙겨 온 것 보다는 상태가 좋아."

바로 이 부분이다.

대체로 이렇게 동떨어져 있는 건물에서 파밍한 물건은 보 존 상태가 꽤 좋았다.

태영이 도시의 마트를 돌아다닐 때보다 더 오래 방치되어 있었음에도.

어쩌다 한 번이 아니라 대부분 그랬다.

그럼 당연히 이유가 있을 테고, 태영은 이미 나름의 해답 을 찾았다.

'위치나 물건들을 보면 여긴 아마도 도로 공사용 임시 창 고겠지. 그럼 이번 사태 이후부터 내내 잠겨 있었겠지. 도시 의 마트와 이런 곳의 차이는 그것, 밀폐도다. 보존 상태가 다

른 이유가 그거라면 처음에 생각했던 대로 결국 이계의 대기가 어떤 영향을 끼치고 있다는 말인데……'

아직 모든 의문이 풀린 건 아니지만.

어쨌든 이런 탐사와 파밍은 게을리해서는 안 되는 일이라는 말이다.

─대단하다고 해야 할지, 답답하다고 해야 할지 모르겠군. 당장 언제 목이 날아갈지도 모르는 상황에……

설사 그런 상황이라도.

아니, 그런 상황이기에 더 열심히 돌아다니는 것이다.

발트하츠 영지에서부터 태영을 피곤하게 만드는, 그리모어의 말처럼 여차하면 목이 날아갈지도 모르는 상황에서 벗어나기 위해서 말이다.

'이제 얼추 생각했던 물건이 모였어. 아직 좀 부족한 감이 있지만, 그나마 이거라도 찾을 수 있던 걸 다행이라고 해야겠지. 어차피 더 버티기도 힘들고. 하지만 끝까지 마음을 놓아서는 안 돼.'

태영은 창고의 물건을 빠르게 은닉의 가방에 쓸어 담았다.

문을 부수고 들어와 거기까지 걸린 시간은 불과 몇 분. 그러나 태영과 그리모어, 심지어 청영도 알고 있었다.

'불과 몇 분이라도……'

짧은 시간이라고 할 수 없었다.

삐이─.

창고를 돌아 나오는 태영의 어깨 위에서 청영이 낮은 울음을 흘리며 두리번대는 이유도 그 때문이다.

그러나 그 이상의 반응은 없었다.

'일단 여기는 그냥 넘어가는 건가? 아니, 속단해서는 안 돼. 지금은 안전한 때도, 안전한 곳도 없다.'

확실한 건 하나.

'긴장을 푸는 순간 당한다!'

그 말대로 태영은 한시도 긴장을 푼 적이 없었다.

발트하츠성을 나온 뒤부터 지금까지, 길을 갈 때나 좀 전처럼 창고를 뒤질 때도.

애초에 잊고 있을 수도 없었다.

"흡!"

항상 그 전에 이런 일이 벌어지니까.

잠시 후 흑영을 타고 들어서는 숲으로 밀려 들어오는 바람에서 미세하게 감지되는 이질적인 냄새!

그게 뭔지는 굳이 생각할 필요도 없었다.

─젠장, 또 시작이군.

그리모어마저 지겹다는 투로 말할 정도로 자주 겪어 본 상황이니까. 그러나 그리모어가 그렇게 심드렁한 반응을 보이는 건 코가 없어서다.

그와 달리 코가 있고, 숨을 쉬어야 하는 태영과 청영, 흑영에는 위기!

"윈드!"

태영의 손에서 돌풍이 일어났다.

주위의 대기가 확 밀려나자 그 경계 지점이 옅은 보라색으로 물들었다.

미세하게 흩어져 있던 독 가루다.

"흑영, 달려라!"

태영은 바람을 두르고 고삐를 잡아챘다.

흑영이 거칠게 투레질하며 흩어지는 독 가루를 뚫고 숲을 가로질렀다.

삐이-!

그때 청영이 날카로운 울음을 터뜨렸다.

뭔가 발견했다는 의미고, 그게 뭔지는 태영도 알고 있었다.

순간 태영의 허리에서 그리모어가 뽑혀 나왔다.

핑-!

그 끝에서 파공음이 울렸다.

줄이다. 낚싯줄처럼 투명하고 강인한, 말을 타고 달리는 사람의 목쯤은 쉽게 날려 버릴 수 있을 정도로 팽팽하게 묶여 있는 줄.

하나가 아니었다.

위잉! 핑! 위잉! 투툭, 피핑-!

검을 휘두를 때마다 나무 사이에서 연이어 같은 소리가 울렸다.

'빌어먹을 자식, 쓸데없이 부지런해서는……'

정말 욕 나오는 상황이었다.

그러나 태영은 꾹꾹 눌러 참으며 숲을 빠져나왔다.

이미 몇 번이나 경험해 봐서다.

대체로 이런 상황에서, 이렇게 다급하게 숲에서 빠져나올 때는.

따당! 팍!

이런 일이 벌어진다.

추켜올린 검날에서 불똥이 튀기는 것과 동시에 뒤쪽 나무에 박히는 화살.

삐이-!

"청영, 안 돼!"

태영의 고함에 청영이 퍼덕이던 날개를 접었다.

그리고 못마땅한 눈으로 주위를 둘러보다가 의기소침한 몸짓으로 고개를 숙였다.

태영이 한숨을 불어 내며 청영의 머리를 쓸어 주었다.

"괜찮아. 네 잘못이 아니니까. 네가 못 찾는 건 당연한 일이야. 그리고 설사 찾을 수 있다 해도……."

-뒈지겠지, 저 녀석이.

삐이!

청영이 팍 고개를 돌리며 그리모어를 째려봤지만 사실

이다.

그게 발트하츠를 나온 뒤로 내내 청영을 어깨 위에 붙잡아 두고 있는 이유다.

함정을 설치한 게 누구인지 알고 있으니까.

그라디오스 후작을 습격한 암살자 중 유일한 생존자, 바로 놈이다.

그리고 놈이라면 이미 알고 있을 것이다.

'성벽에서 한 번, 발트하츠성에서 나오자마자 바위가 떨어질 때 또 한 번. 그 뒤로도 몇 번 비슷한 상황이 있었으니 놈이 눈치채지 못했을 리가 없지.'

청영이 평범한 매가 아니고, 또 방해된다는 것도.

놈이 그라디오스 후작의 암살을 방해한 태영으로 타깃을 바꿨듯이, 다음에는 청영을 노리게 될지도 모른다는 말이다.

'뭐 내가 아는 놈이라면 실제로 그런 일이 벌어질 확률은 낮겠지만…….'

청영을 걸고 도박할 생각은 없다.

- 그나저나 그놈도 참 끈질기군. 이쯤 되면 이제 이런 방법이 통하지 않는다는 걸 알 때도 되지 않았나?

"알고 하는 짓이야."

태영이 슬쩍 시선을 돌리며 대답했다.

그 앞에는 물이 담긴 사발과 쪽지 한 장이 놓여 있었다.

설마 이게 끝이라고 생각하지는 않겠지?

목이나 씻고 기다려라.

-……뭐냐, 이건?

"뭐긴."

태영이 같잖다는 목소리로 대답하며 손가락으로 은화 하나를 퉁겼다.

물속에 들어간 은화가 순식간에 새까맣게 변했다.

-홋, 유머를 아는 놈이군.

"웃음이 나오냐?"

-원래 이런 도발에는 웃어 줘야 하는 거다. 지금까지 내가 봐온 주인도 그랬던 것 같은데? 그럴 여유조차 없어졌다면 진짜 걱정해야 할 상황이긴 한 모양이군.

그리모어의 말대로다.

발트하츠성을 나온 게, 이런 식의 습격을 받기 시작한 게 벌써 사흘째.

당연히 그동안 잠 한숨 편히 자지 못했다.

뛰어난 색적 능력과 기척 감지 능력을 겸비한 청영과 그리모어 덕분에 잠깐이라도 눈을 붙일 수 있었기에 그나마 버티고 있을 뿐.

'혼자였다면…….'

아마 진즉에 목이 날아갔을 것이다.

그러니 잠깐 눈을 붙이는 것도 휴식이 될 수 없었고, 깨어 있을 때는 항상 촉각을 곤두세우고 있으니 갈수록 신경만 날 카로워졌다.

그러나 전혀 예상하지 못했던 상황이라고는 할 수 없었다.

성벽에서 마주친 암살자가 태영이 기억하는 그놈이라는 사실을 알았을 때, 또 그놈이 후회하게 만들어 주겠다는 말 을 남기고 사라졌을 때.

'그래, 놈이 그냥 넘어갈 리는 없지. 분명 어떤 식으로든 곧 다시 나타나리라는 생각은 하고 있었지만…….'

－그런 것치고는 꽤 쪼잔한 방식으로 나오는군.

"놈은 암살자니까."

－흠, 먼저 확실하게 상대의 힘을 빼 놓고 죽이겠다 이건가? 그 래, 성벽에서는 거의 대등한 전투를 했으니까. 확실히 암살자라면 그게 정석이겠지. 그럼 정말 싸우지도 못할 상황에 되기 전에 먼저 놈을 치는 수밖에 없다는 말인데…….

"그게 될 놈이면 진즉에 그렇게 했지. 놈은 초일류 암살자 야. 작정하고 숨으면 나는 물론 청영도 찾아낼 수 없어."

덧붙이자면 놈은 검사로서도 초일류.

그저 찾아낸다고 해결될 일이 아니라는 말이다.

－그럼 방법이 없다는 건가?

"그렇게 생각했다면 지금까지 도망 다니지도 않았어. 말 했잖아. 내가 이 와중에도 창고를 뒤지고 다닌 건 그래야만

할 이유가 있어서라고. 하지만 그것도 여기까지다."

–그럼……

"내게 그런 시간을 준 걸 후회하게 만들어 줘야지."

태영이 이를 드러내며 중얼거렸다.

그동안 스트레스를 견디며 버텨 온 건 그 준비물과 활용할 장소를 찾기 위해서였다.

그중 준비물은 대략 OK, 장소도 지척이다.

이미 눈에 보였다.

숲 밖에 펼쳐진 평원 너머로 보이는 몇 채의 빌딩들.

서너 개의 호텔을 중심으로 이루어진 작은 거리라 물자가 풍족하지 않아서인지, 주위에 사람의 흔적은 보이지 않았다.

태영은 그중 반쯤 기울어진 채 옆의 건물에 걸쳐진, 위태로워 보이는 빌딩으로 들어갔다.

겉보기처럼 내부의 벽이나 계단은 살얼음판처럼 불안하기 짝이 없었다.

그러나 문제 될 건 없었다.

아니, 그래서 이 빌딩을 선택한 것이다.

적당한 곳에 흑영을 떨궈 놓은 태영은 빌딩의 상태를 살피며 올라갔다.

천천히, 그리고 꼼꼼히, 10여 층까지 올라왔을 때는 이미 점차 어둠이 내리고 있었다.

태영은 넓은 장소를 찾아 앉았다.

그 몸속에서 마력이 천천히 회전하기 시작했다.

피로에 찌든 몸과 마음을 조금이라도 회복하기 위해서다.

그러나 지나치게 몰입하면 안 된다.

─뭘 하려는지는 알겠다만, 이렇게 노골적으로 싸울 준비가 됐으니 오라는 식으로 기다리면 놈이 나타날 리가 없지 않나? 실제로 지금까지도 그래 왔고.

"그랬지."

─그런데?

"지금은 상황이 다르니까. 그리고 내가 아는 놈이라면……."

─주인.

그때 그리모어가 진동했다.

이에 태영이 살짝 미간을 좁히며 입 끝을 추어올렸다.

"오겠지."

그 말과 동시에 태영의 허리에서 그리모어가 뽑혀 나왔다.

깡! 까깡─!

눈앞에서 연이어 튀어 오르는 불똥.

그 아래로 검은 칼날의 비도가 툭툭 떨어졌다.

삐이…….

"청영, 물러나 있어. 네가 낄 자리가 아니다."

위협적인 울음을 흘리며 날개를 펼치던 청영이 움찔하며 멈췄다. 그리고 잠시 불안한 눈으로 바라보다가 이내 깨진 창밖으로 날아갔다.

그 모습을 흘깃 쳐다본 태영이 시선을 돌리며 입술을 비틀어 올렸다.

"시작하기도 전부터 손장난질이냐?"

"미안하군, 암살자라."

어둠 속에서 뚝 떨어져 나오듯이 검은 복장의 사내가 모습을 드러냈다.

그 손에 들린 두 자루의 단검이 붉은 빛으로 물들었다.

"항상 내가 먼저 시작하고, 내가 먼저 끝내는 게 습관이 되다 보니."

"그런데 너무 집착하지 않는 게 좋아. 세상일이라는 게 항상 그렇게 해 오던 대로만 되는 건 아니니까."

"습관이란 게 쉽게 고쳐지는 건 아니지. 그럴 생각도 없고."

붉은 빛은 섬광이 되어 뻗어 왔다.

파캉─!

그리고 터져 오르는 스파크!

태영이 겹쳐진 칼날 너머에서 떠오르는 놈의 눈을 바라보며 살짝 미간을 찌푸렸다.

"성격이 너무 급하다는 생각은 안 드나?"

"시간은 귀하니까."

"사흘이나 내 뒤를 졸졸 따라다니던 놈이 할 말은 아니잖아."

"취미에 시간을 아끼는 사람은 없지."

"취미? 남자 꽁무니를 따라다니는 게? 생각보다 무서운 놈이었군."

"거슬리는 놈을 괴롭히는 거지."

"그게 더 나은 취미라고 하는 말은 아니⋯⋯."

치치치칭-!

그때 붉은 검광이 그리모어의 칼날을 타고 내려왔다.

태영은 황급히 검을 아래로 향하며 떨쳐 냈다.

그러나 놈의 단검은 두 자루.

이미 다른 하나는 그리모어를 쥔 태영의 손목 앞에서 회전하고 있었다.

그리고 방금 그리모어로 떨쳐 낸 단검도, 어느새 팔꿈치 안쪽까지 파고들어 와 있었다.

팔목이나 손목, 둘 중 하나는 가져가겠다는 의도다.

'할 수 있다면 해 봐라!'

태영은 되레 한 걸음 내디디며 검을 뻗었다.

손목을 주는 대신 목을 뚫어 버리겠다는 의지의 표현이었고, 그럼 손해라고 판단했는지 놈은 단검을 회수해 날아드는 그리모어의 코등이에 걸치며 막아 세웠다.

의도한 대로!

파칭-!

태영이 손목을 비틀어 검날을 수평으로 눕혔다.

코등이에 걸려 있던 놈의 단검이 미끄러지며 손등 위를 스치고 지나갔다.

태영은 놈의 측면으로 파고들어 갔다.

부아아악―!

그 뒤를 따라 움직이던 푸른 검광이 앞으로 뻗어 나가며 어둠을 갈랐다.

그러나 말 그대로 어둠뿐이었다.

'빌어먹을! 언제…….'

태영은 검을 내리치던 자세 그대로 넘어지듯이 몸을 굴렸다.

동시에 뒷덜미를 스치고 지나가는 서늘한 감각.

태영은 다시 몸을 굴리며 팔을 뻗었다.

'파이어 볼트!'

펑―!

그 뒤에서 치솟는 불길.

뒷덜미로 바짝 따라붙던 서늘한 감각이 순간적으로 확 멀어졌다.

태영은 그 틈에 차지대시를 발동시키며 앞으로 뻗어 나갔다. 그리고 그리모어를 바닥에 박아 넣고 이를 축으로 큰 원을 그리며 회전했다.

촤촤촤촤―!

그 궤적을 따라 바닥에 쌓여 있던 시멘트 가루가 확 뿜어져 올라왔다.

놈은 그 너머에서 바라보고 있었다.

"역시 그렇군."

"……무슨 말이지?"

"발트하츠에서 싸웠을 때도 좀 이상한 점이 있었지. 내가 준비한 함정을 피하는 움직임을 보고 그 의심은 더 깊어졌고, 방금 확신했다. 넌 마스터가 아니야. 그럼에도 소드 오러를 사용한다면…… 그 검의 힘인가? 분에 넘치는 물건을 가지고 있군."

－흠, 저 녀석, 그래도 보는 눈은 있는 모양이군.

"하지만 검은 검일 뿐이다. 한낱 도구, 고작 그따위 같잖은 검 하나 들고 있다고 나를 상대할 수 있으리라 생각했다면 착각이다."

－빨리 죽이자!

그리모어의 반응은 넘어가고, 그런 건 태영이 더 잘 안다.

둘 사이의 격차가 어느 정도인지는.

그러나…….

"해보지 않으면 모를 일이지."

웅! 웅! 웅! 웅!

태영의 왼손을 중심으로 불길이 원을 그리며 떠올랐다.

그러나 놈은 태연했다.

"그다지 새롭지는 않군. 그래도 확실히 마력 유지까지 사용하는 마검사는 그리 흔치 않겠지. 오늘 한 명 더 줄어들 예정이니 더 그렇게 될 테고."

"네가 모르는 뭔가가 더 있을지도 모른다는 생각은 안 드나?"

"그럴지도 모르지. 하지만 그게 뭐든, 달라질 건 없다. 내가 그렇게 결정했으니까."

놈이 한 걸음 내디디며 대답했다.

동시에 태영의 왼손에 머물러 있던 불길 중 하나가 뻗어나갔다.

그러나 놈은 이미 그 앞에 없었다.

불길이 터지는 곳에서는 뿌연 먼지만이 피어오를 뿐이다.

그때 돌연 그 먼지가 돌풍에 휘말리듯이 한쪽으로 쓸려 나갔다.

'왼쪽! 아니, 놈이라면…… 반대다!'

파캉-!

오른쪽에서 튀어 오르는 스파크.

먼저 검을 움직이고, 뒤따라 몸을 돌리는 태영의 눈앞에서 붉은 검광이 복잡한 궤적을 그리며 밀어닥쳤다.

치칭! 카캉! 따다다당-!

정신없이 튀어 오르는 붉고 푸른 섬광!

문자 그대로 불꽃 튀는 접전이었지만, 곧 태영이 주춤주춤 밀려나기 시작했다.

―저 녀석 갑자기 속도가……!

보통 비슷한 수준의 검사가 싸울 때는 힘보다 수읽기가 더 중요하다.

상대의 기술과 전투 방식을 파악하고, 이에 대응할 방법을 생각하며 싸워야 한다는 말이다.

그러나 방금 놈은 태영이 자신과 같은 마스터급이 아니라고 확신했다.

즉, 굳이 수읽기 따위를 할 필요도 없는 상대라고 판단했다는 말이다.

그게 이런 거침없는 공격으로 표현되고 있는 것이고 확실히, 태영도 그쪽이 몇 배나 더 상대하기 힘들었다.

힘의 격차가 여실히 드러날 수밖에 없기 때문이다.

그러나 놈도 아직 모르는 게 있다.

태영은 이미 놈과 싸워 본 경험이 있다는 것이다.

놈은 한 번이라고 알고 있겠지만, 그보다 많이. 수십 번 이상!

'그래도 당장은 막는 게 고작이지만······.'

콰직! 텅—!

묵직한 울림과 함께 태영이 뒤로 퉁겨졌다.

주르륵 밀려난 태영은 되레 그 탄력을 이용해 수 미터 떨어진 계단 아래로 뛰어내렸다.

그리고 놈이 그 뒤를 따라 통로로 뛰어 들어오는 순간.

'진짜 싸움은 이제부터다!'

태영의 왼손에서 다시 한 발의 불화살이 뻗어 나갔다.

놈이 아닌 그 위로.

푸화아아악-!

불길이 번지던 천장에서 엄청난 양의 연기가 뿜어져 나온 건 그때였다.

"큭! 이건……."

놈이 움찔하며 뒤로 물러났다.

-뭐야, 저건? 분명 아까 그 테이프인가 뭔가로 붙여 뒀던…… 어째서 저기서 저 많은 양의 연기가 나오는 거지? 은색 종이에 애들 장난감만 채워 둔 곳에서?

정확히 말하면 탁구공이다.

그리고, 그렇게 된다.

탁구공을 한 300개쯤 넣고 감싼 은박지에 불을 붙이면, 좁은 계단 정도는 순식간에 뒤덮고도 남을 연기가 뿜어져 나온다.

한때 이계에서 살아남기 위해 뒤지던 유튜브에서 찾아낸 DIY 연막탄 제조법이었다.

정작 그때 이계에는 탁구공이 없었지만.

'지금은 다르지.'

"웃기는군. 시야를 가리는 것 정도로 빠져나갈 수 있다고 생각하나?"

물론 그렇게 생각하지는 않는다.

푸확-!

그래서 이런 것도 준비했다.

천장 곳곳에서 비처럼 쏟아지는 붉은 액체.

연막탄이 도화선이 되어 터지도록 만들어 놓은 수십 개의 풍선에 채워 둔 것이다.

되레 연막은 이를 숨기기 위한 장치.

"이번에는 독인가? 내가 누구라고 생각하는 거냐? 나에게 독 따위는…… 쿨럭!"

그럼에도 태연하게 떠들던 놈이 기침을 터트렸다.

다른 걸 넣어 둬서다.

놈에게 웬만한 독 따위는 씨알도 먹히지 않는다는 걸 알고 있으니까.

대신 3배 농축이라고 적힌 캡사이신에 매운 고춧가루를 더한 특제 소스를 담아 두었다.

"어떠냐? 입맛에 맞았으면 좋겠는데."

"어디서 장난 같은 짓을!"

파캉-!

"네 눈은 장난이 아닌 것 같은데?"

태영이 날아드는 단검을 막으며 히죽 웃었다.

놈의 눈은 시뻘겋게 충혈되어 있었다. 그럼에도, 아니 그 래서 더 이글이글 타오르는 눈으로 태영을 노려보고 있는 것이겠지만.

파직, 번쩍-!

그때 태영의 등 뒤에서 섬광이 폭발했다.

강렬한 빛을 발하는 스파클라 폭죽에서 긁어낸 화약으로 만든 DIY 섬광탄이다.

아니, 벽 전체에 발라 뒀으니 섬광 벽이라고 해야겠지만 어쨌든, 뒤로 날린 불화살에 화약이 일제히 발화하자 한순간 주위가 백색으로 물들일 정도의 섬광이 터져 나왔다.

정면에서 그 섬광을 받으면 버티지 못한다.

하물며 이미 특제 소스의 매운맛에 벌겋게 변해 버린 놈의 눈알에는 대미지×2!

역시나 놈이 고통스러운 얼굴로 황급히 뒤로 물러났다.

"트랩은 너만 쓸 수 있는 게 아니야."

태영은 바로 공세로 전환하며 놈을 추격했다.

아니, 추격하려 할 때였다.

돌연 계단을 채우고 있던 연기가 소용돌이를 일으키며 말려 올라갔다.

동시에 흩어지는 연기 사이로 확 펼쳐지는 망토.

'서, 설마 이 자식……'

"그리모어 변환! 대형 양손 도끼!"

태영이 한쪽 무릎을 꿇고 그리모어를 세우며 소리쳤다.

순간 빛에 휩싸인 그리모어의 칼날이 좌우로 벌어지며 거대한 도끼로 변했고.

콰콰콰콰ㅡ!

그 앞에서 폭풍이 밀어닥쳤다.

과거 태영은 이와 같은 장면을 목격한 적이 있었다.

넓게 펼쳐진 도끼날 위로 쇳소리를 내며 밀어닥치는 폭풍의 정체는 놈의 망토에 숨겨져 있던 백여 자루의 비도!

마스터급의 마력이 실린 칼날의 폭풍이었고, 그 위력은 그야말로 폭탄이었다.

콰쾅-!

칼날의 폭풍에 직격당한 벽이 통째로 터져 나갔다.

그리고 태영 역시, 방패처럼 넓은 도끼날 덕분에 직격은 피했지만, 미친 듯이 퍼부어지는 칼날의 폭격에 점차 밀리다가 뻥 뚫린 벽 밖으로 퉁겨져 날아갔다.

벽 밖은 10여 층 높이의 상공.

'빌어먹을! 밖으로 나와 버리면…… 아니, 그런 생각할 때가 아니다! 이대로 떨어지면…….'

태영은 허공에서 자세를 제어하며 몸을 돌렸다.

그 아래로 보이는 빌딩의 구멍에서는 자욱한 연기가 뿜어져 올라오고 있었다.

화악-!

그리고 그 연기 속에서 뻗어 올라오는 검은 인영!

"애들 장난은 끝이다!"

"그리모어!"

태영이 다시 검으로 변환시킨 그리모어를 추켜세웠다.

쾅–!

그 위로 떨어지는 두 줄기의 붉은 섬광!

옆의 건물에 기댄 채 기울어진 빌딩의 외벽에 내리꽂힌 태영은 경사를 따라 굴러떨어졌다.

그 뒤를 따라 놈도 벽면에 내려섰고.

쾌쾅–!

폭음을 울리며 태영에게 따라붙었다.

펑–! 펑–! 펑–!

놈이 일으키는 돌풍에 외벽에 붙은 유리창이 연이어 터져나가며 파편이 치솟았다.

그 앞에서도 무수한 유리 파편이 터져 올라왔다.

놈보다 빠르게 외벽을 긁으며 따라붙는 짧고 붉은 두 줄기의 검기가 만들어 내는 것이다.

"큭, 괴물 같은 자식! 저게 어딜 봐서 암살자냐고!"

태영이 검을 벽에 박아 넣으며 방향을 틀었다.

좌우로 스쳐 지나가는 붉은 검기.

"뭐든 넌 죽는다."

그 뒤에 곧바로 놈이 들이닥쳤다.

파캉! 촤촤촤촤!

검을 뽑아 막는 태영이 뒤로 밀리며 다시 경사를 따라 미끄러졌다.

놈이 유도 미사일처럼 따라붙었다.

카캉! 따다다당-! 퍼펑-!

좁아졌다가 벌어지고, 벌어졌다 다시 충돌하는 둘 사이에서 쉬지 않고 폭발이 일어났다.

그 뒤로 잘게 부서진 파편이 치솟아 오르고, 곧 피가 섞이기 시작했다.

-주인…….

머릿속으로 목소리가 흘러들어 오다 멈췄다.

그리모어도 아는 것이다.

뭔가 떠들 상황도, 또 대꾸할 상황도 아니다.

검술도 검술이지만, 결정적인 차이를 만들어 내는 것은 체술. 외벽을 타고 미끄러지는 상황이라 태영은 중심을 잡기도 힘들지만, 놈은 그런 것도 없었다.

되레 경사를 이용해 평지보다 뛰어난 기동력을 발휘하며 몰아붙이고 있었다.

'모르고 있던 건 아니지만…….'

그 때문에 놈의 기습을 받으면서도 곳곳을 뒤져 물건을 모아 빌딩 곳곳에 트랩을 만들어 두었다.

놈이 모르는, 현대의 지식을 활용한 DIY 트랩 시리즈를.

문제는 그걸 모두 빌딩 내부에 설치했다는 점이고, 태영이 빌딩의 외벽을 타고 미끄러지는 속도만큼 빠르게 멀어져 가고 있다는 것이다.

그리고 결국 쫓기듯 2층 높이까지 내려왔을 때!

'아직이다!'

"그리모어, 양손 도끼!"

위치를 확인한 태영이 번쩍 고개를 들어 올리며 소리쳤다.

그리고 양손 도끼로 바꾼 그리모어를 좌우로 회전시키며 외벽, 정확히는 2층 전체를 덮고 있는 유리 벽이 프레임을 내리찍었다.

콰쾅! 콰직, 콰콰콰콰!

들썩이던 프레임이 주저앉으며 넓은 유리 벽이 통째로 떨어져 내렸다.

당연히 태영은 그 전에 뛰어올랐다.

그러나 놈도 뛰어올랐고, 그대로 돌진해 왔다.

팡! 팡! 팡!

발아래에서 폭발하는 허공을 밟으며.

'에어워크! 그래, 이놈이라면 이미 그런 기술쯤은 익히고 있겠지. 그래서 밖으로 나온 걸 테고. 공중전이 돼도 자신이 있었을 테니까. 내가 진짜 소드 마스터가 아니라는 걸 알아냈으니 나를 얕잡아 보고 그런 것이겠지만⋯⋯.'

태영이 크게 숨을 들이켰다.

그리고 놈이 다시 허공을 밟으며 뛰어오르는 순간!

'그게 네 가장 큰 실수다!'

"크허어어엉-!"

태영의 입에서 대기를 진동시키며 뿜어져 나오는 '비스트 피어'!

바로 앞까지 다가오던 놈의 눈동자가 흔들렸다.

"큭! 이, 이건⋯⋯."

"늦었어."

태영이 놈을 내려다보며 씨익 웃었다.

'비스트 피어'는 순간적으로 적을 마비시키는 스킬.

그 시간은 불과 몇 초, 놈처럼 수준 높은 실력자라면 그마저도 줄어들어 거의 찰나에 불과하겠지만, 그것만으로도 충분했다.

콰직―!

발밑까지 퉁겨 올라오던 놈의 면상을 밟아 주기에는.

이에 놈은 그대로 낙하!

그야말로 내리꽂히듯이 깨져 나간 창 아래로 떨어졌고⋯⋯.

첨벙―!

빌딩의 1층, 넓은 홀 바닥에 고인 물웅덩이에 처박혔다.

빠져 죽을 정도로 깊은 물은 아니었다.

뭐 빠져 죽을 정도의 깊이라도 죽을 놈도 아닌지라, 바로 물 밖으로 머리를 내밀었지만.

"청영, 지금이다!"

삐이이이―!

아래쪽에서 울린 청영의 울음이 빠르게 빌딩을 가로지른 건 그때였다.

그리고…….

𖤘

콰쾅! 콰르르! 쿠쿵-!

곳곳에서 굉음이 터져 나왔다.

밖에서 울린 것이지만, 놈도 그게 뭔지는 바로 알아챘을 것이다.

아니, 되레 안에서 더 잘 보일 것이다.

곳곳에 뚫린 창과 문, 갈라진 틈 따위가 쏟아지는 시멘트 덩어리에 막혀 가는 모습이.

그게 태영이 준비한 마지막 트랩이었다.

그리고 그걸 발동시킨 건.

삐이-!

날개를 접으며 어깨에 내려앉는 청영이다.

앞서 청영을 빌딩 밖으로 내보냈던 이유가 그 때문이다.

빌딩 둘레에 설치해 둔 10여 개의 트랩을 가장 적절한 시기에, 가장 빨리 작동시킬 방법은 청영 외에는 없으니까.

그리고 주위를 둘러보던 놈이 눈이 다시 위로 향했을 때.

"움직이지 마라!"

태영이 아래로 팔을 뻗으며 소리쳤다.

팔목 주위에는 장전을 끝낸 10여 개의 불길이 타오르고 있었다.

"네가 목욕 중인 물이 평범한 물이 아니라는 것쯤은 이미 알고 있겠지?"

"……이계의 기름인가?"

"그렇겠지. 너는 바보라도 알 정도로 뻔한 유인책이었던 이 빌딩에 서슴없이 따라 들어올 정도로 호기심이 많은 녀석이니까."

태영의 말에 놈의 눈매가 가늘어졌다.

"유인책이었나?"

ㅡ바보인데.

"나는 네놈이 드디어 죽을 결심을 하고 여길 못자리로 삼기로 한 줄 알았지."

ㅡ응? 아닌가?

"뭐가 됐든, 마치 나를 잘 안다는 듯이 떠들어 대는 건 마음에 안 드는군."

ㅡ나도 그 점이 이해가 안 되는군. 주인은 어떻게 처음 본 저놈이 이 건물로 따라 들어오리라 확신하고 있던 거지?

양쪽에서 떠들어 대니 정신 사납다.

그리모어가 이렇게 떠들어 댈 수 있는 것도 이제 태영이 압도적으로 유리한 위치에 섰다고 판단해서겠지만, 뭐 사실이 그렇다.

태영이 자신만만한 웃음을 지어 보이며 대답했다.

"알지, 네가 상상하는 이상으로."

"호오, 그거참 궁금하군. 나도 모르는 놈이 어떻게 나에 대해 안다고 떠들어 대는지. 하지만 애석하게도 들을 기회는 없겠지. 나도 이유는 잘 모르겠지만, 대체로 목이 잘린 놈들은 말을 하지 못하거든."

"너도 시험 정도는 해 봤을 텐데? 이계의 기름이 어떤 건지. 그러니 알고 있을 거다. 그만한 양에 밀폐된 공간, 그 위에 작은 불씨라도 하나 떨어지면 어떤 사태가 벌어질지 정도는. 아무리 너라도 그 폭발에서 벗어날 수는 없어. 물론 나도 보고만 있지는 않을 거고."

"해보시지."

놈의 몸이 살짝 숙여졌다.

도약과 동시에 에어워크! 최단 거리 주파 후 검격! 어차피 이렇게 된 거 이판사판!

아마도 놈의 머릿속에서는 대강 이런 말들이 떠오르고 있을 것이다.

그러나 다음 순간.

첨벙-!

앞에서 치솟는 물보라에 놈의 눈동자가 흔들렸다.

"뭐 하자는 거냐?"

"내가 묻고 싶었던 말이다."

놈의 앞으로 뛰어내린 태영이 되물었다.

"네 타깃은 그라디오스 후작 아니었나? 그런데 왜 나를 노리는 거지? 혹시 타깃을 나로 바꾸라는 의뢰라도 받은 건가?"

"이미 대답한 거로 알고 있는데, 취미라고."

"다행이군. 협상의 여지가 없지는 않다는 말이니까."

"협상?"

"그래, 나는 너와 계약 관계가 되고 싶다."

이어지는 태영의 말에 복면 사이로 드러난 놈의 미간에 주름이 잡혔다.

눈은 의도를 파악하려는 듯 태영의 얼굴을 훑어내리고 있었다.

이에 태영이 벙긋 웃어 주자 놈의 미간에 잡혀 있던 주름의 깊이가 한층 깊어졌다.

"그런 말은 저 위에 있을 때 해야 하는 거 아닌가?"

"거기서 말했으면 들어줬을 건가?"

"물론 아니지."

"그래서 내려온 거다. 계약은 대등한 관계에서 해야 하는 거니까."

"그게 내가 받아들여야 한다는 의미는 아니지. 만약 네 행동이 선의를 베푸는 것이라고 착각하고 있다면……."

"네가 원하는 것을 줄 수 있다면?"

태영의 말에 그가 살짝 고개를 갸웃거리며 그리모어를 바라보았다.

"그 검이라도 주겠다는 건가?"

"그건 곤란해. 이 검은 내가 목숨을 걸고 손에 넣은 거고, 지금은 이 검에 목숨을 맡기고 있으니까. 이 검과 나는 한 몸이다."

─음…….

그리모어에서 뭐라 표현하기 어려운 느낌의 침음성이 흘러나왔다.

그러나 당연히, 놈은 신경 쓰지 않았다.

"내게는 달라질 것도 없지."

짧게 대답한 놈의 몸 주위로 물결이 일었다.

조금씩 거리를 좁혀 오는 것이다.

"투명한 열매."

그러나 이어지는 태영의 말에 움찔하며 멈춰 섰다.

놈의 눈이 심하게 요동치고 있었다.

놈을 만난 이후로 가장 크게. 불과 10여 센티미터밖에 되지 않는 복면의 틈 사이로 봐도 알 수 있을 정도로.

예상하던 반응이다.

"그걸 네가 어떻게 알고 있는 거지?"

"거기까지는 말해 줄 수 없고. 필요하지, 투명한 열매?"

"네게 있다는 말인가?"

"그건 아니지만, 어떻게 구할 수 있는지는 알고 있지."

"말해라."

놈의 목소리가 공격적으로 변했다.

실제로 좀 전과는 비교도 할 수 없는 살기가 비수처럼 날아와 박히는 느낌이었다.

그러나 태영은 피식 웃으며 고개를 저었다.

"그건 곤란하지."

"내가 지금 너와 흥정을 하는 것처럼 보이나?"

"넌 아니라도 난 흥정 중이야. 그리고 어차피 지금은 말해 줘도 구하지 못해. 1년 뒤에나 구할 수 있겠지."

"1년 뒤……."

"너라면 그게 무슨 의미인지 알고 있겠지? 내가 거짓말을 하는 게 아니라는 것도. 뭐, 애초에 지금 같은 상황에서 투명한 열매라는 말이 대충 둘러대듯이 나올 수 있는 것도 아니지. 어때? 이 정도면 충분히 증명됐다고 생각하는데. 내가 너에 대해 꽤 잘 알고 있는 사람이라고 했던 말에 대해서."

"너, 대체 정체가 뭐냐?"

"너는 내가 그렇게 물으면 술술 털어놔 줄 건가? 시간 낭비하지 말자고. 지금 우리가 해야 할 얘기는 그게 아니잖아?"

"뭐?"

"자, 다시 계약 얘기로 돌아가지."

태영이 빙긋 웃었다.

"내 조건은 이렇다. 넌 이 시점부터 취미 활동을 그만두고 나와 계약 관계가 된다. 기한은 1년, 최종 보수는 투명한 열매에 대한 정보다. 간단하지?"

"1년 동안 네 개가 되라는 말이냐?"

"할래? 개? 나야 좋지."

"죽고 싶냐?"

두 자루의 칼날이 수면 위로 천천히 올라왔다.

"그런 말이 듣고 싶던 게 아니라면 너도 말을 가려서 해라. 말했을 텐데, 나는 어디까지나 대등한 관계에서 계약하고 싶은 거라고. 내 의뢰를 무조건 받아들여야 한다면 대등한 관계라고는 할 수 없지. 그 의뢰를 받아들일지 말지는 네 자유다."

칼날이 다시 내려갔다.

"내가 모든 의뢰를 거절한다면?"

"그래서야 계약 관계도 아니지. 흠, 그래. 다섯 가지로 하지. 최소 다섯 가지의 의뢰는 받아들여야 한다는 조건 이다."

"그래도 그리 득이라는 생각은 들지 않는군."

"투명한 열매의 정보는 1년간 계약을 유지하는 데에 대한 보수다. 의뢰의 보수는 별도야. 필수 조건인 다섯 개는 물론 그 외에도, 네가 보수를 들어 보고 판단하면 돼."

"난 꽤 비쌀 텐데?"

"그걸 감수할 정도로 실력이 좋은 암살자이기도 하지. 그리고 괜찮아. 어차피 돈을 낼 생각은 없으니까."

"정말 죽고 싶은 모양이군."

사라졌던 칼날이 다시 수면 위로 슬금슬금 올라왔다.

그러나 태영은 아랑곳하지 않고 대답했다.

"그러고 싶지 않을 텐데?"

"웃기는군. 네가 어떻게 투명한 열매에 대해 알고 있는지는 모르겠지만, 고작 그런 거로……."

"내 말을 좀 오해한 모양이군. 난 돈을 낼 생각이 없다고 했을 뿐, 보수를 줄 생각이 없다고 한 적은 없는데?"

"말장난하자는 거냐? 그럼 돈 대신 뭘 주겠다는 거지?"

"정보다."

태영이 씨익 웃으며 대답했다.

"강요하는 건 아니다. 의뢰의 보수를 돈으로 받을지, 정보로 받을지는 네 자유다. 하지만 장담하지. 넌 틀림없이 정보를 선택할 거다."

"대체 무슨 정보를 말하는 거지?"

"어이, 이제 막 개업한 암살자처럼 굴지 말라고. 그런 질문은 내 의뢰를 마치고 난 다음에 해야 하는 게 당연하지 않나?"

그, 미스트는 묵묵히 태영을 바라보았다.

관심이 없어서가 아니다.

되레 그 반대다. 미친 듯이 요동치는 눈빛이 그 증거다.

"궁금하지 않나? 너에 대해서 뭔가 알고 있는 것 같은 사람이, 이렇게 자신만만하게 네가 돈보다 우선해서 선택할 거라고 말하는 정보가 어떤 건지. 그걸 확인해 보는 방법도 말해 줬으니 이제 들을 차례군. 자, 어쩌겠나?"

미스트는 한동안 말이 없었다.

그러나 태영은 이미 어떤 대답이 나올지 알고 있었다.

태영이 아는 놈이라면…….

"의뢰 내용은?"

절대 거부하지 못한다.

그만큼 투명한 열매가 절실하기도 하지만, 그게 아니라도.

태영이 그가 빌딩에 따라 들어오리라 확신했던 것도 그 때문이다.

미스트는 한번 궁금증이 생기면 상식으로는 이해하기 힘들 정도로 집착하는 녀석이다.

물론 태영은 그보다는 좀 더 물질적인, 현물과 돈에 더 집착하는 인간이고.

그게 거래가 성립될 수 있는 이유다.

서로 원하는 게 다르니까.

미스트의 병적인 호기심은 궁금증을 해결하기 위해서라면 죽음조차 받아들일 정도다.

짐작이 아니다.

과거 실제로 일어났던 일이다.

'그리고…… 아니, 그때 일을 생각할 필요는 없어. 이번에는 아니니까. 그래, 이번에는. 저 녀석과 관련된 일만이 아니라, 내가 경험했던 모든 불쾌한 경험을 다시 반복하지 않는다!'

생각을 떨어낸 태영이 다시 만면에 웃음을 지으며 말했다.

"그럼 첫 번째 의뢰 내용을 말해 주지. 네가 할 수 있을지는 모르겠지만."

"정말 나에 대해 아는 게 맞나?"

"알지, 네가 바로 전의 의뢰에 실패했다는 것도."

"내 인내심을 시험하지 마라."

"쉽지 않은 의뢰가 될 테니 하는 말이다. 그라디오스 후작의 암살을 의뢰한 자에 대한 거니까."

미스트의 눈에 불쾌감이 번졌다.

"의뢰주를 밝히지 않는 건 이 세계의 불문율이다."

"그건 이미 알고 있어."

"뭐?"

"왜 놀라는 척이야? 알고 있잖아, 그 암살이 성공했다면 배후가 누군지 모를 사람은 없다는 걸. 그게 이번 암살 미수 사건 자체가 없던 일이 될 수밖에 없는 이유라는 것도. 그래서 한가하게 취미 활동이나 하고 있던 거 아니었어?"

"흠……."

잠시 생각하던 미스트가 슬쩍 시선을 올리며 말했다.

"그건 내가 대답할 수 있는 것이 아니다. 혹시라도 그 전

의뢰주의 암살 의뢰라면 그 역시, 내 능력 밖의 일이다."

"그렇겠지."

미스트가 아닌 누구라도.

적어도 지금의 중앙 대륙에서 그를 암살할 수 있는 자는 존재하지 않는다.

"내가 원하는 건 그들의 동향이야. 어디서 뭘 하는지, 또 뭘 하려고 하는지. 그 정도는 충분히 할 수 있는 일이라고 생각하는데?"

"깊이가 문제겠지."

"당장은 표면적인 것만이라도 좋아. 나도 네게 무리하게 위험을 감수하게 할 생각은 없어. 아직 계약 기간이 1년이나 남아 있으니까."

"500골드다."

"좀 과한 것 같지만 어차피 돈을 낼 일은 없을 테니 넘어가지."

"너무 장담하지 않는 게 좋을 거다. 돈이라면 나도 꽤 좋아하니까. 1쿠퍼라도 모자라면 네 목으로 대신 치르게 될 거다."

"그건 내가 걱정할 문제고."

"보고는?"

"혹시 '낮의 전사 밤의 왕'이라는 주점을 아나?"

"남부 경계 지역의 영지에 있는 주점을 말하는 거라면."

"거기로 하지. 아마도 네가 돌아올 때쯤에는 그곳에 있게 될 테니까."

가벼운 목소리로 대답한 태영이 사교적인 웃음을 지으며 물었다.

"자, 그럼 얘기는 끝났고. 이제 담소라도 나눠 볼까?"

"까불지 마라."

미스트가 날카로운 목소리로 대답하며 몸을 날렸다.

팡! 팡! 팡!

그리고 허공을 밟으며 부서진 대형 창문 밖으로 사라졌다.

태영도 그냥 한번 해 본 말이다.

－하! 귀신 같은 놈이로군.

그 귀신 같은 놈 탓에 꼬박 사흘을 뜬 눈으로 지내야 했으니까.

그러나 태영은 미스트 같은 재주는 없는지라 일단 수면 위로 나와 있는 부서진 계단으로 걸어가 걸터앉았다.

"후－!"

한숨과 함께 눌러 왔던 피로가 한꺼번에 몰려들었다.

그러나 불만스러운 느낌은 없다.

되레 한숨을 불어 내는 입에서 비실비실 웃음이 새 나왔다.

'뭐 아직은 아군이라고 말하기는 힘들겠지만.'

곧 그렇게 될 것이다.

-그런데 대체 투명한 열매라는 게 뭐지? 아까 그놈이 그렇게 까지 반응하는 걸 보면 뭔가 대단한 것 같기는 한데, 나도 그런 이름은 들어 본 적이 없어.

"나도 자세히는 몰라."

-무슨…… 그럼 거짓말이었다는 말인가?

그건 아니다.

태영은 분명 그걸 언제, 어디서 얻을 수 있는지 알고 있다.

그리고 거기에 하나 더 추가하자면 태영에게는 아무짝에도 쓸모가 없는 것이라는 정도다.

그럼에도 그에 대해 알고 있는 건 미스트 때문이다.

본래 미스트는 대부분의 회귀에서 적, 다시 떠올리지도 끔찍할 정도로 여러 번 녀석의 손에 죽어 나간 경험이 있었다.

이에 태영은 대응할 방법을 찾기 시작했고, 그 결과 알아낸 게 바로 투명한 열매다.

그리고 그건, 둘의 관계를 극적으로 바꿔 놓았다.

그때까지 실패율 0%라는 전설적인 실적을 쌓아 가던 미스트가 스스로 의뢰를 포기할 정도로.

당시 의뢰주와 적대 관계가 될 위험까지 감수하며 말이다.

여기서 중요한 점은 모두 동일인이라는 것이다.

과거 매번 미스트에 태영의 암살을 의뢰했던 자, 얼마 전의 그라디오스 후작 암살을 획책한 배후, 그리고 태영이 수

많은 회귀를 하면서도 결코 한편이 될 수 없었다던 놈까지.

모두 같은 놈이다.

'지금까지는 항상 놈에게 선수를 빼앗겼지만, 이번에는 다르고 앞으로도 다를 거다.'

그리고 이미 달라졌다.

놈이 다루던 최강의 패 중 하나인 미스트를 이번에는 태영이 다루게 되었으니까.

- 궁금한 건 많지만, 일단 접어 두지. 그보다 빨리 여기서 나가는 게 좋지 않겠나? 여기 있는 게 모두 다 이계의 기름이라며?

"내가 이만한 휘발유가 어디 있어? 그동안 모았던 거 다 후작에게 주고 왔는데."

- 뭐? 그럼 그것도 거짓말이었다는 말이냐?

그건 구라 맞다.

어제 창고에서 구한 휘발유를 들이부어 냄새만 나게 한 것이다.

그게 얼른 뛰어내렸던 이유다.

"미스트 녀석이 눈치채 버리면 계약이고 나발이고……."

"어이, 너!"

그때 위에서 고함이 들려왔다.

이에 화들짝 놀라 시선을 들어 보니 미스트가 내려다보고 있었다.

그제야 태영은 잠시 잊고 있던 기억이 떠올랐다.

미스트는…….

"네 어깨에 그 매, 한번 쓰다듬어 보고 가면 안 되겠냐?"

동물 애호가다.

화산 속 깊은 곳

화창한 오후.

활짝 열린 창가에 한 남자가 서 있었다.

조각상 같은 청년이다.

코트 형태의 정복(正服)에 한 올의 흐트러짐도 없는 머리도 그렇지만, 무엇보다 그 얼굴이.

단순히 아름답다거나 멋지다는 말로는 표현하기 힘든 얼굴이었다.

남자라도, 여자라도, 심지어 외모에 관심이 없는 사람이라도 부러워할 성별을 초월한 유려함.

그는 눈을 감은 채 햇볕을 쬐고 있었다.

꽤 한가로운 풍경이지만, 그의 그림자가 길게 늘어져 있는 실내의 분위기는 전혀 달랐다.

"멍청한 놈이……!"

씹어뱉는 듯한 거친 목소리.

대리석으로 이루어진 넓은 실내의 중앙에 놓인 원탁에 둘러앉은 사람 중 하나, 회색에 가까운 백발노인의 입에서 나온 목소리였다.

그 앞의 중년인이 사색이 된 얼굴로 고개를 숙였다.

"죄, 죄송합니다."

"죄송하다? 아무래도 경은 나를 꽤 만만한 사람으로 보고 있거나, 등신이라고 생각하는 모양이군."

"그, 그럴 리가 있겠습니까?"

"그런데 지금 그 자리에 앉아서 그따위 말을 내뱉는 건가? 그따위 말 한마디로 넘어갈 수 있는 일이라고 생각하나?"

"저도 설마 일이 이렇게 될 줄은……."

"그런 걸 무능력이라고 하지."

노인이 중년인의 말을 자르며 날 선 눈으로 쏘아보았다.

"그건 부끄러워해야 할 것이지만, 죄는 아니지. 하지만 제 무능함도 모르고 분수에 넘는 일을 맡아 실패하는 건 죄다. 그리고 죄는 마땅히 그만한 대가를 치러야 하는 법이지."

"그, 그래도 뒤처리는 해 놨습니다. 직접 참가했던 놈들은 실패 직후에 모두 자결했고, 조금이라도 관련된 자들도 모두 찾아 처리해 두었습니다."

"모두?"

노인의 얼굴에 웃음이 번졌다.

"네놈은 정말 나를 등신이라고 생각하는 모양이군."

"아, 아니, 한 놈은 살아 있지만……."

"중요한 건 그게 아니지. 몇 놈이 살아 있든, 몇 놈이 잡혔든, 그런 건 아무 의미도 없다. 나는 그런 것 따위는 무시해도 될 만한 힘을 가지고 있으니까. 지금 네놈에 대해 말하는 것이다. 그런 나를 몹시 불쾌하게 만든 네놈을……."

"그만하시죠."

그때 다른 목소리가 끼어들었다.

노인이 움찔하며 말을 멈추고 시선을 돌렸다.

목소리가 들려온, 창가에 서 있던 청년이 몸을 돌려 원탁으로 다가오며 말을 이었다.

"이번 실패의 책임은 제게도 있습니다. 일을 맡고 전체적인 계획을 세운 건 울란 경이지만, 가장 중요한 역할을 맡긴 자를 소개한 사람은 저이니 말입니다."

"그거야……."

"책임을 따지자면 끝이 없다는 말씀을 드리는 겁니다. 죄를 따지는 것도. 보십시오. 울란 경도 이미 책임을 통감하고 있지 않지 않습니까?"

청년이 그, 울란이라고 불린 중년인의 어깨에 손을 올려놓았다.

울란이 움찔하며 고개를 돌렸다.

청년은 그 얼굴을 마주 보며 화려한 미소를 떠올렸다.

"실패도 경험입니다. 좀 더 나은 사람이 되게 만들어 주죠. 거기에 너그러운 용서가 더해진다면 충성심까지 한층 깊어지겠죠. 무슨 짓이라도 할 수 있을 정도로. 그렇지 않습니까, 울란 경?"

"네? 네, 그렇습니다!"

"어떻습니까?"

청년이 눈이 다시 노인에게 향했다.

잠시 못마땅한 눈으로 울란을 바라보던 노인이 할 수 없다는 듯이 끄덕였다.

"좋네, 자네가 그렇게 말한다면 넘어가도록 하지."

"감사합니다."

"됐네. 그보다 그럼 놈은 어떻게 하는 게 좋겠나? 의뢰를 실패한 주제에 뻔뻔스럽게 살아서 도망갔다는 놈 말이네."

"어쩌고 말고 할 것도 없습니다. 병사를 푼다고 잡을 수 있는 자가 아니니까요. 그렇다고 현상금을 내걸 수도 없지 않습니까?"

"못할 것도 없지. 대놓고 할 수는 없겠지만. 어차피 소속도 없는 놈이라고 하지 않았나?"

"그럼에도 그쪽 세계에서는 최고로 꼽히는 실력자입니다. 굳이 적으로 돌려서 이득이 될 일은 없겠지요."

"하! 그렇게 대단한 놈이 차려 놓은 밥조차 먹지 못했다는 건가?"

"바로 그 부분입니다."

청년이 고개를 끄덕이며 말했다.

"저는 이번 일에 준비가 부족했다고 생각하지 않습니다. 울란 경의 배후 공작은 훌륭했고, 결행 당시의 계획이나 인선도 나쁘지 않았습니다. 실패할 요소는 전혀 없었죠. 그럼에도 실패했습니다. 이유가 뭐라고 생각하십니까?"

"말해 보게."

"계획에 없던 자가 끼어들었기 때문입니다."

"누구를 말하는 건가?"

"저도 아직 정확히는 파악하지 못했습니다. 그리고 그게 이번 일에서 가장 거슬리는 부분이죠. 그때 그 장소에 있었다는 건 적어도 그라디오스 후작과 밀접한 관련이 있는 자라는 말입니다. 그것도 그, 미스트라는 암살자를 막아 낼 수 있는 수준의 힘을 가진. 그런 자를 우리는 전혀 모르고 있었다는 겁니다."

"확실히 거슬리기는 하는군. 알아볼 필요가 있겠어."

노인이 청년을 바라보았다.

"그건 울란 경에게 맡기도록 하죠."

청년이 손을 올린 울란의 어깨를 탁탁 쳤다.

그리고 옆으로 돌아가 고개를 돌리는 울란의 눈을 마주 보며 말을 이었다.

"질책한 뒤에는 용서, 그다음에는 다시 기회를 주는 게 순서 아니겠습니까? 그리고 울란 경은 저나 공작님을 두 번이나 실망하게 만드는 실수는 하지 않을 겁니다. 그렇죠?"

청년의 검은 눈동자 속에서 옅은 붉은색이 어른거렸다.

창백한 얼굴로 그 눈을 바라보던 울란은 마른침을 꿀꺽 삼키고 고개를 숙였다.

"최선을 다하겠습니다."

"기대하죠."

청년이 빙긋 웃자 눈동자에 감돌던 붉은 빛이 흩어졌다.

시종일관 못마땅한 눈길로 울란을 바라보던 노인이 혼잣말처럼 중얼거렸다.

"나도 고작 그런 일로 자네를 번거롭게 할 생각은 아니었네만……."

"일에 경중이 있겠습니까? 사실 저도 직접 알아보고 싶은 마음이 없는 건 아닙니다. 하지만 조금 서둘러야 할 것 같아서 말입니다."

"뭘 말인가?"

"남부 지방의 일 말입니다."

"남부…… 설마 직접 나서겠다는 건가? 자네가…… 흠…… 조금 지지부진한 느낌이 있기는 하지만 자네가 그곳에 얼굴을 내밀면 일이 좀 복잡해질 수도 있을 텐데…… 혹시 그라디오스 후작의 개입을 걱정하는 건가?"

"당장 그럴 일은 없다고 생각하지만, 길어지면 모를 일이죠. 또 어차피 늦든 빠르든 가야 할 곳이니 일정을 조금 앞당기는 게 좋을 것 같습니다. 마침 시험해 보고 싶은 것도 있고 말입니다."

"시험해 보고 싶은 거라니?"

"그렇지 않아도 모두 모이셨을 때 선보여 드리려고 준비해 놨습니다. 더하실 얘기가 없으면 시작할까 하는데, 어떠십니까?"

서로 눈길을 교환하던 사람들의 시선이 노인에게 향했다.

노인이 고개를 끄덕였다.

"따라오십시오."

청년이 빙긋 웃으며 몸을 돌렸다.

그리고 잠시 후, 저택의 후원에 들어섰을 때였다.

크르르르.

안쪽에서 낮은 울음이 흘러나왔다.

두꺼운 쇠사슬에 칭칭 묶여 있는 거대한 몬스터가 송곳니를 드러내며 흘리는 울음이다.

청년이 움찔하며 멈춰 서는 사람들을 돌아보며 말했다.

"불카누스입니다. 난폭한 데다 꽤 단단하기까지 해서 숙련된 병사들도 토벌에 애를 먹는 몬스터죠."

"알고 있네. 하지만 선보이겠다는 게 저 녀석을 말하는 건 아니겠지?"

"물론이죠."

청년이 몬스터의 앞, 10여 미터 거리에 놓인 탁자로 걸어 갔다. 그리고 쇠로 만들어진 물건을 집어 들었다.

"보여 드릴 건 이겁니다."

"그건⋯⋯."

"얼마 전 대륙 곳곳에 출몰한 이계 문명의 사람들이 사용 하는 무기입니다."

청년이 집어 든 쇠로 된 물체는 바로 기관총이었다.

"이렇게 사용하는 거죠."

철컥, 투투투투−!

그리고 익숙한 동작으로 장전을 하고 발사!

청년이 다시 총을 내려놓고 돌아보자 노인이 인상을 찌푸 리며 중얼거렸다.

"크⋯⋯ 대강 보고를 받기는 했지만, 정말 고막이 떨어져 나갈 것 같군. 대포와 맞먹는 소음이 아닌가?"

"원리는 비슷합니다. 금속의 재질이 우리가 사용하는 것과 다르고, 정밀도는 흉내도 내기 힘든 수준이기는 합니다만."

"그래 봤자 겨우 쇳조각을 날리는 기계 아닌가? 일반 시민 이라면 모를까, 숙련된 전사에게는 큰 효과를 기대하기 힘들 겠지. 저놈도 그렇고."

"그렇죠."

청년이 불카누스를 돌아보며 끄덕였다.

불과 10여 미터 거리에서 기관총을 난사 당했음에도 놈은 상처 하나 보이지 않았다.

"그래도 아무나 사용하는 무기는 아닌 모양입니다. 특별한 전사들만 사용하는 것 같더군요. 하지만 그들이 사용할 때도 방금 보여 드린 정도의 화력밖에 발휘하지 못했습니다. 오크 정도라면 어찌어찌 상대할 수 있겠지만, 불카누스 같은 중급 이상의 몬스터에는 통하지 않죠. 우리 쪽 병사가 사용할 때도 마찬가지였습니다."

"그런데?"

"그건 그들이 제대로 된 사용법을 모르기 때문입니다."

"모르다니? 방금……."

노인의 말에 청년이 다시 몸을 돌렸다.

투투투투!

그리고 익숙한 동작으로 탄창을 바꿔 끼우고 다시 기관총을 난사했을 때였다.

좀 전과는 전혀 다른 장면이 연출되었다.

크악! 크와아아아—!

괴성을 터뜨리며 몸부림치는 불카누스.

놈의 몸이 찢어져 나가고 있었다.

가죽이, 살이, 쉴 새 없이 찢어지며 피가 튀었고, 이내 미친 듯이 흔들어 대던 머리가 터져 나가며 축 늘어졌다.

"이, 이럴 수가……."

"이게 제대로 된 사용법이죠."

청년이 놀란 눈으로 바라보는 사람들을 향해 몸을 돌리며 말했다.

"누구라도 이런 위력을 발휘할 수 있다는 말인가?"

"아쉽게도 그건 아닙니다. 요령이 좀 필요하죠. 하지만 하급 기사 수준만 돼도 약간의 훈련만으로 이만한 위력을 발휘할 수 있습니다."

"하급 기사가……."

노인이 복잡한 눈빛으로 넝마로 변한 몬스터의 사체를 바라볼 때였다.

"상상만 해도 즐거워지지 않습니까?"

청년이 해맑게 웃으며 후원 안쪽을 가리켰다.

"저들을 전장에 풀어놨을 때 벌어질 일이."

그곳에는 수백의 병사가 대열을 갖추고 늘어서 있었다.

모두 허리에는 검을, 손에는 창을, 어깨에는 기관총을 둘러맨 병사들이었다.

"말씀드렸듯이 그라디오스 후작의 일은 사소한 것에 불과합니다. 적어도 지금은, 이제부터 한 번도 경험해 보지 못한 역사가 시작될 테니까요. 우리가 원하는 역사가 말입니다."

"그래, 그렇겠군."

옅은 웃음을 떠올리는 노인은 베네딕 폰 왈드 공작.

중앙 대륙의 대부분을 차지하고 있는 아르키네아 제국이 재상이자 귀족파의 수장이었다.

그리고 청년은…….

－주인.

"잠시만. 잠시만 조용히 해."

태영이 낮은 목소리로 말하며 그리모어를 들어 올렸다.

검날이 푸른 오러에 휩싸였다.

처음에는 평소와 다름없었다. 그러나 갑자기 반 정도로 확 줄어들었다. 그리고 그 뒤로도 검날에 일렁이는 오러는 꾸준히 줄어들었다.

정확히는 줄이는 것이다.

가스레인지의 불 조절을 하듯이, 그리모어로 흡수되는 마력의 양을 조절하며.

물론 실제로는 그렇게 간단한 일이 아니다.

태영의 몸에는 가스레인지처럼 편리한 다이얼 따위는 붙어 있지 않으니까.

오직 감각에 의존하는 수밖에 없다.

'집중해라!'

태영은 인내심을 가지고 천천히 줄여 나갔다.

주위를 환하게 밝힐 정도의 빛이 자세히 보지 않으면 느끼지 못할 정도가 될 때까지.

'일단 여기까지는 됐어. 이제 남은 건…….'

태영의 눈이 아래로 향했다.

콕! 콕! 콕!

그 시선을 따라 연속적으로 내리꽂히는 검!

순식간에 수십 번의 찌르기를 날린 태영은 잠시 긴장한 눈으로 바닥을 바라보았고, 이내 얼굴에 환한 웃음이 번졌다.

"성공이다! 봐! 드디어 성공했어!"

-하아…….

"뭐야, 그 반응은? 사람 맥빠지게."

-아니, 뭐 새삼 주인이 참 다재다능하다는 생각이 들었을 뿐이다. 그 덕에 나도 주인이 말했던 것처럼 꾸준히 단순한 무기 이상의 가능성을 발견해 나가는 중이고. 이쯤 되면 나도 내 무한한 가능성에 탐구심이 생기는군. 곡괭이와 바늘 다음은 또 어떤 활용법이 있을지.

"정확히는 펀칭이지."

태영이 히죽 웃으며 가죽을 들어 올렸다.

일정한 간격으로 구멍이 뚫린 헬 스네이크의 가죽이었다.

그게 소드 오러를 극한까지 줄여야 했던 이유다.

평소처럼 활활 타오르듯이 솟구치는 오러로 찍어 버리면 찢어져 버릴 테니까.

미스트가 휘둘러 대던 붉은 오러에 찢어질 때처럼 말이다.

'망할 놈, 불과 며칠 전에 1천 골드나 들여서 만든 건데…….'

뭐 그 1천 골드나 되는 갑옷이 찢어진 덕에 그나마 태영의 몸이 덜 찢어진 것이기는 하지만, 슬프게도 태영은 재벌이 아니다.

당연히 다시 1천 골드짜리 갑옷을 맞출 능력도, 그럴 생각도 없었다.

그렇다고 너덜대는 갑옷을 입고 다닐 수도 없으니 방법은 하나.

"아무리 너라도 이런 역할까지는 무리지 않겠냐?"

-그렇게까지 딱 잘라 말하다니, 너무하는군. 은근히 기대하고 있었는데 말이지.

"그럼 네 몸에도 실을 꿸 구멍을 뚫어야 할 텐데 괜찮겠어?"

-그건 싫군.

"그럼 그냥 보고 있어."

태영이 직접 바늘에 실로 꿰매 입는 수밖에 없다.

그리모어로 여분의 가죽을 자르고 미리 구멍을 뚫어 놓은 이유가 그래서다.

헬 스네이크의 가죽은 웬만한 검으로도 찢기 힘든 가죽, 하물며 바늘로는 어림도 없으니까.

이에 뚫어 놓은 구멍을 한 땀 한 땀 바느질을 해 나가는 태영을 묵묵히 지켜보던 그리모어가 문득 생각난 목소리로 물었다.

─그러고 보니 지금까지는 생각해 본 적이 없군. 뭐, 그동안은 이런 걸 직접 수선할 정도로 검소한 주인이 없어서 그런 것도 있지만, 이런 갑옷은 전사의 검격에도 쉽게 뚫리지 않잖아. 그럼 발트하츠의 그 영감은 대체 어떻게 갑옷을 만든 거지?

"뻔하잖아. 오러지."

─뭐?

"그 영감, 마스터야."

그게 헬 스네이크의 가죽을 제대로 다룰 수 있는 장인이 대륙에 둘밖에 없는 이유다.

오러를 사용하는 장인이 많을 리가 없으니까.

─직접 오러를 사용한다고? 그럼 주인보다 강하다는 말인가, 그 영감이?

그런 의미는 아니다.

간단하게 오러라고 말했지만, 전사가 사용하는 오러와는 전혀 다른 것이다.

그러나 쉽지 않다는 점은 같다고 할 수 있었다.

해 봐서 안다.

한때 죽어 나가는 데 지쳐 차라리 그쪽으로 방향을 틀면 늙어 죽을 수 있지 않을까 기대하며.

그래도 결국 결말은 달라지지 않았지만.

-흠, 그 미스트라는 암살자도 그렇고, 대체 언제부터 소드 오러가 그렇게 아무나 쓸 수 있는 게 됐는지 모르겠군.

"쓰기 힘들어. 나도 아직 제대로 못 쓰잖아. 그리고 네 가치는 그저 오러 소드만이 아니니 걱정하지 않아도 돼. 이렇게 너도 몰랐던 가능성을 꾸준히 찾아 주고 있잖아. 어때? 이번에는 주인을 꽤 잘 만났다는 생각이 들지 않아?"

-그런 말을 하는 건 아니다만…… 뭐 나쁘지는 않지. 애초에 내가 주인을 따라나선 것도 재미있을 것 같아서고, 나름대로 만족하고 있으니까. 그래서 묻는 말인데, 지금 대체 어디로 가고 있는 거냐?

"응? 내가 말 안 했나?"

그리모어의 말에 태영이 되물었을 때였다.

삐이-!

숲 저편에서 청영의 울음이 들려왔다.

이에 고개를 돌린 태영이 히죽 웃으며 중얼거렸다.

"다 왔어."

빠르게 다가오는 청영의 뒤로 보이는 산 위로 시커먼 연기가 뿜어져 올라오고 있었다.

태영의 다음 목적지였다.

따각, 따각.

일정한 리듬으로 울리는 말발굽 소리.

흑영이 쩍쩍 균열이 번진 아스팔트를 천천히 걸어가고 있었다.

그 앞에 보이는 웅장한 규모의 산.

삐이. 삐이.

좀 전에 돌아온 청영의 뒤로 보이던 연기는 그 산에서 뿜어져 올라오는 것이었다.

―여기는…….

"화산이지."

―그걸 묻는 게 아니다. 분명 발트하츠에서 나올 때는 어딘가의 영지로 가겠다고 하지 않았나? 아무리 봐도 마을 같은 게 있을 만한 곳은 아닌 것 같은데.

"잠시 들른 거야."

―왜?

"이 근방까지 와서야 미리 챙겨 놔야 할 게 떠오른 것도 있지만……."

정확히는 새삼 마음이 급해져서였다.

물론 태영은 지금까지도 느긋하게 지낸 적은 없었다.

그러나 조금 느슨해졌던 건 사실이다.

일단 마경의 숲에서부터 목표로 삼았던 그라디오스 후작 암살 사건을 성공적으로 저지했다는 부분이 크다.

그리고 정보 길드를 통해 확인한 다른 지역의 상황도 아직은 뭔가 다급하게 돌아가는 느낌은 아닌지라 시간 적으로 여유가 생겼다고 생각하게 되었다.

그러나 미스트와 싸워 보고 절감했다.

'아직 멀었어.'

본래 태영이 미스트와 만났던 시점은 빨라도 1년 뒤.

그때도 미스트는 항상 태영보다 위였다.

그러나 지금의 태영은 과거 회귀 1년 차 때보다도 강하다.

그래도 미스트보다 위일 거로 생각하지는 않았지만, 적어도 접전을 펼칠 정도는 된다고 생각하고 있었다.

실제로 발트하츠에서는 살짝 그런 느낌이었고 말이다.

그러나 착각이었다.

재료비 빼고도 1천 골드나 되는 갑옷이 누더기가 돼 버린 이유다.

'뭐 그건 되레 다행이라고 해야겠지. 만약 그 싸움이 몇 분만 더 이어졌다면 내 몸을 꿰매는 신세가 됐을 테니까. 목이 날아갔으면 그조차 못했을 테고. 뭣보다 가장 다행스러운 일이라고 할 만한 건…….'

이제라도 알게 됐다는 것이다.

지금 부족한 게 뭔지, 또 당장 뭘 해야 하는지도.

ㅡ뭔가 복잡한 모양이군.

"복잡할 건 없어. 필요한 게 뭔지 명확하다면, 해야 할 일도 명확해지니까."

그래서 이곳을 먼저 찾은 것이다.

'지금 내게 부족한 걸 채우기에 여기만큼 적당한 장소는 없어. 또 이전과는 상황이 달라졌으니 다른 사람에게 먼저 찾아내지 않으리라는 보장도 없고. 그러니 아직 시간 여유가 있다면 이곳을 먼저 들르는 게 좋다는 생각도 틀리지 않았다고 생각하지만…….'

신경 쓰이는 건 다른 쪽이다.

그 앞으로 보이는 화산은 단라이라.

이계의 중앙 대륙 남부에 자리 잡은 화산이다.

그러나 그 화산도 다른 지역처럼 본래의 형태와는 많이 달라진 모습이었다.

본래 이계에서도 산악 지대이기는 하지만, 같은 좌표의 현대도 산악 지역이라 여러 개의 산이 마구잡이로 뒤엉켜 있는 형태로 변해 버린 것이다.

물론 관광차 온 게 아니니 형태 따위는 아무래도 상관없지만, 문제는 태영의 목적지가 그 산의 내부에 있다는 점이다.

'내가 아는 한 저 화산 내부로 들어가는 길은 하나, 그것도 좁은 바위틈이다. 현대의 산이 겹쳐져 지형이 변했으니 찾기도 쉽지 않겠지만, 만에 하나 막혀 있기라도 하면…….'

단순히 시간이 걸리는 문제가 아니다.

그러나 그건 어느 정도 예상할 수 있던 문제라 인제 와서 새삼 걱정할 일은 아니었다.

신경 쓰이는 건 이곳에 와서야 알게 된 것이다.

와작−!

그때 아래에서 뭔가 바스러지는 소리가 들려왔다.

시선을 내리자 흑영의 말 아래에 군데군데 구멍이 뚫린 철판이 보였다.

口동 口산.

이곳은 口口지이므로 口입口 금지口口 있습니다.

무口 침口 시 법口 조치를…….

한국어로 이런 글이 적혀 있었다.

많은 부분이 지워져 있었지만, 어떤 내용인지는 짐작이 되었다.

이미 청영으로 확인해 봤다.

'광산이라…….'

태영이 몰랐던 게 이것이다.

한지영에게 받은 태블릿의 지도에는 이 주변에 광산이 있다는 정보는 없었다.

'그럼 태블릿에 저장된 지도가 꽤 오랫동안 업데이트되지 않은 상태였다는 말인가? 하지만 이런 시설을 지으려면 적어도 2~3년은 걸릴 텐데…….'

이상한 건 그것만이 아니었다.

시커먼 녹에 덮여 주저앉은 바리케이드를 지나 시설 내부로 들어갔을 때였다.

크르르르!

흑영의 발굽 소리에 반응하듯 곳곳에서 낮은 울음이 흘러나왔다.

이계의 들개, 그라울이었다.

그러나 이상하다는 말은 놈들을 두고 한 말이 아니다.

그라울은 이계 어디에나 있는 놈들이고, 특히 사체가 있는 곳에는 똥파리처럼 꼬여 드니까.

'뭐가 됐든 일단 놈들부터 정리해야겠군.'

그러나 인제 와서 저런 놈들과 엎치락뒤치락하는 것도 참격 떨어지는 짓이다.

그럴 필요도 없었다.

삐이이이─!

어깨 위에서 날카로운 울음을 터뜨리는 청영.

순간 여기저기에서 슬금슬금 몰려들던 놈들이 일제히 움찔하며 멈춰 섰다.

히이이잉! 쿠쿵─!

깨깽! 깨깽!

그리고 흑영이 투레질하며 앞발을 세차게 내딛자 꼬리를 말고 도망치기 시작했다.

본의 아니게 먹이사슬의 최하위에 위치한 탓에 발달해 버린 감각으로 바로 알아챘기 때문이다.

청영과 흑영이 자신들보다 상위의 존재라고.

덕분에 태영은 느긋하게 흑영에서 내려와 시체를 살펴볼
수 있었다.

"역시……."

─역시라니? 뭐가? 어? 이건…… 전에 만난 녀석들이 입고 있던
옷과 비슷하군. 그 남양주라는 곳에서 쌍둥이처럼 똑같은 머리에
똑같은 옷을 입고 있던 인간들 말이다. 일단 그 녀석들도 병사라고
들었으니 이런 곳에 있던 것도 딱히 이상한 일은 아니지만…….

이상한 일이다.

이계와 달리 현대의 광산은 영지나 왕국에서 관리하는 게
아니니까.

현대 광산에 군인의 시체가 있는 것도 이상하고, 하물며
그게 한두 구가 아니라면 더 이상한 일이다.

당장 눈에 보이는 시체만 수십, 청영으로 훑어봤을 때는
백이 넘는 숫자였다.

게다가 군용 트럭도 10여 대나 있었다.

주변에 뒹구는 총처럼 그 역시 시커멓게 녹이 슨 채 주저
앉아 있기는 하지만.

'대체 왜 광산에 이렇게 많은 군인이 있던 거지? 이번 사
태가 벌어진 이후에 이곳의 사람들을 구조하기 위해 왔다고
생각하기에는…….'

정작 광부로 보이는 시체는 없었다.

이에 잠시 맞은편의 갱도를 바라보던 태영이 건물로 눈을 돌리며 중얼거렸다.

"일단 저쪽부터 살펴보는 게 좋겠군."

ㅡ물론 그렇겠지.

"네가 생각하는 그런 게 아니야."

ㅡ나는 아무 말 안 했다만? 뭐 지금은 미스트인지 뭔지 하는 놈이 졸졸 따라다니는 것도 아니니 뭐라 할 생각도 없고. 하지만 말이 나왔으니 묻지. 뭔가 있어도 안 챙길 생각이냐?

"안 챙길 이유가 있어?"

ㅡ없지. 나도 살짝 기대하고 있다. 저기에는 또 뭐가 있을지.

물들어 버린 모양이다.

뭐 내내 붙어 있으니 어찌 보면 당연한 일이고, 나쁘다고 생각하지도 않지만, 이번에는 좀 잘못 짚은 감이 있었다.

창문이나 창문은 다 떨어져 나간 상태라 뭔가 있었어도 진즉에 폐품이 돼 버렸을 테니까.

그럼에도 시설부터 뒤져 보려는 목적은 두 가지다.

첫째는 이곳에 군인들이 죽어 있는 이유를 알아보기 위해서. 둘째는 그 주위에서 갱도까지, 일정한 간격을 두고 찍혀 있는 자국 때문이다.

'그렇겠지. 이 많은 군인이, 심지어 무장까지 하고 있었는데 고작 그라울 따위에게 전멸당했을 리는 없어. 분명 놈이

야. 놈이 저 갱도를 통해 밖으로 나왔던 거야.'

그러니 다른 곳을 기웃거릴 이유가 없다.

그 흔적이 바로 광산과 태영이 찾아온 단라이라 화산 동굴이 이어져 있다는 증거니까.

그럼 먼저 찾아봐야 할 게 뭔지는 바로 답이 나온다.

"청영, 여기서 갱도를 감시해라."

태영은 청영을 띄워 놓고 건물 안으로 들어갔다.

그리고 어렵지 않게 찾을 수 있었다.

가장 큰 건물의, 가장 큰 방의 벽에 떡하니 붙어 있었다.

광산 내부도.

"일단 이건 됐고."

군인들이 있던 이유도 대강 추측할 수 있게 되었다.

태영이 들어온 건물은 겉만 광산 시설이지, 내부는 완전히 병영이었다.

지도가 있던 방도 군 사령부와 같은 모습.

"폐광의 시설물을 군부대로 활용하고 있던 건가? 뭐 종종 그런 경우가 있다는 말을 들어 본 적은 있지만, 하필 이런 곳에……."

이곳의 군인들은 운이 없었다고 말할 수밖에 없었다.

그리고 태영도.

예상했던 일이기는 하지만, 정말 챙길 게 하나도 없었다.

종종 총이나 수류탄, 탄약통 따위가 보이기는 했지만, 모두 6·25 기념관에 전시된 유물처럼 시커멓게 녹슬어 있었다.

"뭐 멀쩡한 게 있어도 딱히 쓸데가 없긴 하지. 그럼 여긴 더 볼 것도 없겠군. 시간이 그리 넉넉한 건 아니니까."

태영이 몸을 돌릴 때였다.

문득 팩스 아래로 밀려 나와 있는 종이가 눈에 들어왔다.

"출력 도중에 멈춘 모양이군. 그럼 이번 사태 직후에 보내 온 팩스라는 말인데, 군대에서는 아직도 팩스를 사용하나?"

태영은 별생각 없이 인출지를 뜯어 읽어 보았다.

그러나 다음 순간.

"뭐, 뭐야? 이 내용은? 그럼 설마……."

눈이 휘둥그레졌다.

-왜 그래? 뭔데? 응? 뭐라고 적혀 있는데?

"이 팩스 내용대로라면 여기는…… 아니, 확인이 먼저다."

태영이 광산 지도를 펼쳤다.

그리고 눈으로 빠르게 훑은 뒤에 다시 둘둘 말아 넣고 뛰어나갔다.

건물 밖으로.

"청영, 따라와라!"

삐이-!

"흑영, 넌 여기 남고! 그라울 정도는 걱정하지 않아도 되지? 적당히 상대하고 안 될 것 같으면 다시 부를 때까지 멀리 물러나 있어!"

히히히힝—!

그리고 광장을 지나 갱도로.

깊게 들어갈 필요는 없었다. 제대로 읽고, 봤다면 위치는 갱도 입구 근처. 들어서자마자 보이는 갈림길에서 우측으로 뚫려 있는 통로를 따라가면 금방이다.

그리고 곧 그 통로로 돌아 들어가는 순간!

"윽! 이런 빌어먹을!"

태영의 얼굴이 와락 일그러졌다.

그 앞은 쏟아져 내린 바위와 토사로 꽉 채워져 있었다.

— 대체 저 뒤에 뭐가 있기에 그래?

"나도 몰라."

— 모르고 그렇게 정신없이 뛰어오고, 모르면서 그렇게 **분통을 터뜨렸다는 거냐?**

"이 너머에 뭔가 있는 건 분명하니까."

정신없이 뛰어와 분통을 터뜨린 태영이 입술을 씹으며 중얼거렸다.

"아까 사령실에서 본 인출지에 적혀 있던 내용이 그거야. 이 통로 끝에 창고가 있다는. 하지만 이래서야……."

— 젠장! 묻지 말 걸 그랬군. 듣고 나니 더 답답해지잖아. 어떻게

안 되는 건가?

될 것 같으면 태영도 입술이나 씹고 있지는 않을 것이다.

지도로 봤을 때 통로는 대략 30여 미터.

그래도 차라리 통로를 막고 있는 게 바위뿐이라면 방법이 있을지도 모르지만, 토사까지 섞여 있으면 무리다.

이에 답답한 얼굴로 답답하게 막힌 통로를 바라보고 있을 때였다.

"아니, 잠깐."

퍼뜩 떠오르는 게 있었다.

"확실히 광산의 지도에는 이 통로로 안쪽으로 이어지는 다른 길은 없었어. 하지만 지금 이 광산은 이계의 다른 동굴과 겹쳐져 있어. 갱도와 그 동굴이 이어져 있다면 어딘가 무너진 통로 안쪽까지 이어지는 다른 길이 있을지도 몰라."

- 나 참, 뭔가 기가 막힌 방법이라도 생각해 낼 줄 알았다. 그냥 운에 맡기자는 말이잖아.

"희망을 품어 보자는 거지."

- 뭐가 다른데?

"일단 어감이 다르잖아. 어쨌든 앞서 실망할 필요는 없다는 말이야. 뭐 애초에 그런 걸 기대하고 온 것도 아니고. 그러니 일단 지금은 단라이라 화산의 동굴과 이어진 곳부터 찾아보자고."

- 아까도 그런 얘기를 하던데 확실히 이어져 있기는 한 건가?

"그래, 그건 확실해."

태영은 일단 몸을 돌려 갱도를 따라 들어갔다.

칠흑처럼 어두워진 갱도를 플래시로 비추며 이동하기를 10여 분. 더듬듯이 벽을 따라 움직이던 플래시를 위쪽으로 향했을 때였다.

찌직! 찌지지직!

머리 위에서 우박처럼 쏟아지는 박쥐 떼!

평범한 박쥐가 아니었다.

그림윙, 날개를 펼치면 1~2미터나 되는 이계의 몬스터다.

게다가 주둥이의 날카로운 송곳니로 흡혈까지 하는 놈들이라 그림윙이 서식하는 동굴에는 다른 동물은 물론 몬스터도 씨가 마른다.

물론 예외는 있는 법이다.

삐이이이-!

동굴 안에 울려 퍼지는 청영의 울음.

순간 놈들이 움찔하며 굳었고, 뒤이어 청영이 날아오르자 그 아래로 목이 뜯겨 나간 모습으로 우수수 떨어졌다.

'천조의 울음'과 '천조의 발톱'의 콤보 공격!

청영은 보이는 그대로 펄펄 날아다니며 놈들의 목을 잡아 뜯었다.

팍! 서걱!

이어 태영도 그리모어를 휘두르며 가세.

그만큼 떨어지는 그림윙의 숫자에도 가속이 붙어 순식간에 수북하게 쌓여 갔다.

그러나 놈들이 아니다.

'이 정도 숫자의 그림윙이 있는 걸 보면 이 근처 어딘가에 던전과 이어진 곳이 있다는 말이다. 그럼 이제 슬슬 놈도……'

쿵-!

'나왔군.'

어둠 속에서 울리는 묵직한 울림.

태영이 플래시를 비추자 통로 저편에서 사람 형태의 커다란 바윗덩이가 걸어오고 있었다.

갱도 밖의 군인들을 무참하게 짓밟아 놓은 건 바로 놈이다.

대략 사람의 2배 정도 되는 크기의 골렘.

"청영, 여기는 맡긴다!"

삐이-!

청영의 대답과 동시에 태영이 놈을 향해 쏘아져 날아갔다.

그 손에 들린 그리모어는 이미 오러를 활화산처럼 뿜어져 올라오고 있었다.

플래시가 없어도 주위를 환하게 밝힐 정도로.

그러나 잠깐이었다.

그 빛은 급격히 약해지기 시작했고…….

카캉-!

-에? 뭐, 뭐야?

그리모어의 당혹성과 함께 퉁겨 나왔다.

"젠장!"

태영이 입술을 일그러뜨리며 몸을 숙였다.

그리고 머리 위를 스치는 놈의 주먹을 피하며 섀도 스텝 발동!

빠르게 이어지는 공격을 피하며 파고들어 갔다.

그러나 그 역시 잠깐이었다.

"……큭!"

태영은 갑자기 신음을 흘리며 멈춰 섰고.

퍼펑-!

치솟아 오르는 놈의 발이 배에 박혔다.

-이, 이런 빌어먹을! 주인, 정신 차려! 대체 무슨 일이냐? 방금 그 마력의 충돌은…… 몸에 이상이라도 생긴 거냐? 주인!!

퉁겨져 날아가는 태영의 머릿속에 그리모어의 고함이 메아리쳤다.

🌀

"큭! 빌어먹을!"

태영이 입술을 꽉 깨물었다.

방금 배에 처박힌 건 문자 그대로 바위.

가죽 갑옷은 이런 충격에는 꽤 취약한 편이고, 이런 타격을 정면에서 제대로 받아 본 건 꽤 오랜만이라 숨이 턱 막힐 정도의 통증이 전해져 왔다.

그러나 아파 할 시간도 없었다.

─주인, 피해라!

콰쾅─!

그리모어의 고함에 옆으로 몸을 굴리자 커다란 돌덩이가 머리를 스치며 바닥에 박혔다.

─대체…….

"퉤─! 별거 아니야!"

잘근잘근 씹히는 흙을 뱉어낸 태영이 그리모어를 쥐고 몸을 일으켰다.

골렘은 수 미터 앞에서 멈춰 선 채 팔을 휘두르고 있었다.

바닥에 닿을 듯이 아래로.

타탁! 타타타탁!

그러자 그 팔 끝에 크고 작은 돌들이 자석에 이끌리듯 달라붙기 시작했고, 어퍼컷처럼 다시 위로 치솟는 팔을 따라 올라오며 폭사!

파팍! 파파파팍!

산탄처럼 뿜어진 자갈이 좁고 어두운 갱도를 뒤덮으며 날아왔다.

제대로 보이지도 않고, 피할 공간도 없었다.

그러나 이런 건 문제가 아니다.

챙! 챙! 챙!

'막아야 할 건 막고…….'

"윽! 큭!"

작은 돌 조각 따위는 몸으로 때워도 그만이다.

아프지만, 그저 그뿐이고, 지금 태영에게 중요한 것은 그런 게 아니다.

'이런 건 무시다! 그보다는…….'

태영은 움찔하는 기색도 없이 빗발치는 자갈을 뚫으며 돌진했다.

그리모어에서도 다시 오러가 뿜어져 올라왔다.

어두운 갱도를 환하게 밝힐 정도로 강렬한 빛을 뿜어내며. 그러나 잠깐이었고, 이전처럼 빛은 급격하게 줄어들기 시작했다.

'지금은 집중이다. 이미 요령은 잡았어. 못 할 이유가 없다. 이런 상황이라도, 아니 이런 상황에서 해내야 의미가 있는 것이다!'

카카칵-!

그 앞에서 터져 올라오는 스파크!

어지럽게 흔들리는 플래시의 불빛으로는 확인하기 힘들었지만, 느낄 수 있었다.

검날을 확실히 바위를 가르며 파고들어 가고 있었다.

좀 전과는 다르기 때문이다.

투두두둑-!

쏟아지는 돌 부스러기와 함께 골렘의 몸을 가르며 나오는 그리모어.

오러는 완전히 사라진 게 아니다.

급격히 줄어들어 그렇게 느껴졌을 뿐, 다시 어둠 속으로 나온 그리모어의 검날은 마치 야광처럼 옅은 빛에 물들어 있었다.

─이건…… 줄어든 게 아니라 줄인 건가? 일부러? 대체 왜 갑자기 이런 짓을…… 무슨 생각으로 그러는지는 모르겠지만, 지금은 전투 중이다. 갑옷이나 수선하고 있을 때와는 다르다고! 게다가 상대는 골렘이잖아! 지금이야말로 오러가 필요한 때이지 않은가?

"알아."

대답하는 태영의 앞으로 골렘의 주먹이 스쳐 지나갔다.

그 뒤를 따라 날아드는 돌 부스러기들이 뺨이나 목을 긁으며 작은 상처들을 만들었다.

그러나 태영은 눈 한번 깜빡이지 않으며 대답했다.

"그러니 지금 해야 하는 거다."

─대체 이건 무슨 고집인지 모르겠군. 게다가…… 아니, 됐다. 이따가 얘기하지. 일단 집중해라.

그럴 생각이다.

미스트와 싸워 보고 알게 됐기 때문이다.

아니, 정확히 말하자면 잠시 잊고 있던 것을 떠올리게 되었다.

미스트를 물웅덩이로 몰아넣었을 때.

당시 미스트는 아직 마력에 꽤 여유가 있었지만, 태영은 거의 바닥난 상태였다.

이유는 두 가지다.

하나는 애초에 보유한 마력의 양이 달라서고, 다른 하나는 그때 태영의 컨디션이 바닥을 기고 있었기 때문이다.

신체 능력이 컨디션에 따라 조금씩 차이를 보이는 것처럼 마력도 마찬가지.

기본이 100이라도 컨디션이 좋을 때는 110~120이 되기도 하고, 반대의 경우에는 70~80도 제대로 사용하지 못하게 되기도 한다.

미스트가 졸졸 따라다니며 괴롭히던 이유가 그래서고 놈의 계획대로, 당시 태영은 몸도 마음도 너덜너덜해져 마력의 30~40%를 잃고 시작했다.

'하지만……'

그 외에도 하나 더 있었다.

그것도 더 결정적이고, 변명의 여지가 없는 이유가.

'나는 낭비가 너무 심하다.'

바로 이것이다.

당시 미스트는 오러를 조절하고 있었다.

거세게 몰아붙일 때는 강하게, 그렇지 않을 때는 약하게.

그러나 태영은 그게 되지 않았다.

'아니, 하지 않고 있던 거다. 그동안 딴에는 오러 소드의 힘에 너무 의지하면 안 된다는 생각을 하고 있으면서도, 정작 지금까지는 오러를 더 강하게 만들 생각만 하고 있었어.'

심지어 그조차 태영의 의지로 되는 게 아니다.

그리모어에 기대야 하는 부분이다.

다시 말해 결국 그리모어의 힘에 휘둘리고 있었다는 말이다.

'지금까지는 그래도 됐다. 하지만 이제부터는 아니야. 앞으로 내 적이 될 상대는 현대인도 아니고, 몬스터도 아니다. 이계의, 나와 같은 힘을 가진 사람들이다. 그리고 대인전(對人戰)에서 스킬의 중요도를 생각하면 마력 관리는 필수!'

오러 소드는 엄청난 마력을 지속해서 소모하는 기술이다.

그리모어를 사용해도 마찬가지.

오러 자체는 그리모어의 힘이지만, 그 연료가 되는 것은 태영의 마력이다.

'아직 마스터 경지에 이르지 못한 내가 그 마력을 충당할 수 있던 건 단순히 레벨이 높기 때문이었어. 모르고 있던 건 아니었는데…… 아니, 지금이라도 알게 됐으니 됐어. 문제를 알면 고치고, 필요한 건 배우면 그만이다.'

어려운 일은 아니다.

과거에 익혀 본 적이 있으니 이미 요령은 알고 있다.

또 헬 스네이크의 가죽에 구멍을 뚫을 때 오러를 조절하며 어느 정도 감을 되찾았다.

그러나 할 수 있다는 것과 실전에서 사용할 수 있다는 건 같은 말이 아니다.

까깡-!

때때로 이렇게 검이 튕겨 나오는 이유가 그 때문이다.

집중력이 끊겨졌다는 의미다.

콰직-!

태영은 그때마다 대가를 치러야 했다.

한 방만 맞아도 온몸의 뼈가 산산이 쪼개지는 듯한 통증!

그렇기에 더 미룰 수 없는 일이었다.

미스트처럼 오러 소드를 휘둘러 대는 적이었다면 그런 고통조차 느끼지 못할 테니까.

'그런 일이 벌어지기 전에 익숙해져야 한다. 숨 쉬듯 자연스럽게 오러를 조절하고 유지할 수 있게 되는 것. 그게 다음 단계로 넘어가기 전에, 아니 다음 단계로 넘어가기 위해서 익히지 않으면 안 되는 것이다!'

이곳을 찾아온 목적 중 하나가 그것이다.

오러를 사용하지 않아도 싹둑싹둑 잘리는 몬스터로는 훈련이 되지 않으니까.

게다가 골렘은 쓰러지지도 않는다.

카카칵-!

이런 식으로 깎고, 깎고, 또 깎아 내도.

즉, 골렘은 이런 반복 훈련에 최적화된 몸뚱이를 가진 놈이라는 말이다.

심지어 돌덩이라 뭔가 괴롭히는 기분도 덜 든다.

검을 휘두를 때마다 몬스터가 비명을 질러 대며 몸부림치면 집중에 방해가 될 테니, 정신 건강까지 고려하면 그런 부분도 나름 중요하다.

그러나 그것도 끝은 있었다.

'이제 마력이 반 정도 남았나? 그리모어의 말대로 한가하게 가죽에 구멍이나 뚫고 있을 때와는 다르니, 만약의 상황을 생각해 반 이상은 유지하는 편이 좋겠지. 뭐 여기에 골렘이 이놈만 있는 것도 아니고.'

어디까지나 태영의 사정에 따른 것이지만.

'슬슬 끝내야겠군.'

위이이잉-!

생각과 동시에 급격히 확대되는 소드 오러!

그와 함께 시야도 확대되며 자갈을 붙이고 올라오는 골렘의 팔이 보였다.

그러나 이제 굳이 피할 필요는 없었다.

태영은 차지대시로 빠르게 거리를 좁히며 오러를 뿜어 올리는 그리모어를 내리그었다.

콰지지직- 쿵!

올라오던 놈의 팔이 떨어졌다.

골렘은 떨어져 나간 팔 따위에는 미련이 없다는 듯 바로 반대쪽 팔을 휘둘렀다.

그러나 태영은 이미 놈의 등에 붙어 같은 방향으로 회전하고 있었다.

그리고 다시 위로 치솟아 올라가는 검광!

쿵-!

남은 하나의 팔도 떨어졌다.

그럼에도 골렘은 움찔하는 기색도 없이 다리를 차올렸다.

팔이 없으니 다리, 골렘 같은 돌머리가 아닌 다음에야 누구라도 예상할 수 있는 공격이었다.

태영은 몸을 날리며 그 다리를 밟고 다시 한번 도약했다.

콰콰콰콰-!

동시에 섬광처럼 뿜어지는 검격!

검광이 번뜩일 때마다 놈의 몸통이 엄청난 속도로 깎여 나갔다.

-속이 다 시원하군. 하지만 어차피 해치우기로 마음먹었으면 더 좋은 방법도 있지 않나? 나도 그렇지만, 주인도 꽤 스트레스가 쌓였을 텐데, 그냥 도끼로 바꿔서 화끈하게 가루로 만들어 버리는 게 낫지 않을까?

"그건 곤란하지."

그리모어의 말에 태영이 피식 웃으며 중얼거렸다.

"저런 게 있으니까."

그 앞에서 깎여 나가는 골렘의 가슴 안쪽에서 옅은 붉은 빛의 결정이 떠올랐다.

태영은 빠르게 그 아래쪽에 검날을 찔러 넣고 위로 퉁겨 올렸다.

그리고 뽑혀 나오는 결정을 낚아채는 순간.

쿠쿵! 콰콰콰─!

골렘이 쩍쩍 갈라지며 쏟아져 내렸다.

태영이 뽑아낸 결정이 골렘의 마석이자 핵이기 때문이다.

골렘은 다른 몬스터와 달리 체내에 축적된 마력이 굳어져 마석이 되는 게 아니다. 되레 그 반대, 자연적으로 생성된 마석에 의해 만들어지는 몬스터다.

그렇다고 모든 마석이 골렘 되는 건 아니다.

지금 태영이 히죽 웃으며 바라보는 마석처럼 적어도 핸드볼 정도의 크기는 돼야 생성된다.

정리하자면, 100% 자연산 대형 마석이라는 말이고.

"이 맛에 골렘을 잡는 거지."

비싸다.

놈에게 두들겨 맞고, 그만큼 쌓인 스트레스에 대한 보상으로 충분할 정도로.

-[은닉의 마법 가방]에 [마석(대형)]이 수납되었습니다.

태영이 기쁜 마음으로 마석을 챙겨 넣고 몸을 돌리자 뒤쪽도 정리가 끝나 있었다.

청영이 수북이 쌓인 그림웡의 사체를 확인 사살하듯이 쿡쿡 찔러 대고 있었다.

"그런 건 먹지 마. 열심히 벌어서 나중에 맛있는 거 사 줄 테니까."

삐이-!

-저 녀석, 밥은 제가 알아서 챙겨 먹지 않나?

뭐 그렇긴 하다. 그래서 더 예쁜 거고.

또 그런 점에서는 그리모어도 마찬가지인지라 태영은 그 둘과 함께하는 여행이 꽤 마음에 들었다.

심심하지도 않지만, 뭣보다 유지비가 안 드니까.

-왜 그런 눈으로 보는데?

"아니, 새삼 애정이 샘솟아서 말이지."

-뭔 알 수 없는 소리를…… 아니, 됐고. 이제 전투도 끝났으니 얘기 좀 해 보자. 먼저 주인, 어딘가 몸에 문제가 있는 건가?

"아니, 멀쩡해."

-그럼 대체 그건 뭐였지? 오러에 대한 건 주인이 출력을 조절하는 요령을 익히기 위해서라고 쳐도, 그 직후에 주인의 몸속에서 마력의 충돌이 일어난 건 대체 왜지?

"그런 것까지 감지할 수 있는 거야?"

－당연하다고 생각하지 않나? 주인의 마력을 사용한다는 건, 주인과 마력으로 연결되어 있다는 의미니까.

듣고 보니 당연하지만, 지금까지는 미처 생각해 보지 못했던 부분이다.

그리고 새로운 지식은 새로운 가능성을 열어 주는 법.

어쩌면 이런 것도 유익하게 활용할 방법이 있을지도 모르겠지만.

"새로운 체술을 연습 중이야. 그렇다고 완전히 새로운 체술은 아니고, 섀도 스텝의 변형이랄까? 일종의 개량판을 만들려는 거지."

－뜬금없이?

뜬금없는 게 아니다.

소드 오러의 조절은 미스트와 싸워 보고 생각하게 됐지만, 새로운 체술에 대한 생각은 발트하츠에 있을 때부터 구상하고 있었다.

－하긴, 주인이 갑자기 뭔가를 만들어 보겠다는 게 새삼스러운 일은 아니지. 그래서? 이번에는 대체 어떤 걸 만들겠다는 건데?

"마법."

－어…… 어째 대화가 이어지지 않는 것 같은데? 주인이 머릿속으로 딴생각을 하고 있어서 그런 거냐, 아니면 내가 잘못 들어서 그런 거냐? 방금 체술이라고 하지 않았나?

"그러니까, 마법을 결합한 체술이라고."

–……뭔가 또 황당한 말을 시작하는군. 듣자마자 안 될 만한 이유가 한 100개쯤 떠오른다만, 주인이 그런 것도 모르지는 않을 테고. 하나만 묻지. 되긴 하는 건가, 그런 게?

"모르지. 그래서 해 보는 거고."

태영도 아직 해 본 적이 없어서다.

마법도 익혀 봤고 체술도 익혀 봤지만, 그 둘의 결합은 태영도 시도는커녕 생각조차 해 본 적이 없다.

그리모어의 말처럼 안 될 만한 이유가 한 100개쯤 되기 때문이다.

그러나 그 이유는 결국 하나로 귀결된다.

스킬은 오러 소드처럼 그냥 마력만 쏟아붓는다고 발동되는 게 아니라는 점이다.

나름의 루트를 만들어 마력을 운용해야 하는 것.

따라서 둘을 동시에 발동시키면 루트가 겹치는 일이 발생하고, 이는 곧 충돌을 의미한다.

전투 도중에 그런 일이 벌어지면 얻어맞을 수밖에 없고.

'하지만 방법이 있을 거야.'

그럼에도 이런 생각을 하는 건 믿는 구석이 있어서다.

물론 그 믿는 구석은 각성자의 신체다.

'나는 다른 사람의 몇 배나 되는 마력 루트를 사용할 수 있다. 그러니 마법과 체술이 마력이 충돌하지 않는 루트를

찾을 수 있을 거다. 그게 안 되면 우회로라도!'

할 수 있느냐가 아니다.

'한다!'

태영은 아직 시작 단계에 불과하다.

이것저것 재 보고, 몸을 사릴 단계가 아니라는 말이다.

필요하면 하는 거고, 하기로 마음먹은 이상 무슨 수를 써서라도 해내야 한다.

이에 태영은 바로 회복약을 마시고 마력을 운용하며 회복했다.

이곳의 장점 중 하나가 그것이다.

이 동굴은 천연 마석이 생성될 정도로 마력이 집중되는 장소. 그만큼 마력 회복이 빠를 수밖에 없고, 이는 당연히 몸의 회복 속도에도 영향을 미친다.

따라서 대미지를 두려워할 이유도 없었다.

"자, 가자!"

이렇게 빨리 회복하고.

콰쾅! 카카칵−!

이렇게 빨리 다시 싸울 수 있게 되니까.

그리고 두 번째 골렘을 처리하고 얼마 지나지 않았을 때.

태영은 쭉 이어지던 갱도의 옆으로 뚫려 있는 틈을 발견하게 되었다.

들어가 보니 자연적인 동굴과 연결되어 있었고, 거기가 경계였다.

"숨이 턱턱 막히는군."

절로 이런 말이 흘러나올 정도의 열기.

계곡처럼 이루어진 동굴 아래로 흐르는 용암의 강 탓이다.

그러나 헬 스네이크의 가죽 갑옷에 붙어 있는 환경 적응력 옵션 덕분에 힘들 정도는 아니었다.

찌직! 찌지지지!

본래의 단라이라 화산 던전에 들어서자 그림웡의 숫자가 부쩍 늘었지만.

삐이이이ㅡ!

딱히 문제는 아니었다.

그리고 덩달아 출현 빈도수가 높아진 골렘도.

"크헉ㅡ!"

종종 아픈 상황이 연출되었지만, 문제가 되지는 않았다.

애초에 실력이 부족해 얻어맞는 것도 아니니까.

그만큼 마력 운용에 더 집중할 수 있었고, 그렇게 8마리째의 골렘을 해치웠을 때.

"이제 완전히 감이 잡혔어."

태영은 과제 중 하나를 완수할 수 있었다.

씨익 웃는 태영의 손에서 희미한 빛을 떠올리는 그리모어.

처음에는 일단 오러 소드를 발동시킨 뒤에 점차 줄여 가야 그런 상태로 만들 수 있었다.

그러나 지금은 바로 그런 상태로 발동.

"1단! 2단! 3단! 4단!"

부웅! 부웅!

당연히 조금씩 강도를 높이는 것도, 그 반대도 되었다.

번쩍—! 번쩍—! 번쩍—!

더 익숙해져 속도가 붙으니 이런 것도 가능해졌다.

사이킥 조명처럼 빠르게 점멸하는…….

—적당히 하지? 기본 건 알겠다만, 어째 난 되레 격이 엄청나게 떨어져 버리는 기분이 들기 시작하는데.

어쨌든 할 수 있게 됐다.

그리고 미세한 마력 조절은 소드 오러만이 아니라 여러 부분에 활용할 수 있는 기술.

앞으로 큰 도움이 되리라는 건 자명하지만.

'여기에 내가 생각한 새로운 체술까지 완성된다면, 지금까지와는 완전히 다른 양상의 전투가 가능해질 거다. 사용하기에 따라서는 미스트마저 압도할 수 있을 정도로!'

태영은 확신하고 있었다.

그리고 지금까지 시도해 보고 알게 된 게 있었다.

바로…….

불의 괴수

"답이 없어."

수없이 얻어터지며 알아낸 게 이거다.

물론 그냥 맞기만 한 건 아니다.

아무리 태영이라도 맞는 게 즐거울 리는 없으니 그때마다 심각하게 고민해 보았다.

그러나 안 되는 이유는 찾아져도, 되게 할 만한 단서는 찾을 수가 없었다.

그렇다고 소득이 전혀 없었다는 말은 아니다.

실패로 얻어지는 것도 있는 법.

–스킬 [아머 스킨]이 Lv. 2로 승격되었습니다.

실패할 때마다 열심히 두들겨 맞는 상황이 연출되다 보니 이런 쪽이 성장했다.

또 맞기만 한 건 아닌지라.

─종합 평가 레벨이 상승했습니다.

좀 전에는 이런 메시지도 떠올랐다.

당연히 좋은 일이라고 생각하지만, 이런 걸 바라고 맞아가며 싸운 건 아니다.

맞지 않을 방법을 찾느라 이러는 것이다.

그리고 그때마다 머릿속은 온통 'X'로 도배되고 있었지만, 태영은 포기할 수 없었다.

그저 미련을 떨쳐 내지 못해서만은 아니다.

'분명 안 될 만한 이유는 많아. 하지만…… 내가 뭔가를 놓치고 있는 것 같은데…… 생각날 듯하면서도…….'

이런 느낌을 지울 수가 없어서다.

이에 태영이 다시 고민에 빠져들고 있을 때였다.

─좀 이해하기 힘들군.

"뭐가?"

─주인이 만들겠다는 기술 말이다. 처음 들었을 때는 나도 무슨 뚱딴지같은 소리인가 싶었지만, 그런 건 이미 하고 있지 않나? 원래 마검사가 그런 거잖아. 실제로 주인도 미스트와 싸울 때 검과 화

염 마법을 동시에 사용했었고. 그런데 지금은 왜 안 된다는 거지?

그런 것과는 조금 다르다.

애초에 마력 루트라는 게 그렇게 단순한 것도 아니지만, 태영이 결합하려는 마법과 그건 종류가 다르다.

원래 파이어 볼트 같은 공격 마법은 체술과 겹치는 루트가 거의 없다.

"게다가 그때는……."

심드렁하게 대답하던 태영이 움찔하며 입을 다물었다.

갑자기 떠올랐기 때문이다.

태영이 놓치고 있다고 생각하던 게 뭔지.

'마력 유지!'

발동된 마법을 격발 직전의 상태로 고정해 두는 스킬이다.

물론 이 역시 생각해 보지 않은 것은 아니다.

그러나 체술과 결합하려는 것은 외부가 아닌 태영 자신에게 작용하는 마법. 파이어 볼트처럼 실체화된 상태로 묶어 둘 수 있는 마법이 아니었다.

그럼에도 다시 떠올리는 이유는…….

'만약 마력 유지를 사용해 마법이 발동된 다음이 아닌 그 전 단계, 술식 상태에서 고정해 둘 수 있다면?'

두 가지 스킬의 루트는 완전히 같은 게 아니다.

겹치는 부분이 많을 뿐이고, 동시에 두 개의 루트를 운용하며 그 부분을 모두 피해 갈 수는 없어서다.

그러나 먼저 하나를 완성해 둘 수 있다면 얘기는 달라진다. 다른 하나에만 집중할 수 있으니까.

그럼 그만큼 마력의 속도 조절이나 우회로를 만들기도 쉬워질 테고…….

'아니, 생각은 됐어! 뭐가 됐든 일단 방법은 나왔다. 지금은 실제로 그게 가능한지부터 알아보는 게 순서다!'

태영은 정좌하고 마력을 움직였다.

그리고 천천히, 머리에 떠오른 술식의 형태가 마력으로 만들어졌을 때.

"빌어먹을!"

ㅡ뭐, 뭐야? 갑자기?

"너한테 그런 게 아니니까. 실패해서 그래."

ㅡ실패? 제대로 된 것 같은데? 응? 가만? 그러고 보니 방금 무슨 마법이 발동하지 않았나? 그런데 왜 아무 일도 일어나지 않지? 그럼 주인 말대로 실패한 건가? 이상하군. 분명…….

마법은 제대로 발동했다.

그럼에도 그리모어가 아무런 변화도 느끼지 못하는 이유는 태영이 눈을 감고 있어서다.

태영이 보지 않으면 그리모어도 볼 수 없으니까.

삐익ㅡ!

저 앞에서 울음을 터뜨리는 청영은 알고 있겠지만 어쨌든.

'역시 완성된 상태에서 붙잡아 두기는 무리야. 완성과 발동 사이에 시차가 있다 해도 0.1초도 되지 않을 테니, 그 타이밍을 잡는 건 지금의 나로서는 불가능하다. 그럼…….'

이번에는 완성 직전에 멈춰 보았다.

"큭!"

바로 신음이 터져 나왔다.

본래 마력은 끊임없이 흘러야 하는 힘.

당연히 억지로 붙잡아 두면 반발이 일어날 수밖에 없었다.

그리고 역시나, 기맥이 당장이라도 터질 듯이 부풀어 오르며 소름 끼치는 통증을 자아내기 시작했다.

'하지만 끊어지지도, 터지지도 않았다!'

그리고…….

'붙잡아 두었다! 다시 말해 이 통증만 참아 내면 된다는 말이야. 아니, 참을 수 있게 돼야 한다! 지금 내가 할 수 있는 방법은 그것뿐이다!'

"좋아, 가자!"

태영은 그 상태로 몸을 일으켰다.

그리고 또, 그 상태로 골렘과 싸웠다.

그 뒤에 몸을 치료할 때도, 휴식을 취할 때도, 밥을 먹을 때도 그 상태를 유지했다.

쉬운 일은 아니었다.

'이 느낌은 뭐랄까…… 배는 아파 죽겠는데도 당장이라도 나올 것 같은 뭔가를 꾹 참고 있는 것 같은 그런…….'

이러니 쉬어도 쉬는 느낌이 아니었고.

쾅! 퍼펑-!

"큭!"

전투에 집중하기도 힘들었다.

움직이기도 힘들 정도로 아픈 몸에 더해지는 충격!

그나마 팔이나 다리라면 견딜 만하지만, 술식이 얹혀 있는 가슴에 맞으면 정말이지…….

-[은닉의 마법 가방]에 [마석(대형)]이 수납되었습니다.

그래도 챙길 건 챙겼지만!

'아프다! 몸도, 몸속도! 게다가 조금만 힘을 풀어도 지려 버릴 것 같아!'

이를 악물고 버티는 수밖에 없었다.

그 정도로 지려…… 아니, 본의 아니게 마법이 발동되어 버리면 이런 방법은 사용하지 못한다.

마법 발동은 어디까지나 태영의 의지로!

당연히 그러는 사이에도 던전 탐험은 꾸준히 이어졌다.

길이 복잡하게 얽혀 있기는 하지만, 크기 자체는 2~3시간 이면 한 바퀴 돌 수 있는 수준이었다.

물론 크기만 그렇다는 말이다.

곳곳에서 몰려오는 그림윙 떼와 골렘.

그나마 이제 오러 소드의 출력 조절은 졸업한 뒤라 속전속 결로 처리했지만, 전투와 휴식으로 잡아먹는 시간은 만만치 않았다.

"으…… 여기서 저기까지, 한 20미터는 되겠군. 그래도 대충 계산하면 곤란하니 다시 돌아가 보폭으로 재 봐야겠어."

그러나 가장 많은 시간을 잡아먹은 건 이거였다.

슥슥, 슥슥.

태영이 그리는 던전 지도.

단순히 형태만 그리는 게 아니라, 거리까지 정확히 측정할 필요가 있었기 때문이다.

거기에 걸린 시간이 꼬박 하루하고도 반나절.

그때쯤이었다.

"정말 뭐든 익숙해지기 나름이군."

그 심하게 얹히고, 뭔가 마려운 느낌을 크게 신경 쓰지 않게 된 것은.

실제로 처음에 비하면 불쾌감이 많이 감소하기도 했다.

아마도 각성자의 적응력 덕분이겠지만.

쿵! 쿠쿵-!

-또 나왔군. 저 녀석을 보는 것도 슬슬 물리기 시작하는데, 그냥 한꺼번에 몰려나와 주면 안 되나?

"그건 무리지."

태영이 피식 웃으며 중얼거렸다.

"여기가 마지막이거든. 그동안 골렘이든 그림웡이든 보이는 족족 때려잡으며 왔으니 아마도 이 던전에 남은 골렘도 저 녀석이 마지막이겠지."

이제 시험해 볼 때가 됐다는 말이다.

꼬박 하루하고도 반나절 동안 붙어 다니던 불쾌감을 참아온 성과를.

퉁—!

이에 태영이 바로 차지대시를 발동해 돌진!

'일단 섀도 스텝으로…….'

어지럽게 발을 움직이며 놈의 주위를 맴돌기 시작했다.

그러나 좁은 통로에서 일대를 휩쓸 듯이 날아드는 놈의 공격을 모두 피하기는 무리.

서너 번을 피하는 사이 구석에 몰리게 되었을 때였다.

'지금이다!'

마침내 하루 반나절을 품고 있던 마법을 발동!

순간 눈앞으로 날아오던 주먹이 혹 사라지더니 골렘이 등이 떠올랐다.

동시에 그리모어의 검날이 오러에 휩싸였고.

팍! 카각—!

놈의 등이 쩍 갈라졌다.

—뭐, 뭐야? 그럼 설마 주인이 말하던 마법이…….

바로 이 마법이다.

10여 미터 범위 내의 장소로 순간 이동시켜 주는 마법 블링크!

발트하츠에서 태영의 주머니를 한층 빈곤하게 만들어 놓은 범인 중 하나가 바로 이 마법의 마도서였다.

그러나 태영은 기꺼이 지불했다.

태영이 구상한 체술은 바로 이 마법이 핵심이기 때문이다.

본래 이 마법은 회피용이지만.

"우하! 10년 묵은 체증이 내려가는 기분이군. 그럼, 상쾌하게 다시 시작해 볼까?"

카칵! 펑! 카칵! 펑!

전사가 공격용으로 사용하면 이렇게 된다.

혹 사라졌다가 앞에서 나타나 깎아 내고, 혹 사라졌다가 옆에서 나타나 깎아 내는, 문자 그대로 동에 번쩍, 서에 번쩍!

골렘은 그때마다 사라진 태영을 찾느라 이리저리 몸을 돌리며 깎여 나갈 뿐이었다.

물론 상대가 미스트 수준의 검사라면 이렇게 쉽게 되지는 않을 것이다.

어느 정도 수준 이상 전사라면 대(對)마법사용으로 대기의 마력을 읽어 내 이동 위치를 찾아내는 기술 정도는 익혀 둔다.

그러나 새도 스텝 같은 본격적인 체술과 섞으면 얘기는 달라진다.

"후–!"

잠시 물러난 태영이 깊게 숨을 불어 냈다.

그리고 다시 들이마시는 사이에 바로 99% 완성된 블링크 술식을 장전!

다시 불쾌감이 밀려들었지만, 이제 문제가 아니었다.

시간은 짧고 보상은 확실하니까.

부웅! 팟–!

주먹을 휘두르는 골렘 앞에서 사라지는 태영.

다시 나타난 것은 놈의 등 뒤였고, 그 순간 모든 상황이 종결되었다.

갈라진 바위 안쪽으로 보이는 대형 마석.

팅–!

검 끝으로 그 마석을 살짝 퉁겨 올리는 것으로 끝.

태영이 마석을 움켜쥐는 것과 동시에 골렘은 몸을 돌리던 자세 그대로 허물어졌다.

–자기류 무브먼트–폼 [섀도 스텝]이 Lv. 2로 승격됐습니다.

–새로운 무브먼트–폼이 완성되었습니다.
–새로 창안한 무브먼트–폼에 이름을 명명할 수 있습니다.

그 위로 떠 오르는 메시지.

섀도 스텝의 레벨까지 오를 줄은 예상하지 못했지만, 그 아래의 메시지는 예상했다.

당연히 이미 생각해 두었다.

　

－자기류 무브먼트－폼 [섀도 블링크]가 등록되었습니다.

　

"흠, 역시 멋지군."

삐이! 삐이!

태영이 오랜만에 밝게 웃어 보이자 청영이 열광적으로 머리를 비벼 왔다.

－하아…… 참…… 뭐라고 해야 할지…….

"그 반응만으로 충분해."

태영이 히죽 웃으며 한숨을 불어 내는 그리모어를 돌아보았다.

그게 이 스킬을 만든 이유다.

그리모어마저 그런 반응을 보이는 스킬이니까.

설사 블링크를 간파할 수 있는 적이라도 찰나의 틈이 생길 테고, 그건 태영에게 찰나 이상의 기회를 줄 것이다.

그러나 그보다 더 중요한 부분은 나름의 방식으로 터득했다는 점이다.

마법과 전사 스킬을 결합하는 요령을 말이다.

응용할 분야는 무궁무진!

－이래저래 할 말이 많다만, 결과가 좋으니 넘어가지. 그럼 골렘도 이게 마지막이라고 했고, 이제 여기는 더 볼일이 없는 건가?

"그건 아니지."

아닌 정도가 아니라 큰일 날 소리다.

"골렘의 마석이나 오러 조절, 섀도 블링크는 그냥 온 김에 얻고, 얻는 김에 익힌 거야."

－온 김에 얻은 것치고는 좀 많다고 생각한다만.

"그래도 내가 얻으려는 것에 비하면 아무것도 아니야. 그리고 그걸 가지고 있는 게 바로 이 던전의 진짜 주인이고."

－진짜 주인? 방금 이 던전도 다 돌아다녀 봤다고 하지 않았나? 하지만 지금까지 그런 기척은…….

"숨어 있거든."

－숨어? 던전의 진짜 주인이?

"뭐 숨었다는 표현은 적절하지 않을지도 모르지만, 일단 그건 잠시 미뤄 두고. 지금은 그보다 먼저 할 일이 있어. 드디어 찾았거든."

－찾다니? 뭘?

"내가 왜 그동안 이 던전의 지도를 그려 왔다고 생각해?"

잊지 않고 있었기 때문이다.

사령부에서 찾은 팩스의 전문에 적혀 있던 창고를 말이다.

아픈 몸을 이끌고 거리까지 재 가며 꼼꼼하게 지도를 그려 온 이유가 그래서다.

광산의 지도와 같은 비율로 만든 지도를 겹쳐 보면 바로 알 수 있을 테니까.

그리고 방금 답이 나왔다.

"그게 바로 여기야. 처음 여기 들어왔을 때 토사에 막혀 들어가지 못했던 통로. 그 너머에 있는 보관실이 바로 이 아래라고. 깊이는 잘 모르겠지만, 위치는 확실해."

– 그럼 이제 그 안에 뭐가 있는지 확인할 수 있다는 말인가?

"어째 네가 더 좋아하는 것 같다?"

– 나쁠 건 또 뭔가?

"역시 넌 검 이상이야. 좋아! 그리모어, 화끈하게 가자! 양손 도끼 변형!"

– 기꺼이!

그리모어는 힘차게 대답하며 빛에 휩싸였다.

그리고 오크 로드가 휘둘러 대던 거대한 양손 도끼로 변형! 단순히 겉모습만 그렇게 변한 게 아니었다.

쾅쾅! 쾅쾅! 쾅쾅!

내리칠 때마다 쩍쩍 갈라지는 바닥.

거대한 도끼날에 오러를 덧씌우는 것만으로도 암반을 가르기에는 충분했지만, 거기에 도끼에 붙은 '충격' 스킬이 더해지자 다이너마이트 같은 위력을 발휘했다.

태영이 말한 대로 그야말로 화끈!

되레 오크 로드가 휘두를 때보다 더 강력한 위력이었다.

'그게 당연하겠지. 지금은 오러까지 사용하고 있으니까. 그래, 지금까지는 그저 그리모어가 성장했다고만 생각했는데, 결국 그리모어가 다른 무기를 흡수한다는 건 그 무기로도 소드 오러를 사용할 수 있게 된다는 의미였어.'

태영은 한층 의욕이 샘솟았다.

─아하! 이런 느낌도 꽤 색다르군! 베는 게 아니라 박살 내는 느낌이라…… 나쁘지 않아!

또 그리모어도 꽤 만족스러운 느낌이라 태영과 함께 시너지 효과를 발휘!

1시간 만에 수 미터 깊이의 구멍을 만들었다.

태영은 적당한 바위에 묶은 밧줄을 타고 그 아래로 내려갔다. 그리고 입에 물고 있던 플래시를 돌렸을 때였다.

─우하하하! 있군, 있어! 뭔가 꽝장히 많이 있어! 뭔진 모르겠지만!

"적혀 있잖아, 보물이라고."

태영이 히죽 웃으며 대답했다.

그게 수고스러움을 마다하지 않고 지도를 작성하고, 터널을 뚫은 이유였다.

─사령부에서 알린다. 금일 00시를 기점으로 전역에 1급 비상사태 발생. 103보급대는 즉시 모든 비축 물자를 본대로 운송…….

이게 사령부에 읽은 팩스의 내용이었고, 예상할 수 있었으니까.

–DANGER!

이렇게 '보물'이라고 적힌 상자가 쌓여 있다는 것쯤은.

그중 몇 개를 열어 보니 역시나, 총에 탄약, 수류탄, C-4에 클레이모어까지, 각종 화기로 꽉 채워져 있었다.

게다가 완전히 밀폐된 곳에 보관되어 있어서인지 상태도 꽤 좋았다.

–보물이라…….

물론 사람에 따라 견해의 차이는 있겠지만.

"다른 말로는 대박이라고 하지."

태영은 상자를 인벤토리로 차곡차곡 옮겨 넣었다.

반 정도밖에 넣지 못했는데도 10㎥의 공간이 90% 이상 채워졌다. 아쉽지만 나머지는 훗날의 즐거움으로 남겨 두는 수밖에 없었다.

쿠쿵–!

밖으로 나온 태영은 일단 커다란 바위를 굴려 구멍을 막아 두었다.

"자, 이제…….."

남은 일은 하나뿐이다.

어쩌다 보니 맨 뒤로 밀리기는 했지만, 본래 이곳을 찾아온 가장 큰 이유가 그것이다.

그만큼 중요한 일이고, 실수가 있어서도 안 된다.

태영은 오랜만에 머릿속은 물론, 몸속까지 비운 채 푹 자고 일어났다.

그리고 장비를 점검하고 최종 목적지로!

"다 왔어."

— 다 왔다니? 아무것도 안 보이는데?

"있어, 저 아래에."

태영이 교각처럼 걸쳐진 바위 아래에서 부글대는 용암을 가리키며 대답했다.

— 저 아래? 그럼…….

"불러내야지. 마침 좋은 걸 찾기도 했고."

태영이 가방에서 포도송이처럼 주렁주렁 매달린 수류탄을 꺼내 흔들어 보이며 웃었다.

그리고 안전핀을 뽑고 아래로 낙하!

콰콰콰쾅-!

용암 바로 위에서 폭발이 일어났을 때였다.

크와아아아-!

곧 그보다 더 큰 괴성이 울려 퍼지며 용암이 소용돌이를 일으키기 시작했다.

그 중심에서 놈이 떠올랐다.

쿠쿠쿠쿠, 펑!

요동치는 용암에서 발이 솟아 나왔다.

그 발끝에 줄지어 솟아 있는 웬만한 단검보다 길고 날카로운 발톱이 근처의 바위를 찍었다.

그 뒤로 기어 올라오는 놈은 마치 불길을 두른 것처럼 벌겋게 달아오른 비늘에 휩싸인 10여 미터 크기의 도마뱀!

―저놈은…….

"샐러맨더라고 하더군."

―샐러맨더? 그건 불의 정령의 이름 아닌가? 저게 그거라고?

태영도 자세히는 모른다.

몬스터가 이름표를 달고 돌아다니는 것도 아닌지라.

지금은 어디였는지 기억나지도 않는 곳에서 우연히 음유시인에게 들은 얘기다.

단라이라 화산의 용암 속에는 타락한 불의 정령이 산다고.

그리 특별한 얘기도 아니었다.

실제 목격담이든, 들은 얘기든, 혹은 창작이든, 음유시인은 그걸로 벌어먹고 사는 사람이고, 청중도 대부분은 그저 즐거워하고 만다.

그러나 태영은 아니었다.

'음유시인! 화산에 사는 타락한 불의 정령! 뭔가 판타지틱

하잖아!'

이런 생각을 했던 기억이 있다.

당시는 겨우 이계 생활에 적응하던 시기라 이런 데 부쩍 관심이 많았다. 또 가장 활발하게 여기저기 쑤시고 다니던 시기이기도 했다.

이에 태영은 의욕을 활활 불태우며 이곳을 찾았고, 활활 태워졌다.

-어, 어이! 주인, 저 자식…….

"보고 있어."

푸화아아아-!

붉은 눈알을 굴리던 놈이 태영을 발견하고 쩍 벌리는 아가리에서 뿜어내는 이 불길에 말이다.

그냥 불길이 아니다.

레이저처럼 수십 미터를 일자로 뻗어 오는 백색에 가까운 불길!

콰쾅-!

직격당한 곳이 터져 나가며 바위로 이루어진 다리가 쩍쩍 갈라지며 허물어졌다.

물론 태영은 이미 맞은편 절벽으로 이동!

-어쩔 생각이지?

"당연히 끄집어 올려야지. 내가 내려갈 수는 없잖아."

-그렇긴 하다만…….

당연히 원하는 게 있기 때문이다.

그로부터 꽤 오랜 시간이 지난 뒤에야 알게 된.

"자, 뭐가 됐든."

태영이 왼팔을 들어 올렸다.

그 팔목 주위로 얼음 화살이 회전식 탄창에 장전되듯이 원을 그리며 떠올랐다.

"아이스 애로!"

투투투퉁─!

그리고 아래를 향해 일제히 발사!

용암 위로 솟은 바위 위에서 주위를 훑어보던 놈의 머리가 연이어 터지는 빛에 휩싸였다.

순간 그 주위가 서리가 내리듯 하얗게 변했지만, 잠깐이었다. 그다음도, 또 그다음도.

콰쾅─!

그때 태영이 서 있던 절벽 앞부분이 폭발했다.

놈의 입에서 뿜어진 백색 화염은 일격에 절벽 귀퉁이를 부서고 천장까지 뚫고 들어갔다.

위력의 차이는 명확하지만, 어차피 다를 게 없었다.

정작 적에게는 대미지를 주지 못한다는 점은.

놈도 그렇게 생각한 모양이다.

콰직! 콰직!

서너 차례 얻어맞고, 서너 차례 뿜어 대던 놈이 그 길고 날카로운 발톱으로 바위를 찍어 대며 기어 올라오기 시작했다.

쿠콰콰콰콰–!

빠르게!

"놈과의 진짜 승부는 이제부터다!"

그러니까!

"청영, 이리 와!"

태영이 재빨리 뒤쪽 통로를 향해 뛰어가며 소리쳤다.

– 응? 지금 뭐 하는 거냐? 방금 승부는 이제부터라고 하지 않았나? 애초에 싸우려고 불러낸 거 아니었어?

"물론 싸워야지. 하지만 지금도 아니고, 여기도 아니야. 놈은……."

삐이–!

그때 청영이 울음을 터뜨렸다.

뒤를 바라보는 자세로 앉아 있는 청영이 보내는 위험 신호다. 그러나 그런 신호가 없어도 뒤에서 무슨 일이 벌어지고 있는지는 바로 알 수 있었다.

등을 향해 빠르게 다가오는 엄청난 열기!

'젠장, 예상보다 빠르다!'

순간 태영의 눈이 빠르게 주위를 훑다가 멈췄고.

퉁–!

몸이 그 방향으로 뻗어 나갔다.

길게 뻗어 있는 통로의 우측, 넓게 벌어진 바위의 틈.

단숨에 그 틈으로 파고들어 온 태영은 망토를 펼쳐 청영과 자신의 몸을 덮었다.

푸화아아아—!

그 앞을 휩쓸고 지나가는 백색 불길!

3~4미터 떨어져 있는데도 망토가 달궈지듯이 벌겋게 달아올랐다. 하물며 직격당하면 무슨 일이 벌어질지는 굳이 상상할 필요도 없었다.

화염 내성을 가진 헬 스네이크의 가죽이고 뭐고 그냥 닿자마자 잿가루다.

'머뭇거리고 있을 때가 아니다!'

태영이 망토를 걷어 내고 밖으로 뛰어나왔다.

후끈한 열기와 함께 곳곳에 녹아내리다 굳어 버린 바위가 눈에 들어왔다.

쿠콰콰콰—!

그리고 뒤에서 울리는 굉음!

놈이 통로를 꽉 채우는 거대한 몸으로 울퉁불퉁한 바위를 유리처럼 부수며 돌진해 오고 있었다.

당연히 그런 놈과 이런 곳에서 싸울 수는 없다.

—확실히 이런 곳에서 싸워서는 답이 나오지 않을 것 같기는 하군. 아니, 애초에 승산이 있기는 한 건가?

"그런 것도 없이 불러냈겠어? 알잖아. 난 헬 스네이크도 해치운 몸이라고."

─그래도 그때는 꽤 오래 준비해 둔 게 있지 않았나?

"왜 지금은 없다고 생각하지?"

태영이 던전의 지도를 꼼꼼하게 그려 온 건 그저 창고의 위치를 알아내기 위해서만이 아니었다.

"일단 보고 있어."

투투투퉁─!

태영은 놈의 면상에 얼음 화살을 박아 주었다.

크와아아아─!

놈이 한층 분노한 괴성을 터뜨렸다.

삐이─!

그 직후에 울리는 청영의 경고음.

바로 이럴 때를 대비해 열심히 그리고, 머리에 입력해 둔 것이다.

이 던전의 구조를, 샅샅이 말이다.

그러니 당하지 않는다.

푸화아아아─!

이 불길이 얼마나 강하건.

피하면 그만이고, 피할 곳은 얼마든지 있으니까.

'좋아, 이제 안정권이다. 여기서부터는 직선으로 20여 미터 이상 되는 통로는 없어. 모두 그 전에 꺾어지거나, 샛길이 있다.'

모든 것은 예정대로!

태영은 머릿속에 펼쳐 둔 지도에 그려둔 경로를 따라 빠르게 이동했다.

투투투퉁─!

물론 간간이 얼음 화살을 먹여 주는 것도 잊지 않았다.

이에 놈은 백색 불길로 화답하며 추격해 왔고, 그때마다 방향을 꺾으며 뛰기를 한참.

─어? 아니, 여기는…….

한 번 더 모퉁이를 돌아서자 그리모어가 황당한 목소리로 떠듬거렸다.

그 앞에 표면이 녹아내린 바위를 봤기 때문이다.

─여긴 아까 지나온 길이잖아!

"맞아."

─뭐야? 그럼 알고 왔다는 건가? 혹시 주인, 저 녀석이 지치기를 기다리겠다는 건가?

비슷하다.

또 그리모어는 아직 눈치채지 못한 모양이지만, 이미 효과가 나타나고 있었다.

'하지만 아직은 부족해.'

던전이 그리 넓지 않은 탓이다.

그게 태영이 한 번 지나간 길을 다시 돌아온 이유고, 같은 짓을 반복하는 이유다.

그리고 두 바퀴째를 일주했을 때.

'이 정도면 되겠어. 힘을 너무 많이 빼 놔도 그건 그것대로 곤란해질 테니. 그렇다면…….'

그제야 태영은 다른 통로로 이동했다.

태영이 비집고 나오고.

콰쾅—!

놈은 부수며 나오는 바위틈 너머의 광산으로!

그사이 태영은 차지대시를 번갈아 사용하며 길게 이어진 갱도를 가로질렀다.

그리고 입구를 나오자마자 방향을 꺾으며 몸을 굴렸을 때.

푸화아아아—!

입구 안에서 뿜어져 나오는 불길!

퉁기듯 몸을 일으킨 태영은 불길을 피해 멀찍이 물러나 몸을 돌렸다.

그리고 마침내 그 거대한 몸으로 벽을 긁으며 나오는 놈, 샐러맨더와 마주 서게 되었다.

—어라? 저 녀석 어째…….

"그래, 이제야 싸워 볼 만하게 됐다는 거지."

태영이 씨익 웃으며 중얼대는 그리모어를 뽑아 들었다.

용암에서 나올 때 놈의 몸은 잔뜩 달궈진 쇠, 아니, 그냥 불덩어리나 다름없었다.

그러나 지금은 그때에 비하면 잔불이라고 할 정도로 약해져 있었다.

놈은 불의 힘을 흡수하는 몬스터.

용암 속에서 축적된 그 힘을 태영을 쫓을 때 열심히 뿜어 대 버린 탓이다.

물론 그래도 여전히 불덩이나 다름없지만.

'저 정도라면!'

"청영, 이제 물러나 있어! 그리모어, 핼버드 변환!"

삐이─!

청영이 날아오르는 것과 동시에 태영이 탄환처럼 뻗어 나 갔다.

그 앞에서 놈의 발이 불길을 일으키며 날아들었다.

콰쾅─!

터져 오르는 지면과 함께 태영의 몸이 옆으로 굴렀다.

그리고 바로 퉁겨져 일어나 한 번 더 가속하며 놈의 옆으 로 붙었다.

"그리모어, 이제 제대로 간다!"

─좋지!

칭! 칭! 칭! 칭!

동시에 힘차게 대답하는 그리모어의 도끼날에 연이어 서 리 같은 기운이 터져 올라왔다.

콰직! 쩌쩌쩌쩡─!

그리고 놈의 옆구리에 박히며 폭발!

순간 붉은색으로 번들대던 비늘이 얼음에 뒤덮이며 뭉텅

떨어져 나왔다.

콸콸 쏟아져 나오는 용암 같은 열기의 피!

크와아아아-!

놈이 비명을 터뜨리며 몸을 돌렸다.

그리고 두 앞다리와 거대한 아가리를 들이밀며 미친 듯이 공격을 퍼부었다.

그때마다 불길과 흙더미가 치솟으며 구덩이가 만들어졌다.

그러나 결국 몬스터.

바위마저 녹여 버리는 불길을 뿜어내는 놈은 분명 어떤 적이든 일격에 분쇄해 왔을 정도로 강하겠지만.

'그게 네놈의 가장 큰 약점이다!'

그 탓에 제대로 싸워 본 적이 없을 테니 그만큼 공격이 단조로워질 수밖에 없다.

그러나 태영은 아니다.

태영은 이계 먹이사슬의 최하위, 플랑크톤 취급을 받는 그라울보다 낮은 곳에서부터 시작했다.

거머리 한 마리조차 위협이었고, 이계로 넘어온 이후의 삶은 대부분 그런 위협에서 살기 남기 위한 몸부림이었다.

그 경험을 바탕으로 만든 것이 섀도 스텝!

그러니 닿을 리가 없다.

콰쾅! 콰쾅!

이렇게 그저 마구잡이로 휘두를 뿐인 놈의 발톱 따위는.

조심해야 할 건 하나.

푸화아아아–!

한껏 숨을 들이켠 놈이 뿜어내는 불길이다.

확실히 이전보다는 약해져 있었지만, 여전히 위협적이고 광산 앞의 광장에는 불길을 피해 숨을 만한 장애물도 없었다.

태영이 좀 전부터 가슴에서 묵직하게 전해져 오는 불쾌감을 꾹 참고 있던 이유가 바로 그 때문이다.

그리고 지면을 휩쓸 듯이 뿜어지는 백색 불길이 바로 앞까지 다가왔을 때.

'기다리고 있었다!'

태영은 그 불쾌감을 해방시켰다.

동시에 밀려오던 불길이 훅 사라지고, 눈앞에 다른 풍경이 펼쳐졌다.

섀도 블링크.

바로 이럴 때를 대비해 만든 스킬이다.

그러나 이 스킬에도 한 가지 약점이 있었다. 아니, 정확히는 블링크라는 마법 자체가 가진 약점이다.

바로 이동 위치.

블링크는 발동이 빠른 대신 근거리, 또 대략적인 방향만 지정할 수 있을 뿐 정확한 좌표는 지정하지 못한다.

그러나 뭐든 쓰기 나름.

'뭐 이 방향으로, 이 거리로 지정하면 대략 이렇게 되겠지.'

태영이 시선을 내리며 씨익 웃었다.

그 아래에서는 놈이 열심히 불을 뿜으며 주위를 불태우고 있었다.

태영이 이동해 온 곳은 놈의 머리 바로 위!

'조금 오차가 있기는 하지만.'

삐이-! 퉁!

그 정도는 청영의 몸통 박치기로 수정.

허공에서 살짝 밀려난 태영은 그대로 핼버드를 수직으로 세우며 떨어졌다.

콰직! 쩌쩌쩌쩡-!

크와아아아-!

"발버둥 쳐 봤자 소용없다! 네놈도 이걸로 끝…….."

태영이 놈의 뒷덜미에 박힌 핼버드 자루를 꽉 움켜쥐었을 때였다.

몸부림치던 놈이 갑자기 확 몸을 회전시켰다.

두두두두!

그리고 광산을 향해 질주!

"웃? 뭐, 뭐야? 이 자식, 다시…… 웃기지 마라! 여기까지 해 놓고 놔줄 것 같으냐? 이대로…….."

삐이이이-!

그때 따라붙던 청영이 날카로운 울음을 터뜨렸다.

이에 태영이 퍼뜩 고개를 들어 올렸고, 다시 황급히 상체를 숙였다.

쿠콰콰콰-!

그 위로 전해지는 충격!

태영의 등을 긁어 대는 건 광산의 천장이었다.

헬 스네이크의 가죽이 아무리 견고해도 가죽, 천장의 거친 바위의 질감을 고스란히 전해 주며 등판이 그대로 갈려 나가는 것 같은 통증을 일으켰다.

등만이 아니었다.

샐러맨더의 몸은 불덩이 그 자체.

그 등에 바짝 몸을 붙이자 앞면은 앞면대로 자글자글 익어 가는 느낌이다.

"큭! 빌어먹을!"

그러나 태영이 욕설을 내뱉은 이유는 그 때문이 아니었다.

마음만 먹으면 그 상황에서 벗어날 수 있다.

당장이라도.

그럼에도 뒤는 갈리고, 앞은 지져지는 상황에서 버티는 건 놈이 다시 광산으로 들어온 이유가 뻔하기 때문이다.

'놈은 돌아가고 있는 거야. 용암 속으로. 그리고 이렇게까지 상처를 입었으니 다시 나오지 않을 거다. 그래서 최대

한 빨리 끝내려고 했던 건데…….'

태영이 이를 악물며 손에 힘을 주었다.

-큭! 빌어먹을!

그러나 그리모어도 천장과 놈의 등 사이에 꽉 끼어 움직이지 않았다.

-주인, 그만 포기해라! 주인이라면 어떻게든 여기서 탈출할 수는 있잖아! 이대로 용암으로 끌려 들어가면 주인이나 나나 무사하지 못해!

그리모어가 다급하게 소리쳤다.

그러나 태영은 그처럼 쉽게 포기할 수가 없었다.

'놈을 잡을 기회는 지금밖에 없어! 놈이 더 싸울 생각이 없는 한, 지금 놓치면 두 번 다시 보기도 힘들어질 거다! 놈을 멈추게 해야 해! 하지만 대체 어떻게…….'

그때 퍼뜩 떠올랐다.

'그래, 이런 속도라면 방법이 있을지도 몰라! 아니, 그 방법뿐이다!'

생각했다면, 망설일 이유는 없었다.

'블링크!'

일단 이 상황을 벗어날 방법은 이것뿐이다.

그러나 단순히 벗어나기 위해서만 사용한 것은 아니었다.

벗어났다고 안도의 한숨을 불어 낼 상황도 아니었다.

마법 발동과 함께 눈앞으로 확 밀려오는 바닥.

"그리모어, 양손 도끼!"

태영은 바닥을 들이받듯이 떨어지며 도끼를 휘둘렀다.

위잉! 콰콰콰쾅―!

오러에 휩싸인 도끼날이 내리꽂히자 암석으로 된 바닥도 일격에 쩍 갈라졌다.

동시에 바닥에 내려선 태영이 몸을 돌렸다.

쿠콰콰콰―!

샐러맨더가 육박해 왔다.

태영이 블링크로 이동해 온 곳은 바로 놈의 앞.

불과 10미터도 되지 않는 거리였고, 그 거리는 빠르게 좁아지고 있었다.

이동과 동시에 바닥을 잘라 놓은 이유가 그래서다.

'충분한 공간은 아니지만, 뭔가 더 할 시간도 망설일 여유도 없다!'

태영은 그 틈에 몸을 눕혔다.

두두두두―!

거의 동시에 놈의 거대한 몸이 그 위를 덮쳤다.

그리고 지나갔다.

눈앞에 나타났던 태영을 못 봤을 리가 없음에도.

이미 놈의 관심사는 태영이 아니기 때문이기도 하지만, 멈출 수도 없었을 것이다.

 태영이 날린 두 번의 공격은 놈에게 난생처음 느껴 보는 고통이자 위기!

 정말 죽을힘을 다해 뛰고 있었을 테니까.

 그러나 거기가 경계였다.

 태영이 누운 자리를 지난 뒤부터 놈의 속도가 급격히 떨어지기 시작했다.

 빠르게 잦아드는 굉음과 진동만으로도 알 수 있었다.

 그리고 이내 그조차 들리지 않게 됐을 때.

 쿵─!

 갱도를 타고 이런 울림이 전해져 왔다.

 그리고…….

 "으아아아! 뜨거워! 우하하하, 해냈다! 으…… 해냈다고!"

 태영이 벌떡 일어나며 소리쳤다.

 ─비명이야, 환호성이야?

 둘 다다.

 일단 비명이 나오는 이유는 좀 전까지 태영이 누워 있던 바위틈에 채워진, 부글부글 끓어오르는 검붉은 액체 때문이다.

 장담할 수 있다.

 태영이 만약 스킨 아머를 익히지 않은 상태였다면 그 속에서 수육이 돼 버렸을 거라고.

그러나 그게 지금은 멀쩡하다는 말은 아니다.

삐이-!

그때 뒤쪽에서 청영이 날아왔다.

그러나 어깨에 내려앉으려다가 황급히 다시 날개를 퍼덕이며 물러났다.

그 정도로 아파 보여서다.

문자 그대로 펄펄 끓는 액체에 통째로 삶아져 온몸이 시뻘겋게 달아올라 있는 태영이.

뭐 실제로 엄청 쓰라리기도 하다.

"으…… 후후후!"

그럼에도 웃음이 흘러나오는 이유는 봤기 때문이다.

놈이 그리모어를 수직으로 세우고 누워 있는 태영의 위를 지나갔을 때.

-종합 평가 레벨이 상승했습니다!

-종합 평가 레벨이 상승했습니다…….

눈앞에 줄기차게 떠오르던 이런 메시지를.

이게 의미하는 바는 명확!

"자, 이제 전리품을 확인하러 가 보실까?"

태영이 소드 오러를 최대 밝기로 ON시키자 바닥에 길게 이어진 붉은 자국이 떠올랐다.

그 자국을 따라 들어가자 곧 놈이 보였다.

길게 갈라진 뱃가죽 아래로 내장을 쏟아 낸 비참한 모습으로 쓰러져 있는 샐러맨더.

조금 전 바위틈에 누워 있는 태영에게 펄펄 끓는 피와 함께 쏟아져 내린 경험치의 은총은 바로 이 녀석이 뱉어 낸 것이다.

그래도 막상 저렇게까지 비참한 몰골로 죽어 있는 모습을 보니…….

─뭐랄까, 주인이 대단하다고 해야 할지, 저 녀석이 안쓰럽다고 해야 할지 모르겠군. 뭐, 확실히 주인에게 찍힌 것부터가 불행하기 짝이 없는 일이었기는 하겠지만, 저 녀석 머리가 조금만 더 좋았어도 가죽이 홀라당 벗겨지는 일은 없었을 텐데 말이지.

얼른 벗겨야겠다는 생각이 들었다.

지금은 불길이 사라졌지만, 놈은 용암 속에서 사는 몬스터.

레드 드래곤 같은 넘사벽 몬스터를 제외하면 태영이 아는 한 최고 등급의 화염 저항력을 발휘하는 가죽이니까.

그러나 그것도 나중 문제다.

콰직! 우둑! 우둑!

태영은 놈의 턱 아래로 검을 찔러넣었다.

그리고 거치적대는 주변의 뼈를 잘라 놓고, 신중하게 살을 발라내며 파고들어 갔다.

그러자 곧 턱과 이어진 목뼈가 드러났다.

그 안쪽에 옅은 빛을 뿜어내는 불씨 같은 것이 담겨 있는 붉은 결정이 하나 박혀 있었다.

－그게 이놈 마석인가? 생각보다 꽤 작군. 덩치도 덩치지만, 놈이 뿜어 대던 마력만 봐도 이보다는…… 어? 아니, 잠깐…… 마석이 아니잖아? 이건…….

"정수야."

－저, 정수? 가만? 그럼 혹시…….

"알고 온 거지."

중앙 대륙에는 단라이라 외에도 화산이 있고, 그중 몇 곳에도 샐러맨더가 살고 있었다.

그러나 불의 정수를 품고 있는 놈은 이 녀석뿐이다.

다 때려잡고, 해부해 봐서 아는 거다.

－정수라니…… 주인, 이게 어떤 건지 아나?

물론 그게 뭔지도 모르고 그런 짓을 자행하고 돌아다닌 게 아니다.

일단 돈으로 환산하기도 힘든 가치를 가지고 있다.

사용법에 따라서는 마법이나 연금술 분야에서 업적을 세울 수 있을 정도의 효능을 발휘하기 때문이다.

그러나 태영은 업적 따위에는 관심 없었다.

이 정수를 찾아온 이유는…….

"텁!"

-헉! 주, 주인, 제정신인가? 당장 뱉어라! 대체 어디서 무슨 말을 듣고 그런 짓을 하는지 모르겠지만, 잘못 알고 있는 거다! 그건 먹는 게 아니라고!

아니다. 먹는 거다.

어디서 무슨 말을 들은 게 아니라, 그게 태영이 직접 알아낸 제대로 된 사용법이다.

단, 그런 식으로 사용할 때는 꽤 심각한 부작용이 있었다.

얼른 먹어 버린 이유가 그래서다.

고민해 봤자 소용없고, 매도 빨리 맞는 편이 좋으니까.

-주인, 빨리…….

태영은 그리모어를 바닥에 내려 두고 정좌했다.

그리고 잠시 후.

'……큭!'

후끈 달아오르는 가슴.

마치 불덩이를 삼킨 듯한 감각이었다.

아니, 실제로 불덩이를 삼킨 것이나 다름없었다.

결정 속의 불씨는 절대 꺼지지 않고 어떤 불보다도 강한 태초의 불이라고 불리는 것이다.

지금, 태영의 몸속에서 그 불이 껍데기였던 결정을 깨고 나온 것이다.

그야말로 배 속을 인두로 지져 대는 것 같은 고통!

한계를 넘는 고통에 의식이 마치 고장 난 전등처럼 깜빡거렸다.

그러나 태영은 이를 악물고 정신줄을 꽉 잡았다.

'의식을 잃으면 끝장이다!'

과거 몇 번이나 경험해 보았다.

'크으…… 천천히, 천천히, 아무리 고통스러워도 서두르면 안 돼. 윽! 이, 이건 폭탄이나 다름없다. 의식을 잃거나, 어설프게 자극하면 폭발이다.'

태초의 불도, 태영도.

모두 한순간에 잿가루로 변할 것이다.

태영은 흘러나오는 신음을 삼키며 최대한 천천히 마력을 움직였다.

그리고 이중, 삼중으로 불씨를 휘감기 시작했다.

고통이 점차 줄어들었다.

'휴! 됐어. 일단 고비는 넘겼다. 다음은…….'

태영은 열기를 천천히 가라앉혔다.

가슴을 지나 배로, 다시 배꼽 아래의 단전으로.

그리고 감싸고 있던 힘을 푸는 순간.

치치치치-!

마치 달군 쇠를 담근 것처럼 마력이 끓어올랐다.

급격히 팽창하는 마력에 단전이 당장이라도 터질 듯이 부풀어 올랐다.

'아니, 터진다.'

이대로 마력을 가둬 두면.

이에 태영은 바로 모든 기맥을 개방했다.

뜨거운 열기가 무수한 기맥을 통해 퍼지고, 온몸이 불덩이처럼 달아올랐다.

단전에서 다시 배로, 가슴으로, 이내 손과 발끝까지.

'여기가 승부처다! 한순간도 멈추면 안 돼! 잠깐이라도 고여 있으면 기맥이 녹아내린다! 그러니 계속! 쉬지 않고 순환시켜야 해! 빠르게! 더 빠르게!'

그때마다 몸은 더 뜨거워졌다.

그러나 어느 순간, 갑자기 온몸의 모공을 통해 열기가 확 뿜어지는 느낌이 들었다.

극적인 변화가 일어나기 시작한 건 그때였다.

열기가 사라진 건 아니었다.

되레 기맥만 달구던 열기가 피와 살, 뼈까지 퍼져 나가고 있었다. 그러나 고통은 빠르게 줄어들다가 이내 사라졌다.

'끝났군.'

태영이 낮은 한숨을 불어 내며 눈을 떴다.

가장 먼저 보인 건 앞에서 불안한 눈으로 바라보는 청영이었다. 그리고 그 눈을 통해 볼 수 있었다.

한순간 자신의 눈 속에서 일렁이다 사라지는 불꽃을.

태영이 그리모어를 집어 들었다.

―주인…….

"말했지? 이게 제대로 된 사용법이라고."

태영이 히죽 웃으며 말했다.

"띄워 봐."

―크크큭. 그래, 이런 주인이었지. 내가 잠시 잊고 있었다.

―특성 [불의 화신]을 습득했습니다.

―특성 [불의 화신]으로 인해 화염 속성 마력이 50% 상승했습니다.

―특성 [불의 화신]으로 인해 화염 속성 저항력이 50% 상승했습니다.

―특성 [불의 화신]으로 인해 10%의 화염 흡수력을 획득했습니다.

―특성 [불의 화신]으로 인해 [염화] 능력을 습득했습니다.

―신체 능력이 대폭 향상되었습니다.

―근력 : 282⇒310 순발력 : 299⇒338 지구력 : 304⇒332 마력 :
275⇒310

―종합 평가 레벨 : 111⇒124

그리모어의 웃음소리와 함께 떠오르는 메시지.

그동안 특히 화염 마법을 집중적으로 익혀 온 이유가 이
때문이었다.

이런 걸 예약해 두고 있었으니까.

그러나 실제 결과는 예상했던 것과는 좀 달랐다. 아니, 어떤 의미로는 예상대로라고 해야 할지도 모르지만.

'이전보다 상승 폭이 높아.'

화염 속성에 관련된 수치만이 아니다.

신체 능력도 종합 평가 레벨이 단숨에 13이나 뛰어오를 정도로 상승했다.

'하이 리스크 하이 리턴이라는 말이겠지.'

사실 불의 정수는 이 시기의 태영이 얻을 수 없는 것이었다.

샐러맨더를 해치우는 것도 그렇지만, 정수를 흡수하는 데는 상당한 양의 마력이 필요하기 때문이다.

과거에는 지금보다 70~80 이상, 대략 200대 레벨이 된 뒤에야 도전해 왔던 이유다.

상대적으로 상승 폭이 낮아지더라도 안전을 생각하지 않을 수는 없어서다.

그러나 그게 이번에는 안전을 생각하지 않았다는 말은 아니다.

나름의 확신이 있었다.

'확실히 지금 나는 그때만큼의 마력이 없어. 하지만 그때와는 비교도 할 수 없을 정도로 많은 기맥이 뚫려 있다. 정수의 힘을 그 기맥으로 나눈다면……'

"뭐 됐지."

－정말 우연히 얻은 결과는 아닌 모양이군. 그래도 좀 더 좋아해도 되지 않나?

"좋아하고 있어. 춤이라도 추고 싶은 기분이라고."

단지 아직 할 일이 끝나지 않았을 뿐이다.

"자, 그럼 이제……."

이에 태영이 눈이 샐러맨더의 사체로 향했고.

슥슥, 삭삭.

－[은닉의 마법 가방]에 [샐러맨더의 가죽]이 수납되었습니다.

－[은닉의 마법 가방]에 [샐러맨더의 등뼈]가 수납되었습니다…….

쓸 만한 건 몽땅 벗겨지고, 뽑혀서 가방으로 들어갔다.

그렇게 후처리까지 일사천리로 끝낸 태영이 끌려온 길을 되짚어 나갈 때였다.

삐이! 삐이－!

불빛이 번지는 갱도를 두리번대던 청영이 갑자기 날아올랐다. 그리고 부리로 벽을 콕콕 찍어 대기 시작했다.

"왜 그래? 거기…… 응?"

갸웃거리며 다가가던 태영의 눈매가 좁아졌다.

청영이 찍어 대는 건 샐러맨더가 뿜어내는 불에 표면이 녹아내린 바위, 정확히는 그 바위 사이로 돌출되듯이 튀어나온 금속이었다.

그곳만이 아니었다.

황급히 주위를 둘러보자 곳곳에 그런 금속이 보였다.

"이럴 수가……."

그 모습에 태영은 충격을 받았다.

물론 본래 광산이었으니, 돌에 그런 게 섞여 있어도 이상할 건 없다.

문제는 그 금속은 녹았던 흔적이 보이지 않는다는 것이다.

바위도 녹일 정도의 열기에도.

그러나 그 자체는 놀라운 일이 아니다.

그게 태영이 알고 있는 그 금속이라면, 너무나 당연한 일이니까.

-오오! 이건…….

그리모어도 눈치챈 모양이다.

하긴, 쇠로 된 놈이 금속을 몰라보면 그게 더 웃기는 일이겠지만.

어쨌든 태영은 그래서 더 이해가 되지 않았다.

현대에는 그런 금속이 없어서다.

그런 방면의 전문가가 아니라도 단언할 수 있었다.

만약 존재했다면 태영이 아무리 문외한이라도 들어 본 적은 있었을 테니까.

'하지만 분명히 이 산도, 광산도 현대의 것이다. 그렇다면…… 이번 사태의 영향이라고 생각할 수밖에 없겠지. 이곳은 이계에서도 특히 마력이 집중되는 장소. 골렘이 만들어진 것처럼, 현대의 광석도 그 마력의 영향을 받아 변화를 일으키게 된 건가?'

당장 생각나는 건 이것밖에 없었다.

그러나 당장은 이유 따위는 그리 중요한 문제가 아니다.

중요한 건 그 금속이 이곳에 있고, 태영이 발견했다는 것이다.

─크하! 진짜 노다지는 따로 있었군.

그리모어의 웃음에 태영의 입술도 실룩대며 치켜져 올라갔다. 그러나 노다지든 뭐든 확실하게 자기 주머니에 들어오기 전에는 돌덩이와 다를 바 없는 법.

"후! 할 일이 많아지겠군."

깡! 깡! 깡!

태영은 일단 몇 개의 금속 덩어리만 파내 가지고 나왔다.

"공병 복무 경험이 이렇게 도움이 될 줄은 몰랐군. 뭐 어차피 테스트도 해 봐야 하니까."

콰쾅! 콰콰콰쾅!

그리고 넘쳐나는 C-4로 입구를 폭파!

당연히 다른 사람이 들락거리면 곤란하기 때문이다.

이로써 일단 이곳에서 할 일은 끝.

삐익─! 삐─!

몸을 돌리며 휘파람을 날리자 건물 뒤쪽에서 흑영이 뛰어
왔다.

"잘 기다리고 있었냐?"

히히히힝—!

등에 오른 태영이 목을 툭툭 치며 말하자 흑영이 투레질로
대답했다.

—자, 그럼 다음은 어디지?

다음 목적지는 이미 발트하츠에서 나올 때부터 정해져 있
었다.

'조금 여유가 있기는 했지만, 여기서 생각보다 시간을 더
잡아먹었어. 늦은 게 아니라면 좋겠는데…… 뭐 지체된 만큼
서두르는 수밖에 없지.'

"남쪽으로."

짧게 대답한 태영이 고삐를 잡아채며 소리쳤다.

"가자!"

히히히힝! 두두두두!

흑영이 폭풍처럼 먼지구름을 일으키며 질주했다.

노웨인 분쟁 (1)

쏴아아아! 번쩍!

어두운 하늘을 찢듯이 한 줄기 섬광이 가로질렀다.

콰쾅! 콰콰콰—!

그리고 뒤를 이어 울리는 굉음.

그 소리에 놀라 숨죽이듯 잦아들었던 빗소리가 다시 들려오고.

철퍽철퍽.

질퍽한 소리가 섞였다.

"후! 꼭 하늘에 구멍이라도 뚫린 것 같군. 대체 얼마나 쏟아부어 대는 거야?"

태영이 슬쩍 고개를 들어 올리며 한숨을 불었다.

삐이! 삐이!

망토 안에 들어와 있는 청영도 시무룩한 목소리로 울었다.

태영도 갑옷 속이 온통 습기로 가득 차 불쾌하기 짝이 없었지만, 날짐승인 청영에게도 폭풍우는 그리 반가운 게 아닐 것이다.

"넌 괜찮냐?"

─이런 비 따위에 녹이 슬 정도로 허접한 검이 아니니까. 그래도 습기는 좀 싫긴 하지. 말이 나왔으니 말인데, 오러로 습기 좀 날려 주지 않겠나?

"조금 이따가."

─조금 이따가는 뭐야?

"어차피 지금 해 봐야 금세 다시 젖을 테니 그냥 한 번에 해 버리는 편이 좋잖아."

─응?

"다 왔다는 말이야."

태영이 머리 위를 덮고 있던 망토를 살짝 들어 올리며 대답했다.

그 앞으로 꽤 큰 규모의 마을이 보였다.

늦은 시간이라 건물 대부분은 불이 꺼져 있었지만, 마을 어귀에 자리 잡은 3층 높이의 커다란 건물에서는 환한 빛이 비치고 있었다.

조금 더 가까워지자 창 너머로 왁자지껄한 소리가 흘러나

왔다.

낮은 전사 밤은 왕.

문 앞에서는 이런 간판이 흔들리고 있었다.

태영이 그 앞으로 다가가자 옆에서 천을 뒤집어쓴 사내가 뛰어왔다.

"묵어…… 가십니까?"

어눌한 말투에 태영이 살짝 눈매를 좁히며 돌아보았다.

그러나 이내 고개를 끄덕이며 대답했다.

"방은 있습니까?"

"방…… 있습니다. 아직…… 있어요."

"다행이군요."

태영은 흑영을 건네주고 적당히 물기를 털어 낸 뒤 문을 열고 들어갔다.

와글와글!

갑자기 볼륨을 확 높인 것처럼 귀를 괴롭히는 고함들.

수십 개의 테이블을 빈틈없이 채운 사내들이 한껏 목청을 높이며 떠들어 대고 있었다.

태영은 그들을 피해 바 테이블로 다가갔다.

"호오, 이거 꽤 진귀한 손님이 오셨군. 파란색 매라, 자네 가 키우는 건가?"

안쪽에서 통통한 중년 남자가 태영과 청영을 번갈아 보며 물어 왔다.

보통 마을에 도착하면 청영은 태영이 볼일을 보는 동안 근처 숲에서 지낼 때가 많다.

일단 청영이 그걸 더 편하게 여기기도 하지만, 독특한 생김새 탓에 지금처럼 사람들의 이목이 쏠리는 게 달갑지 않아서다.

하물며 청영을 주제로 대화를 나누고 싶지는 않은지라 태영은 살짝 고개만 끄덕이며 물었다.

"방이 있다고 해서 들어왔습니다."

"방은 있네. 이런 환경에서 잘 수 있는지는 자네에게 물어야겠지만."

"어떻게든 되겠죠. 피곤하기도 하니까요."

"그럼 다행이고."

주인처럼 보이는 사내가 웃었다.

"우리 말이 유창하군. 아스토리아 출신인가?"

"네, 그런데 밖에서 말을 받아 준 사람, 혹시 하쿠인입니까?"

하쿠인은 이계인이 한국인을 부르는 호칭이다.

왠지 모르겠지만, 한국인이라는 발음이 잘 안 되는 모양이다. 그러나 뭐라고 부르든 그런 일반적인 호칭까지 만들어졌다는 건 그만큼 익숙해졌다는 의미다.

이계인도, 또 현대인도.

"처음 보시오?"

"그건 아닙니다만……."

이계의 마을에서 일하는 사람을 본 건 처음이다.

애초에 마을에 들른 적도 별로 없지만.

"이 근방에는 꽤 있소. 뭔가 되게 큰 유적지 같은 도시와 함께 나타났지. 그 탓에 꽤 소란스럽기도 했지만, 지금은 뭐 그냥 그런가 보다 하며 살고 있소. 그러다 보니 이 마을에서 일하게 된 사람들도 꽤 있게 됐지. 말이 통하지 않는 게 좀 불편하기는 하지만 나쁜 사람들 같지도 않고, 그들도 먹고살 아야 하니까. 물론 저들도 그래서 왔겠지만, 솔직히 달갑지 는 않군."

주인이 홀을 흘낏대며 중얼거렸다.

태영은 몸을 돌려 바 테이블에 등을 기대며 돌아보았다.

"크하하하! 그만둬, 이 자식아. 허풍도 적당히 해야지!"

"뭐가, 인마? 진짜라고!"

"그 말을 믿느니 차라리 귓구멍으로 숨을 쉰다는 말을 믿 겠다, 이 자식아!"

"망할 놈이, 해보자는 거냐?"

"해! 해! 하라고!"

그 홀에서 왁자지껄하게 떠들어 대는 사람들.

보통 이렇게까지 많은 사람이 몰리는 경우는 많지 않지만,

몇 명이 모여 있든 분위기 자체는 크게 달라지지 않는다.

"용병이군요."

보통 이런 여관에 모이는 사람은 대개 세 종류, 헌터와 용병, 상인이다.

애초에 몬스터가 아무렇지도 않고 돌아다니는 세계라 여행 자체가 쉬운 일이 아닌 탓이다.

그중 상인은 대개 좀 더 고급 여관을 찾는다.

그리고 헌터와 용병은 사실 복장도, 하는 짓도 별 차이가 없다.

여관에서는 흔한 풍경이라는 말이다.

그러나 아는 사람이 보면 확실히 구분되는 점이 있었다.

'저 사람들이 단장인가?'

비교적 조용한 테이블에서 태영을 유심히 살피는 몇몇 사람들.

용병단은 대부분 상시 채용이다.

죽이고 죽어 나가는 게 직업이니, 항상 사람이 부족해서다.

그 때문에 태영처럼 전사로 보이고, 또 혼자인 사람은 관심을 받게 된다.

특히 전투를 앞두고 있을 때는.

그리고 개중에는 태영의 눈길을 끄는 사람도 있었다.

다른 사람과 달리 태영보다 청영을 더 관심 있게 지켜보는

면이 그랬고, 여관에서까지 입만 드러난 금속 가면을 쓰고 있다는 점도 눈에 띄었다.

'저 사람은……'

— 꼭 있지. 저런 이상한 데 집착하는 어딘가 아파 보이는 녀석이.

어딘가 아파서 그런지는 모르겠지만.

"저 친구들의 직업이 문제가 아니라, 왜 왔느냐가 문제지. 자네도 그래서 온 거 아닌가?"

"들어 보고 대답하죠."

태영이 다시 주인을 돌아보며 말했다.

"그 전에 따뜻한 스튜와 맥주, 안주가 될 만한 요리도 좀 주시고요."

"대화할 줄 아는 친구로군."

주인이 활달하게 웃으며 주문을 넣고 입을 열었다.

"혹시 이 지방에 와 본 적 있나? 그러니까, 이번 사태가 벌어지기 전에 말이네. 여기 노웨인이나 베라틴 영지에 말이네."

"네, 몇 번. 베라틴은 항구 도시였죠?"

"그래, 그게 문제라네."

주인의 한숨을 불어 내며 말했다.

"이번 사태는 없던 게 생긴 것만이 아니네. 있다가 사라진 것도 있지. 그중 하나가 베라틴 영지야. 항구 도시였던 곳이 갑자기 내륙 지방이 돼 버렸지. 그리고 그 해안이, 아니 뭐 같은 해안이라고 할 수는 없겠지만, 노웨인 영지의 서북부가 바다로 연결되었지."

그건 태영도 모르고 있던 일이다.

이계와 현대의 지형이 겹쳐지며 여러 변화가 일어났다.

실제로 태영이 들렀던 발트하츠도 본래 현대의 지리로 보면 해안가였다.

그러나 지금은 완전히 내륙으로 변해 있었다.

'발트하츠는 제국의 서부, 그럼 동해도 대부분 제국의 땅이 덮고 있다는 말이겠지. 그래서 지금까지 현대 쪽의 지형이 이계에 맞춰 변형되었다고 생각했는데…….'

반대의 경우도 있는 모양이다.

'또 이계와 현대, 양쪽 모두 내륙 한복판이었는데도 아무런 변화도 없는 남양주 같은 케이스도 있고. 고저차의 문제인가? 그런 건 나도 정확히 알 수가 없으니…….'

"얼마 전 베라틴의 영주가 본래 해안은 자기 영지의 것이었으니 그 지역을 내놓으라고 요구했지. 노웨인 영주님은 거절했고."

주인의 설명이 이어졌다.

"당연하지 않은가? 우리 영지의 일부가 해안가가 된 게 영주님의 잘못도 아니고. 애초에 땅도 아닌 바다의 소유권을 주장하는 것부터가 억지지."

태영이 듣기에도 억지다.

그러나 주인은 잘못 알고 있었다.

태영은 이 두 영지의 전쟁에 대해 알고 있었다.

즉, 과거의 이계에서도 전쟁이 일어났다는 말이다. 물론 그때는 다른 이유로. 그게 말해 주는 바는 명확하다.

'구실 따위는 뭐든 상관없겠지.'

베라틴 영주가 시비를 거는 이유는 따로 있었다.

그게 태영이 이곳에…….

팅! 챙강!

"꺅! 왜, 왜 이러세요? 놔주세요!"

그때 뒤에서 뭔가 깨지는 소리와 함께 여자의 목소리가 들려왔다.

그것도 한국어로.

고개를 돌려 보니 얼굴이 벌건 사내가 종업원으로 보이는 여자의 팔목을 잡고 히죽대고 있었다.

"뭐라는 거야?"

"좋다는 거 아닐까? 봐, 얼굴이 빨개졌잖아."

"크하! 그럴 줄 알았어. 아까부터 날 보는 눈빛이 심상치 않더라고!"

"하지 마세요! 저는…….

"어라? 우리 말도 할 줄 아네? 어차피 그런 건 별로 상관없는데 말이야. 난 서로 말없이 보내는 시간을 더 좋아하니까."

"어이, 거기! 너! 예의까지는 바라지도 않지만, 기본은 지켜라! 빌어먹을 용병 놈아! 그딴 짓은 창관에서나…….

"잠깐."

태영이 손을 들어 발끈하며 소리치는 주인을 제지했다.

그리고 다시 고개를 돌렸을 때였다.

"그만두지."

한 사내가 놈들에게 다가가며 말했다.

"어디서 왔는지는 모르겠지만, 글을 읽지 못하는 건가? 마을 곳곳에 하쿠인에 대한 언동을 주의하라는 영주님의 포고문이 붙어 있을 텐데? 그게 아니라도 같은 남자로서 영 마음에 안 드는군."

"넌 뭐야, 인마?"

태영도 궁금하던 참이다.

그 가면 쓴 남자의 정체가 뭔지.

"어디서 뭘 하며 굴러먹던 놈인지는 모르겠지만, 남 일에 신경 꺼!"

"이제 남 일이 아니지."

가면 아래로 드러난 그의 입술에 웃음이 번졌다.

"내가 너에게 시비를 걸고 있잖아. 그것도 이해하지 못할 정도로 머리가 나쁜 건가, 알면서도 모른 척하는 건가? 후자라면 제법 머리가 좋다고 할 수 있겠지만."

"이 자식이 어디서……!"

사내가 여자를 확 밀어내며 주먹을 휘둘렀다.

가면의 남자는 살짝 상체를 뒤로 젖히며 팔을 뻗었다.

그리고 사내의 팔과 엉키는 순간 가면을 쓴 남자의 팔이 기묘한 각도로 움직였다.

"크악!"

사내가 비틀린 팔을 움켜쥐며 털썩 주저앉았다.

"……이놈이!"

같은 테이블에 앉아 있던 놈이 벌떡 몸을 일으켰다.

그리고 검을 뽑아 들었을 때.

파캉-!

쇳소리와 함께 검이 퉁겨져 날아갔다.

"큭! 뭐, 뭐야? 단검? 어떤 자식이 이따위 짓을……."

그리고 놈이 흠칫 놀라며 몸을 돌렸을 때였다.

팍-!

그 복부에 단검이 박혔다.

"오……!"

이에 움찔하며 몸을 일으키던 사람들이 이내 놀란 얼굴로 감탄사를 터뜨렸다.

그러지 않는 사람은 하나, 아니 둘뿐이었다.

가면의 남자에게 팔이 꺾인 채 주저앉은 놈과 창백한 얼굴로 자신의 배, 버클에 박힌 단검을 내려다보는 놈.

"내가 살던 곳에는 이런 격언이 있지. 술 처먹었으면 곱게 쳐 자라는."

태영이 놈을 바라보며 말했다.

그 손에는 세 번째 단검이 좌우로 흔들리고 있었다.

"그러기 싫다면 이것도 던져 주지. 좀 전 것보다 한 10센티미터 낮은 곳에. 꽤 심각한 불상사가 벌어질지도 모르는데, 한번 도전해 보겠나?"

"그……."

놈이 단검과 버클의 10센티미터 아래를 번갈아 보았다.

그리고 차마 그걸 걸고 도박을 할 수는 없다고 생각한 모양이다.

버클에 박힌 단검을 뽑아 던지고 제 검을 주워 들은 뒤 와락 몸을 돌리며 소리쳤다.

"멍청한 자식, 가자!"

"크, 빌어먹을! 너희 두 놈! 똑똑히 기억해 뒀다!"

팔이 꺾였던 놈도 이렇게 떠들어 대며 동료를 따라 2층으로 올라갔다.

가면의 남자가 어깨를 으쓱였다.

그리고 바닥에 떨어진 단검을 주워 들고 다가왔다.

그 걸음걸이, 가면 아래로 드러난 턱과 입술의 윤곽, 그리고 좀 전에 놈을 상대로 그가 보여 준 손동작.

'……그렇군.'

태영의 입가에 웃음이 번졌다.

"솜씨가 상당하군."

그때 가면의 남자가 테이블에 단검을 내려놓으며 말했다.

"하지만 도와줄 필요는 없었다."

"그렇게 보이지는 않던데? 죽었을지도 모른다고, 그 녀석들이."

"그렇게 막나가지는 않아."

가면의 남자는 피식 웃으며 손을 내밀었다.

"워트다."

"나는 레온, 혹시 너도 용병인가?"

"그렇게 보이나?"

"그렇게 보이는군, 평범한 용병 같지는 않지만."

"눈썰미도 좋군. 작은 규모이기는 하지만 용병단을 이끌고 있다."

"용병단장이라……."

그, 워트의 대답에 태영은 잠시 그를 훑어보다가 물었다.

"혹시 한 명 더 채용할 생각은 없나?"

"글쎄……."

워트도 잠시 태영을 훑어보다가 대답했다.

"예정은 없었지만, 나쁘지 않겠군."

그 말에 둘을 지켜보던, 대체로 단장처럼 보이는 사내들 사이에서 아쉬운 한숨이 흘러나왔다.

슬쩍 그들을 돌아본 워트의 입에 웃음이 번졌다.

"좀 더 고민해 보고 대답해 주겠다고 말할 분위기도 아닌 것 같고. 신원을 증명할 것만 있다면 채용하지. 보수는 용병의 룰대로, 첫 번째 전투를 치러 보고 결정하기로 하고. 그런데 개전 일은 내일인데 괜찮나? 비가 그친다면 말이지만."

"내일은 맑았으면 좋겠군."

태영의 대답에 워트가 피식 웃으며 끄덕였다.

"좋아. 그럼 내일 아침에 보지. 날씨가 맑으면, 여기에서."

그 말을 끝으로 워트는 여관을 나갔다.

왠지 그럴 것 같았다.

이에 태영이 바 테이블에 차려진 음식을 먹고 있을 때 주인이 열쇠를 건네며 히죽 웃었다.

"자네 방 열쇠네. 3층, 제일 전망이 좋고, 마침 오늘만 반값 할인을 하는 방이지."

가끔은 남 일에 참견하는 것도 나쁘지 않은 것 같다.

그 덕에 태영은 한결 상쾌한 기분으로 식사를 마치고 방으로 올라왔다.

그리고 일단 그리모어를 뽑아 들고 화끈하게 소드 오러를 뿜어 습기를 날려 주었다.

-흠, 한결 낫군.

뭐랄까, 관리도 참 편한 녀석이다 싶다.

"청영, 너도 적당한 곳에서 쉬어."

삐이-!

태영이 청영을 내려 주고 침대에 걸터앉자 그리모어가 다시 입을 열었다.

―그런데 용병이라니? 왜 갑자기 그런 걸 하겠다는 거지?

"왜겠어?"

―그야…… 뭔가 생기니까?

그리모어의 대답에 태영이 히죽 웃었다.

"서로를 마음 깊이 이해할 수 있는 동반자가 있다는 건 좋은 일이지."

―원해서 그렇게 된 건 아니다만, 설마하니 주인이 용병 일당이나 받자고 그런 건 아닐 테고 참전이 목적이라면 영주를 찾아가는 게 좋지 않나? 그 후작에게 받은 신원보증서가 자유기사 임명장이라며? 그걸 들고 영주를 찾아가면 적어도 용병보다는 좋은 대우를 받을 거 아니야?

그러지 못하는 이유가 있다.

베라틴과 노웨인 사이에 일어난 전쟁은 단순한 영토 분쟁이 아니다.

현재 제국의 귀족은 크게 세 파벌로 나뉘어 있었다.

그라디오스 후작이 이끄는 황제파, 그와 대립하는 귀족파, 그리고 어느 쪽에도 속하지 않은 중립파.

이번 전쟁은 그런 구도로 인해 벌어진 것이다.

귀족파에 속한 베라틴이 중립파인 노웨인 영주를 압박하기 위해서.

그런 상황에서 노웨인 영주가 황제파의 수장인 그라디오스 후작의 자유기사 임명장을 들고 찾아온 태영을 휘하로 받아들이기는 힘들다.

'뭐 그래도 여기서 그 워트를 만나지 않았다면 생각은 해
봤겠지만…….'

"지금 내가 생각할 일은 그런 게 아니야."

– 그럼 뭔데?

"네가 말한 것처럼 이번 일로 뭘 얻을 수 있느냐지. 그리
고 그다음은…….”

– 다음은?

"그 이상을 얻어 낼 방법을 찾는 거지."

– 초지일관이군.

태영은 이어지는 말을 한 귀로 흘리며 눈을 감았다.

그리고 다음 날, 자리에서 일어나자마자 창문을 열어 보
았다. 밤새 이어지던 폭우가 그치고 맑게 개어 있었다.

전쟁 지수 100%의 날씨다.

to be continued

가휼 판타지 장편소설

전능하신 영주님

「아저씨 식당」 가휼 작가의 신작
이보다 더 완벽한 지도자는 없었다!

하루하루가 벅찬 인턴, 유성
별똥별을 보며 기도 한번 했더니
바르테온령의 적장자로 깨어나다!

귓가에 울리는 시스템 메시지
선대의 안배로 한 방에 소드 마스터?!

썩어 빠진 행정부 숙청부터
오랜 숙적과의 피 튀기는 전쟁에
드워프와의 역사적인 교역까지……

상상하는 모든 것을 이루어 주는
전능하신 영주님이 등장했다!

꿈의 도약, 로크에서 하십시오
(주)로크미디어에서 신인 작가를 모십니다

즐거운 세상, (주)로크미디어는 꿈을 사랑하고 도전을 두려워하지 않는 작가분들의 참신한 작품을 기다리고 있습니다. 21세기 장르 문학계를 이끌어 갈 차세대 선두 주자 (주)로크미디어에서 여러분의 나래를 활짝 펴 보시길 바랍니다.

모집 분야 판타지와 무협을 포함한 장르 문학
모집 대상 아마추어 작가, 인터넷 작가
모집 기한 수시 모집

작품 접수 시 유의 사항

1. 파일명은 작가명_작품명.hwp 형식을 갖춰 주십시오.
1. 파일에 들어갈 내용은 다음과 같습니다.
   - 성명(필명인 경우 실명을 밝혀 주세요), 연락처, 이메일 주소.
   - 제목, 기획 의도.
   - A4용지 1장 분량의 등장인물 소개.
   - A4용지 2장 분량의 전체 줄거리.
   - 본문.
1. 작품이 인터넷에 연재되고 있다면, 게시판명과 사이트의 구체적이고 정확한 주소를 기재해 주십시오.

선택된 작품은 정식 계약 후 출판물로 간행되어 전국 서점에 유통됩니다.
작가분은 (주)로크미디어의 전폭적인 지원하에 전속 작가로 활동하시게 됩니다.
※ 자세한 내용은 로크미디어 홈페이지(rokmedia.com)를 참조하세요.

(03920)서울시 마포구 성암로 330 DMC첨단산업센터 3층 318호
(주)로크미디어 편집부 신간 기획 담당자 앞
전화 : 02)3273-5135
www.rokmedia.com   이메일 : rokmedia@empas.com

활 쎄클 대마법사

한시웅 퓨전 판타지 장편소설

거침없는 팩트 폭격으로
드래곤조차 눈치 보게 만드는
극강의 꼰대! 아니, 최강의 궁신이 나타났다!

유일하게 '신'이라 불리는 무인, 궁신 하철혁
자격을 시험받다 우화등선에 실패해
새로운 세상에서 눈을 뜨는데……

내공이 한 줌도 없다?

제로부터 시작하는 이세계 생활에 놀람도 잠시
처음으로 아버지라 느낀 존재가 살해당하고
그 뒤에 모종의 음모가 있음을 알게 되는데!

이세계에서도 궁신의 신화는 계속된다!
군필도 두 손 두 발 드는 FM 정신으로
안 되는 것도 되게 하라!

기어코 무대로

공원동 현대 판타지 장편소설

"관심을 받으면 집중이 잘돼요."
사상 최강의 관종(?) 싱어송라이터가 나타났다!

데뷔 직전 사고로 인해 모든 것을 포기한 도원경
삼 년 뒤, 그에게 기적이 일어났다?

사람들의 시선을 받으면 능력이 발현!

너튜브 영상이 대박 나고
서바이벌 오디션 출연 제의까지?

도원경 사전에 더 이상 포기는 없다!
좌절을 딛고, 『기어코 무대로』!